凝思漫笔
NINGSI MANBI

杨明生◎著

中国金融出版社

责任编辑：张智慧
责任校对：张志文
责任印制：裴　刚

图书在版编目（CIP）数据

凝思漫笔/杨明生著.—北京：中国金融出版社，2019.3
ISBN 978-7-5220-0011-4

Ⅰ.①凝…　Ⅱ.①杨…　Ⅲ.①随笔—作品集—中国—当代　Ⅳ.①I267.1

中国版本图书馆CIP数据核字（2019）第042976号

凝思漫笔
Ningsi Manbi

出版发行	中国金融出版社
社址	北京市丰台区益泽路2号
市场开发部	（010）63266347，63805472，63439533（传真）
网上书店	http://www.chinafph.com
	（010）63286832，63365686（传真）
读者服务部	（010）66070833，62568380
邮编	100071
经销	新华书店
印刷	保利达印务有限公司
尺寸	169毫米×239毫米
印张	16.25
字数	214千
版次	2019年3月第1版
印次	2019年3月第1次印刷
定价	56.00元

ISBN 978-7-5220-0011-4
如出现印装错误本社负责调换　联系电话（010）63263947

序

记得我与明生同志初识于1985年中国农业银行总行在北京举办的中青年干部培训班。那时我刚任中国农业银行副行长，正好负责对明生同志这个组的学员进行考察。明生同志思维敏捷，文笔流畅，富有见地，给我留下了深刻的印象。我还把他在培训班上撰写的《农村金融与农村经济》一文推荐给总行研究室参阅。后来明生同志从沈阳分行调总行工业信贷部任职，我们之间的接触和交流就更多了。

这次明生同志将多年业余时间的辛勤笔耕——《凝思漫笔》一书送来请我作序。我被明生同志在繁忙的工作之余还能勤于思考、勤于动笔的精神所感动。看了《凝思漫笔》后，我觉得有三个特点最为难能可贵。

第一，浓厚的家国情怀。所谓家国情怀，就是对自己的国家和人民的深情大爱，对国家富强、人民幸福所展现出来的理想追求。明生同志在他的《登岳阳楼遐思》《屈子祠前的情思》《圣彼得堡一日》《感受泰山》等几篇散文中，以不同的方式抒发和赞美了这种家国情怀。他在《登岳阳楼遐思》一文中，对范仲淹的家国情怀进行了深入的分析、形象的描绘和由衷的赞美。自古以来，无数仁人志士，正是拥有这种"先天下之忧而忧，后天下之乐而乐"的伟大家国情怀，才使我们的民族历经沧桑而绵绵不绝，而今又踏上了前所未有的伟大复兴之路。他在《屈子祠前的情思》一文中，对屈原的美政思想，对他的坚贞不屈、傲岸俊洁的高尚人格和眷恋祖国、热爱人民的耿耿情怀，做了生动的勾画和深情的讴歌，一个家国情怀高于一切的士大夫形象跃然纸上。《圣彼得堡一日》一文，在赞美俄罗斯伟大古典艺术成就的同时，对中俄两国不同的改革路径进行了情境对比，对实现伟大复兴的中华之梦充满了期待。在《感受泰山》一文中，他把登泰山作为一次文化之旅，突出描绘了人文泰山之美，感受了"一览众山小"之豪迈。这是明生同志由商业银行到保险监管部门工作后首次登泰山，且选择在冬至这一天，其意义不言而喻。通过登泰山来检验自己的体力和毅力，正如他登上南天门时赋诗中所云："冬至一阳生，南天自在高！"其意境彰显了他的豁达胸襟和走向新领域的从容豪迈。

第二，乐观向上的人生。俗话说："人生不如意事十之八九。"可见一个人在工作和生活中始终做到乐观向上是何等不易。现在网上的各种"心灵鸡汤"太多，但真正能够做到的却太少。看来儒家的"修身、齐家、治国、平天下"思想需要一生去修炼践行。在这方面明生同志做得比较好。他在《我对命运之管见》《重要的是活好现在》两篇文章中，对自己乐观向上的人生做了深入的哲学思考，进行了理性思辨，不是空洞的说教，而是自身践行的体会。他在《诗的美妙与伟大》《在音乐中寻求灵感和力量》两篇随感中，以自己的切身体会，阐述了文学艺术对乐观向上人生的重要意义。明生同志有赋诗、填词的雅兴，同时还拉得一手好二胡。我每次读他的诗词和听到他拉二胡时都感到很享受。看来明生同志乐观向上的人生态度与对文学艺术的关怀也是分不开的。

第三，金融家的职业追求。明生同志长期从事金融工作，亲历了中国金融改革开放的全过程。他在商业银行、保险公司、金融监管部门都有比较丰富的实践经验。在中国的金融家队伍中，有这样跨界经历的人也是不多的。从他的文集中可以看出他对金融职业的热爱和对实现职业价值的孜孜追求。他不仅勇于创新实践，而且也勤于金融实践的经验总结和理性思考。他在《雷曼危机的根源与警示》一文中，对雷曼破产引发全球金融危机进行了理性分析，提出了可供借鉴的建议。他的这篇文章我最先是在新华社《动态清样》上看到的。他在《华尔街上的沉思》一文中，对全球金融危机一年后的态势进行了分析预测。这篇文章我最先是在《中国金融》杂志上看到的。他在《关于金融综合经营的分析与思考》一文中提出的若干观点和建议，都是他多年金融工作实践的理论成果。他到保险监管部门工作后，撰写的《重温阿姆斯特朗调查对我国保险业发展和监管的启示》一文，对中美保险业进行了一次跨世纪比较，提出了许多有见地的观点，引起业界和学术界的重视。明生同志还注重金融理论的实证研究。记得当年农业银行股改，各种改革理论和方案争论不休，明生同志作为行长和党委书记头脑清醒，坚持向中央提出整体改制方案。那时我已从人民银行行长岗位调任天津市市长，明生同志专程来天津征求我对农业银行整体改制方案的意见。我不但赞成整体改制，而且还就具体操作原则提出了建议。后来这些建议基本都体现在了中央确定的股改十六字方针上，即"面向三农，整体改制，商业运作，择机上市"。

总之，我在同明生同志多年的交往中，见证了他的成长历程，特别是他的勤奋、朴实、坦诚、低调的作风和他的淡泊雅致、笔耕不辍、爱好广泛的生活情趣让我最为欣赏。如今他已从领导岗位上退下来，没有了繁重的岗位任务，希望他能写出更多好文、好诗，演奏出更美的人生乐章。

戴相龙

2019年1月22日

目　录

行无羁

感受泰山
　　（2007年12月25日）……………………………………003

登岳阳楼遐思
　　（2009年10月31日）……………………………………008

屈子祠前的情思
　　（2009年10月31日）……………………………………013

神奇的羑里，永远的文王
　　（2008年5月9日）………………………………………018

函谷关上感悟老子的大智慧
　　（2008年5月5日）………………………………………023

感受大卢舍那佛雕的魅力
　　（2008年4月30日）……………………………………030

武夷山随笔
　　（2008年4月15日）……………………………………034

哈佛印象
　　（2009年9月5日）………………………………………040

圣彼得堡一日
　　（2009年9月25日）……………………………………046

漫步耶路撒冷

（2015年4月5日） …………………………………………… 053

思无涯

理解"赢"才能"赢"

（2008年11月6日） …………………………………………… 063

忧伤美的魅力

——听电视剧《红楼梦》插曲随感

（2003年6月3日） …………………………………………… 070

在音乐中寻求灵感和力量

（2003年6月5日） …………………………………………… 074

诗的美妙与伟大

（2003年6月9日） …………………………………………… 078

美酒神韵

（2005年1月9日） …………………………………………… 082

小议幸福与快乐

（2005年3月18日） …………………………………………… 086

惊叹"中国成为博士工厂"

（2009年11月3日） …………………………………………… 092

我对命运之管见

（2007年3月7日） …………………………………………… 096

趣谈"忙"与"闲"

（2008年10月23日） ………………………………………… 102

新办公室感言

（2008年1月31日） …………………………………………… 108

重要的是活好现在

（2008年10月28日）·············· 112

千古悲情炼造千古名句

——《琵琶行》名句赏析

（2011年11月23日）·············· 118

我对莫言获诺贝尔文学奖之管见

（2012年10月12日）·············· 124

张若虚的空灵境界

——读《春江花月夜》遐想 ········ 129

（2011年2月13日）··············· 129

重读《长恨歌》断想

（2011年10月20日）·············· 133

业无怠

项目评估与客户监管的难点和对策

（2002年1月）·················· 141

雷曼危机的根源与警示

（2008年9月）·················· 155

华尔街上的沉思 ···················· 162

（2009年9月）·················· 162

重温阿姆斯特朗调查对我国保险业发展和监管的启示

——中美跨世纪保险业比较

（2009年）····················· 173

关于金融综合经营的分析与思考

（2016年9月）·················· 187

漫谈供给与需求

  （2009年12月） ………………………………… 196

获选感言

  （2008年12月23日） ……………………………… 211

网上冲浪　云端比翼

  ——互联网推动金融业变革随感

  （2018年8月） …………………………………… 216

我眼中的保险营销员

  （2017年12月） …………………………………… 220

司马迁笔下的商人风采

  ——读《史记·货殖列传》随笔

  （2011年11月） …………………………………… 224

当年帝国的惆怅与无奈

  ——读《史记·平准书》随笔

  （2011年12月） …………………………………… 232

夕阳人群　朝阳产业

  ——参观远洋地产椿萱茂老年公寓随感

  （2018年1月28日） ……………………………… 240

后　记 …………………………………………………… 246

行无羁

感受泰山

（2007年12月25日）

泰山，五岳之尊，华夏之魂。登之者赞叹，未登者向往。我曾于十五年前激情攀登过，只用了不到四个小时，在记忆中留下更多的是自然风光和感性震撼。十五年后的今天，我再次激情攀登，边登边欣赏山崖上的石刻，听导游讲述发生在山上的历史故事，全程用了六个小时，在记忆中留下更多的是人文关怀和理性升华。

此次登泰山恰逢冬至。早起时漫天大雾，当来到泰山脚下时，云雾顿开，朝霞灿烂。我心中窃喜，感谢泰山女神——碧霞元君的特别关怀。披霞光，迎寒风，劲履拾阶，一小时后已是汗流额头，当寒风袭来时，却似春风拂面，清爽宜人。随我一起攀登的有我当年在农业银行工作时的几位老同志，还请了一位当地的优秀导游张小姐，她曾被评为全国十佳导游之一。她风趣幽默的讲解给我们带来了快乐的笑声，缓解了我们的疲劳，提升了我们的思考。

开始攀登时，每个人都精神抖擞，健步向前。快到中天门的时候，几乎每个人的面部都现出疲惫的神情，而缓解疲惫的工具——缆车也出现在眼前。此时缆车的诱惑，不亚于饥饿状态下的一顿美食。队伍中有一位实在难以坚持，就离队乘缆车去了。随后上来的其他几支攀登队伍也都乘缆车去了。给我刺激最大的是，有两位年轻人搀扶着一位和我年龄相仿的中年人往山下走，他脸色惨白，疲惫过度，已无力乘缆车游览。见此情景，望着前方十八盘越来越陡峭的台阶，我也开始担心能否登上南天门：一旦中途体力不支，又没有缆车站，岂不增加他人的痛苦？此时，我建议在中天门小憩，吃点本地特产——大煎饼。经过短暂休整，大家重新补充了能量，增加了信心，继续向上攀登。我和另一位同事是本队伍中年龄最大的，面对十八盘上越来越陡的台阶，我们毫不畏惧，咬定目标，峰回路转，奋力向前。在停步间歇时，导游为我们全文背诵了杜甫赞美泰山的著名诗篇——《望岳》："岱宗夫如何？齐鲁青未了。造化钟神秀，阴阳割昏晓。荡胸生层云，决眦入归鸟。会当凌绝顶，一览众山小。"我在心中默吟着杜工部的千古绝句，遥望着南天门云烟缭绕的神奇景象，顿时力量倍增，似有神助，几乎一气呵成，登临十八盘的终点——南天门。置身南天门极目远眺，如入仙山琼阁，群山绕脚下，清风扑面来，细雨轻柔，雪花漫舞，好一派朦胧缥缈气象！

带着"一览众山小"的胜利喜悦，我们漫步于天街之上，品味天上人间；步入玉皇顶，领略帝宫般的辉煌，犹见当年封禅大典的壮观景象。导游介绍说，泰山是一座通天御地的神山。站在泰山之巅离神仙最近，于是古人在泰山之顶上燃起祭祀的柴火，泰山之巅就成为祭天的神坛。早在先秦时期，就有七十二位圣贤到泰山祭祀，这种祭祀又演变成封建帝王的封禅仪式。每当国力强盛，或天降祥瑞时，帝王们都要登山封禅。从秦始皇开始，共有十二个皇帝登上泰山封禅祭祀。一边听导游的介绍，我一边在想，泰山主峰玉皇顶，海拔一千五百四十五米，这个高度在中国的大山中排行第十八，五岳中屈居第三，可是数千年来，泰山一直被誉为群山之首、五岳之尊。就是因为，她如一部巨大的史书，记载着源远流长的中华文明。正如那句千古名言所道，"山不在高，有仙则名；水不在深，有龙则灵"啊！

泰山又是道教圣地，香客云集，名扬四海。我们来到了久负盛名的碧霞祠，这里供奉的是集原始生育女神、道教先尊和佛教观音菩萨于一身的慈悲女神——碧霞元君。当地人习惯称她为泰山老奶奶。我虔诚地步入正殿，诵经声和悦入耳，香烟缕缕沁脾。在张诚达道长的陪同下，

我们参观领略了道教仪式。仪式结束后,张道长拿出留言簿请我题字留言。在他的提议下,我题写了"冬至一阳生"五个字。恰好当天是冬至,从这天起,阳气开始上升,迎接春天的到来。

当夜幕即将降临的时候,我们带着未尽的余兴,乘缆车返回山下宾馆。回来后我想了很多很多。泰山给我的感悟是什么呢?对人生有哪些启迪呢?她为什么会被联合国教科文组织命名为"世界自然与文化双遗产"?仔细琢磨,至少应有以下两个方面原因吧。

第一,自然美的关怀。泰山地处华北平原,南临黄河,东望大海,云蒸霞蔚,峻极于天,既展示出她的雄伟壮丽,又展示出她沉稳厚重的神秀风采。杜甫的名句"造化钟神秀"就是对泰山自然美的尊崇。当登临时,颇有返璞归真之感。一路上山水相嵌,溪潭层叠,林木幽深,劲松挺拔,好鸟时鸣,一派风月无边景象。中国人的人生最高哲学境界是天人合一。《道德经》上曾这样描述:"天得一以清,地得一以宁,神得一以灵,谷得一以盈,万物得一以生。"修到合一的境界,也就是入道的大境界了。道家之所以把泰山作为道场圣地,就是因为这里有良好的自然气场。大诗人李白登上泰山时,写下了这样壮美的诗句:"天门一长啸,万里清风来。"一个人能沐浴在清风中,这是上天的恩赐,大自然的关怀。登泰山可强身健体,祛病延年。导游给我们讲了一个真实而神奇的故事。著名美学家、北京大学教授杨辛老先生,十年前患了癌症,他的治疗方法就是登泰山。他一次次地攀登,一次次地升华,一次次地超越。经过四十多次的攀登,生命的极限被他突破,癌症从他体内消失,泰山成为杨教授的生命归宿和精神家园。他满怀激情书写的《泰山颂》已被刻写在泰山石上:"高而可登,雄而可亲,松石为骨,清泉为心,呼吸宇宙,吐纳风云,海天之怀,华夏之魂。"我攀登时途经此石刻,凝视良久,浮想联翩,深深慨叹。

第二,人文美的关怀。不登泰山不觉人文关怀之深厚。泰山被誉为天然的历史博物馆,数以千计的石碑使壮丽的泰山笼罩在历史、艺术、诗文的浓浓气氛里。还有那数不清的亭台楼阁，古朴典雅、端庄祥和。只要跨入了一天门也就仿佛进入了仙境。红门宫、飞云阁、万仙楼、斗母宫，一路上神府仙宫接驾，登者已是半人半仙。每一座亭阁，都有一段历史典故或美丽的传说。每一处石刻，都是精心雕琢，寓意深刻。最使我感到震撼是两处石刻。一处是具有浓厚佛教气氛的经石峪大面积石刻，内容是佛教《金刚经》全文。由此可见，信仰的力量是无穷的。经文用隶书体刻成，字体苍劲古朴，丰润纯厚，堪称隶书书法一绝，引来无数文人墨客到此临摹。如果站在高崖上俯瞰，就宛如一尊尊打坐的高僧，神色镇定，端庄肃穆，字字都是神来之笔。另一处是著名的唐摩崖石刻。当你站在泰山玉皇顶最开阔处，仰望唐摩崖石刻，巍峨磅礴之气扑面而来，这是泰山所有石刻中最为壮观的一处，上面刻有唐玄宗李隆基御书的《记泰山铭》，记载了唐玄宗神奇的封禅故事和一段鲜为人知的皇家秘史。泰山同长城、黄河、长江一样，具有伟大而美好的象征意义，是中华民族的精神脊梁，自古以来就有"泰山安则四海皆安"的说法。今天我们常用的成语就有"稳如泰山""重于泰山""泰山北斗""有眼不识泰山"，等等，听起来给人一种厚重感和安全感。

　　泰山给人的关怀是无尽的。登泰山不仅是身体素质的展示，而且也是意志和信念的展示。自古以来登泰山就是启迪人生的精神之旅。要想登上"天下第一山"的绝顶，就必须从最低卑的第一块石阶起步，发扬泰山的稳重精神，脚踏实地，循序渐进，要把登攀的目标，落实在一步一个脚印的努力坚持之中。其实，每个人都希望自己成功，但却不希望改变自己。孰不知，成功永远属于那些善于改变自己并坚持到底的人。当登上南天门，"一览众山小"的时候，你才会享受到成功的喜悦与自豪；你才会体验到天人合一的美妙；你才会领略到"欲穷千里目，更上一层楼"的人生大境界；你才会真正感受到南天门摩天阁上两侧楹联的非凡胜境："门辟九霄，仰步三天胜迹；阶崇万级，俯临千嶂奇观。"

最后，把我登上南天门时仿杜甫《望岳》诗韵而吟成的一首《登岳》小诗抄录在此，作为本文的结束语：

岱宗从头越，
凌绝路漫遥。
攀阶踏劲履，
咬定气冲霄。
挺拔松迎客，
畅游云海涛。
冬至一阳生，
南天自在高。

登岳阳楼遐思

（2009年10月31日）

岳阳楼因一篇《岳阳楼记》而名扬天下，誉满神州。我因喜爱《岳阳楼记》，故对岳阳楼向往久矣。今日得宽余，登临岳阳楼，一种如愿以偿的快慰悠然心头。眼前的岳阳楼和洞庭湖，虽不能让我立刻感觉到《岳阳楼记》中描绘的那种诗情画意、磅礴气势，但只要打开联想之窗，让思绪飞翔，便可遨游于《岳阳楼记》所挥洒的高远境界之中。"前人之述备矣"，笔者在此无力风雅作记，只能触景生情，略发遐思而已。

我常常感佩《岳阳楼记》的作者范仲淹先生的神来之笔。他并没有到过岳阳楼，仅凭巴陵郡守滕子京送来的一幅《洞庭秋晚图》，竟能浮想联翩，纵横驰骋，一挥而就了《岳阳楼记》。从此，范老先生便永垂不朽，千载之下，风采依旧。范仲淹是北宋名臣，杰出的政治家、文学家。他已离开我们900多年了，但我们仍感觉到他还生机勃勃地活着。一篇《岳阳楼记》丝毫没有因历史的变迁而被冷落，相反，它历经宋、元、明、清、民国及中华人民共和国，历经封建社会、新旧民主主义社会、社会主义社会三个社会形态而不衰，靠的是什么呢？一言以蔽之：靠的是伟大的人格思想、崇高的政治境界和深厚的艺术修养。

范仲淹，苏州吴县人，幼时丧父，家境贫寒，常受异父兄长的凌辱。但他意志坚韧，聪慧好学，常到附近的寺庙里借宿苦读，从小就树立了一种苦其心志、劳其筋骨、自觉独立的精神。功夫不负有心人，他

27岁中进士，成为朝庭命官。由于他性情刚直，秉公廉明，屡犯龙颜，因而仕途坎坷，屡遭贬谪，"四起四落"。然而正是这种非凡的人生经历，才造就了他的伟大人格。我非常赞赏中国范仲淹研究会高级顾问梁衡先生对范仲淹精神的三句话归纳："一是独立精神——没有奴气而有志气；二是理性精神——实事求是，按规律办事；三是牺牲精神——为官不滑，为人不奸。"可见，若没有这种伟大的人格精神，他就不可能写出这篇冠绝天下的千古美文——《岳阳楼记》。

"不以物喜，不以己悲。居庙堂之高，则忧其民；处江湖之远，则忧其君。是进亦忧，退亦忧。然则何时而乐耶？其必曰：先天下之忧而忧，后天下之乐而乐乎！"这是何等崇高的为官境界啊！正是这几句没有修饰、直抒胸臆、富有哲理的铿锵之语，从此不仅使岳阳楼闻名天下，更挺直了无数后代中国人的精神脊梁。正是这几句空前绝后的名言，道出了《岳阳楼记》的核心思想，对中国知识分子的品德形成产生了极其深远的影响。我想这应是范仲淹所始料不及的，如果他老人家在天有灵，一定会"把酒临风，其喜洋洋者矣"！

我想，范夫子不在岳阳，却能写出如此绝世美文，是什么催生了他的空前灵感，把他练就的一身功夫发挥得淋漓尽致？除深厚的文学功底和非凡的人生阅历之外，我猜想有两样东西必不可少：一是美图，二是美酒。当时，他一定是凝视着《洞庭秋晚图》这幅壮美的画卷，陶然其中，举杯痛饮，热血奔涌，激情闪烁，挥毫如神，一气呵成。这就是中国山水画大写意的特有魅力，她让人在有中看到无，在无中看到有，给人以无限的审美遐想。倘若这幅图是西方的写实绘画，那么，范夫子是难以得到如此灵感的。酒助诗文兴，这就是中国酒文化的特有魅力。喝至美酒神韵处，挥毫定有美文出。李白斗酒，美诗百篇；范公痛饮，千古华章！

千古名文的出现，又往往与"贬官文化"有着特殊的关系。现代著名散文作家余秋雨先生在他的散文《洞庭一角》中说："贬官失了宠，孤零零的，悲剧意识也就爬上了心头；贬到了外头，这里走走，那里看看，只好与山水亲热。这样一来，文章有了，诗词也有了，而且往往写得不坏。过了一个时候，或过了一个朝代，名誉得到恢复，于是，人品和文品双全，传之史册，诵之后人。"余秋雨先生这段话是从一般意义上讲的。但对号范仲淹先生，所不同的是，范夫子被贬官后，朝庭没有给他到处走走看看、亲热山水的机会，而是将他贬到条件艰苦的豫、鄂、陕交界的邓州任职。在邓州他励精图治，治贫兴学，卓有成效。他身处江湖，心忧国事，虽遭迫害，仍不放弃对从政理想的执著追求。据考证，当年范公在邓州写《岳阳楼记》的情景，和我上面的猜想惊人地相似。当他看到好友滕子京派人送来请他为岳阳楼作记的信函和《洞庭秋晚图》时，体弱多病的范公，精神为之一振，不禁百感交集，悲喜激荡，文思泉涌，遂煮酒研墨，秉烛执笔，一气挥就了千古绝唱——《岳阳楼记》。这既是他当时心境的写照，也是对与他同样被贬谪的好友滕子京的鼓励和劝勉。"不以物喜，不以己悲"，范公借岳阳楼抒发了自己的家国情怀。特别是在被贬官后的逆境环境里，范公尚有雅兴为岳阳楼作记，实在是难得之难得，可贵之可贵，境界之境界也！当然，不可否认，他的贬官悲剧意识，对他完成这篇伟大的作品也确实帮了不小的忙。不过，他的悲剧意识，体现的却是先忧后乐、顽强抗争、矢志不渝的精神，这在贬官文化中可称为一朵光彩夺目的奇葩！

　　被贬为巴陵郡守的滕子京先生，与范仲淹是同年进士，仕途好友。我原以为他只是一位优秀的"政府官员"，登岳阳楼后才发现，他还是一位出手不凡的才子。请看他吟咏洞庭湖的词作——《临江仙》："湖水连天天连水，秋来分外澄清。君山自是小蓬瀛。气蒸云梦泽，波撼岳阳城。帝子有灵能鼓瑟，凄然依旧伤情。微闻兰芷动芳馨。曲终人不见，江上数峰青。"这首词虽然展示了他特有的悲情和才情，但无论如何也不能同他的"老战友"范仲淹先生的《岳阳楼记》相媲美。我看滕子京的高明之处就在于自己不亲自为岳阳楼作记，而请一位胜于自己的

高手——范仲淹。这种"高明"与"高手"的联动，才有此篇旷世杰作的诞生。今天，我们在吟诵《岳阳楼记》的时候，仍应向这位伟大的"伯乐"——滕子京先生致以崇高的敬意！

就在我登楼遐思正酣的时候，突然，一位陪我同来的老部下对我悄声低语道，据有关人士考证，岳阳楼是滕子京在岳阳为官时搞的"形象工程"，他并无真正业绩。范仲淹是他找来"推销"自己的"托儿"。你看，《岳阳楼记》开始就介绍："庆历四年春，滕子京谪守巴陵郡。越明年，政通人和，百废俱兴，乃重修岳阳楼。"从中可看出水分，怎么不到一年就能政通人和，百废俱兴呢？但我却不这样看。我认为，岳阳楼年久失修应该重修；岳阳楼是岳阳的象征，这样的"形象工程"应该上，且有利于政通人和，百废俱兴。至于时间短不可能干出那么多事来，这是有道理的，但从重修岳阳楼这一件事就可以看出滕子京的业绩。同时，作为一种散文体，有一点艺术夸张和创造，不但是可以理解的，而且也是一种审美的需要。如果说范仲淹是"托儿"的话，那么，他托起的不仅是滕子京，更重要的是托起了一种先忧后乐、自强不息的宝贵精神。滕子京因岳阳楼而留名，而岳阳楼因范仲淹一记而不朽。随着时光的流逝，作为物理意义上的岳阳楼终将渐渐老去，以致需要定期进行修缮和翻新；但作为精神意义上的岳阳楼却会青春永驻！

联想到今天的某些"形象工程"，也就是所谓的"政绩工程"，并无实质之文化内涵，却有哗众取宠的故意。这些用钢筋水泥堆砌起来的"形象"，浪费的是纳税人的钱，但却可以使某些为官者得到一顶崭新的乌纱，这顶晋升的乌纱与范仲淹和滕子京被贬的乌纱形成鲜明的对照。前者只能是昙花一现，后者必将万古流芳。笔者真诚奉劝并大声疾呼，在中华重新崛起的历史时刻，我们要多搞"德政工程"，不搞"政绩工程"，要倾力打造传承伟大中华文明的不朽工程，在国人的心中多一些岳阳楼式的永恒形象！

古往今来，登岳阳楼者络绎不绝，写岳阳楼者层出不穷。此次登岳阳楼，我拜读了许多这方面的诗词和记文，其中不乏有创意者，但同范公比起来，大多不过是萤火之光，范公真乃皓月之明也！何以如此？如果说岳阳楼是一座高峰，那么，范公就是这座高峰的"设计者"和高度的"锁定者"，后来者只能是攀登仰止，模仿吟唱。今后中国还会出现像范公这样的高峰设计者吗？联想到当今文坛、书坛，呈现的是一派繁荣和浮躁共存的景象，让人亦喜亦忧。文化超男超女不断涌现，可就是不出大师巨匠。他们似流星闪过，各领风骚一瞬间。如今出书的多了，出精品的少了。现在就看谁能耐得住寂寞，说不定有一天出人预料地杀出一匹黑马，升起一颗璀璨的恒星。

"山不在高，有仙则名；水不在深，有龙则灵。"岳阳楼并不至高，却因范公一记而成高峰，世人仰止，天下闻名；洞庭湖水并不至深，却因范公一番精彩描绘而胜蓬瀛。《岳阳楼记》不过360字，却写出了博大精深，前无古人，后无来者。笔者登楼遐思，下笔已过3000字，却仍有道不明之感，实在惭愧，到此打住，以作留念。

屈子祠前的情思

（2009年10月31日）

登罢岳阳楼，天色渐晚，风云忽起。带着一点深秋的凉意，我们一行人驱车驶向另一个我向往已久的地方——屈子祠。这座位于洞庭之滨、汨罗江畔、玉笥山上的祠堂，是为纪念伟大的爱国诗人屈原所建，是中国现存纪念屈原的唯一古建筑，素有"中华第一祠"之美誉。20世纪50年代，屈原被世界和平理事会评为"世界四大文化名人"之一。他不仅属于中国，而且也属于世界。如今这里已是全国乃至全世界研究屈原和楚文化的重要基地。

屈原是战国末期的楚国大夫，年轻时被委以左徒重任，立志革新朝纲，振兴楚国，因而触犯了旧权贵们的利益，遭谗而被贬为三闾大夫。在被流放寓居汨罗九年之后，他不忍面临亡国之痛，于公元前278年农历五月初五投汨罗江以身殉国。至今民间还保留着五月初五端午节吃粽子、赛龙舟的习俗，以表达对这位千古诗圣、爱国志士的凭吊缅怀之情。端午节也于2008年入选《世界人类非物质文化遗产代表名录》。屈原在放逐过程中，以诗歌为武器，把自己满腔的忠愤和爱国情怀熔铸于诗篇之中。《离骚》是他的代表作，全诗370多句，近2500字，是我国古代最长的诗歌。屈公在诗中，或寄情于香草美人，或寓意于历史典故，借以表达对美政思想的顽强追求，酣畅淋漓地表现了自己坚贞不屈、傲岸峻洁的高尚人格和眷恋祖国、热爱人民的耿耿情怀。

"路漫漫其修远兮，吾将上下而求索""长太息以掩涕，哀民生之多艰兮。"这是《离骚》中最让人感动和激奋的佳句绝唱。千百年来，不知有多少仁人志士、文人骚客，吟诵着这震撼心灵、呼唤新生的诗句，为了理想信念，上下求索，义无反顾，谱写出无数壮美的篇章。我在心中默咏着屈夫子的诗句，虔诚地拜谒、瞻仰祠中的纪念碑文、雕塑。徜徉在这广祠邃宇之中，仿佛进入悠远的时空隧道，抚摸着历史的痕迹，一直追溯到2000多年前的战国时代。我看到的是诸侯国纷争的战火，刀光剑影，尸横遍野；看到的是秦灭亡楚国的悲惨景象；看到的是屈夫子难忍亡国之恨，仰天长啸，愤然投进狂涛汹涌的汨罗江。他的悲壮之举，践行了他的《离骚》绝唱。他太过于"真诚"，太过于忠实自己的"信仰"，正是由于有他这样许许多多的历史俊杰出现，悠久的中华文明才没有成为一条肮脏而断流的河，我们的历史才会成为一首厚重而久远的歌！

我伫立在高大的屈原雕像前，仰望着他的神态，不禁遐想联翩，无尽感伤。看我们的屈夫子，他好像从一片荒凉中向你走来，忧郁的眼神，露出无限的期待。他像一个文弱的书生，文弱中却散发出一股刚毅之气；他像一个疲惫的壮士，疲惫中仍能看出其坚韧顽强的精神。他是一个嫉恶如仇、爱憎分明、傲骨铮铮的士大夫。正如他在《渔父》中所吟唱的——"世人皆醉我独醒，世人皆浊我独清。"他是一个浪漫多情的诗人。自古以来，作为诗人，非浪漫难以成大家，非多情难以留佳话。屈公在《离骚》中高吟道："惟草木之零落兮，恐美人之迟暮。""凤凰翼其承旗兮，高翱翔之翼翼。"这是何等的文采飞扬、潇洒飘逸！他在诗中大量运用古代神话和传说，通过极其非凡的想象，把现实人物、神话人物交织在一起，把地上和天国、人间和幻境、过去和现在交织在一起，构成了瑰丽奇特、多彩变幻的世界。正如司马迁在《史记》中赞道："虽与日月争光，可也！"

品《离骚》之韵味，如老酒佳酿，回味醇香，荡气回肠。对于《离骚》，我每读一次都有新的感动，新的回味。我深深体会到，贵族出身

的屈原，他的《离骚》最突出的艺术成就是突破了贵族庙堂文学的局限，开创性地吸收楚国的民间语言、神话佚闻，夹杂叙述，全诗充满了奔放的想像，上天入地，纵横驰骋，有时幽咽，有时峻峭，犹如一个苦闷的灵魂在流放的路上激荡徘徊。这是中国文学史上首次出现的宏伟诗篇，是屈原用他的理想、遭遇、痛苦、热情，乃至整个生命所熔铸而成的千古华章！

品《离骚》之韵味，可品出不幸人生的辛酸与悲怆，无助与无望。诗人以高洁浪漫的悲情，挥洒出与命运奋勇抗争而又无能为力的悲怆画卷。屈公在诗的结尾时高唱道："已矣哉！国无人莫我知兮，又何怀乎故都！既莫足与为美政兮，吾将从彭咸之所居！"可将其译为：算了吧！算了吧！举国没有人能理解我，我又何必迷恋着故乡！既然没有人能同我一起去实现美政理想，那我就去追随殷代投江殉国的贤大夫彭咸，与他相依为伴！

品《离骚》之韵味，可品出质朴与高雅，"牢骚"的可贵。怎样理解"离骚"？关于"离骚"的篇名，自古以来有许多不同的解释和争议。我的感悟是，屈公的"离骚"，也是他离开宫庭高位后的一种特有的"愁苦"与"牢骚"。虽然屈公是一位伟大的爱国诗人，但他首先还是一个食人间烟火、有血有肉的自然人。在被贬流放后，发一顿牢骚别恨，道出心中的愁苦，此乃人之常情也。所不同的是，这不是一般俗人的牢骚。虽然他也对遭受污陷、失去君宠而抱怨不平，但更多的是表现为一种忧国忧民、舍己为国的伟大情怀。这是一种源于自我而又超越自我的"牢骚"。这种"牢骚"通过屈公高超的艺术表现，又给人以质朴而高雅的审美享受。

对屈原的生平简介中有一句话，称他为杰出的政治家。这倒让我顿生疑问，不敢苟同了。屈原的政治生涯是短暂的，也罕有杰出政治家的业绩。就他的情怀禀赋来说，更适合做诗人，正因为他入仕从政惨遭挫折，反而使他成为一位伟大的诗人，而不是杰出的政治家。我在想，他若是一位杰出的政治家，也不至于落得一个被长期贬官流放的悲惨境地。实事求是地评说，他应是一个忧国忧民、勤政为民的好官，一位才华横溢的伟大爱国诗人。虽然他也有成为杰出政治家的志向，但他洁身自爱、眼不容沙、不善妥协、锋芒毕露、刚正不阿的品格是难以成就他的政治家理想的。我认为，能够征服他人的才算得上是政治家，能够征服自己的只能是道德楷模或精神偶像。我们的孔老夫子也曾从政做过官，还有过突出政绩。后来尽管他周游列国，历尽艰辛，也没有任何一位国君接受他的政治理念，使他欲当政治家的抱负化为泡影。最终还是由于他征服了自己、创立了儒家学说而成为千古圣人、万世师表。同样，屈原大夫不能说服楚王、征服群僚，实现自己的政治理想，最终还是由于他征服了自己，创立了"楚辞"而流芳千古。屈公如在天有灵，应庆幸自己没有成为杰出的政治家而成为伟大的爱国诗人，同时他也应感谢折磨他的苦难，成就了伟大的《离骚》绝唱。从此，中国历史上有了第一位伟大的浪漫主义诗人，中国浪漫主义文学有了第一位奠基者。

"文章憎命达"，好像被放逐的苦难最能成就一位伟大的诗人。我联想到同屈夫子有相似遭遇的意大利伟大诗人但丁。他在被判刑流亡期间，也同样以惊人的想象力，创作出长诗《神曲》，以此将西方中世纪文学艺术推向高峰，同时也成为欧洲文艺复兴时期最具开拓性的华彩乐章。"人最大的痛苦，莫过于在不幸的时候回忆幸福的时光；人生来不能像走兽一样活着，而是要追求美德和知识；走你的路，让人们去说吧！"这是但丁在《神曲》中的几句经典吟唱，同屈夫子在《离骚》中的某些经典吟唱有异曲同工之妙。同时，读但丁的诗好似对屈公的由衷赞美，屈公的英灵经过"炼狱"之后也随之升入《神曲》中的天堂！

仰首屈子祠，我凝眉遐思：如果屈公当年不失君宠，春风得意又将怎样？无非是辅佐君王有功，成为一代名相。但当他的时代结束后，老百姓就再也不会记起他的名字，只有后来的历史学人对他进行考证研究。他的名字就会像《红楼梦》里的一句诗所云："古今将相在何方？荒冢一堆草没了。"现在某些学者花很大的气力去研究屈原被流放和死去的真正原因，研究他的爱情私生活如何，我看这些并不重要，重要的是屈公的《离骚》和"楚辞"。如果没有《离骚》和"楚辞"，还会有眼前这座屈子祠吗？还会有五月五日汨罗江上的龙舟赛吗？还会有端午节家家户户吃粽子吗？屈公不需要坟冢，因为他永远活在后人的心中；屈公更不需要树碑立传，他的《离骚》和"楚辞"，就是永远的丰碑、永恒的传记！

神奇的羑里，永远的文王

（2008年5月9日）

羑里是《周易》的发源地，位于河南省安阳市汤阴县城北羑河与汤河之间的空旷原野上，为殷纣王囚周文王处，也是我国有文字记载以后的第一座国家监狱。周文王在羑里被囚的漫长岁月里，发愤治学，潜心研究，在伏羲先天八卦的基础上发明了后天八卦。这便是历史上著名的"文王拘而演周易"的故事。后人为纪念他，在羑里城遗址上建立起文王庙。现存的羑里城遗址是国家重点文物保护单位，以其博大精深的文化内涵而名扬海内外。

2008年4月26日这天，终于实现了我多年向往羑里、拜谒文王庙的夙愿。在羑里城，我们的导游讲解得真是精彩。她不仅对这里的人文历史脱口而出，而且讲起《易经》——《周易》八卦中的卦象来，也是深入浅出，形象生动，并留下神秘的悬念。我怀着虔诚的心情，一边听，一边看，一边追昔返思，暗发思古之幽情。虽然周文王离开我们已经2500多年了，但因他留下的无价之宝——《周易》，仍然活在世人的心中，那么鲜活，那么崇高，那么深邃。

作为商王朝名声显赫的西伯侯，他被诬陷下狱时已是82岁高龄。在那样恶劣的条件下，他为了预测天地变化、国家大事、个人吉凶，只能用身边的野草——蓍草，将伏羲的先天八卦推演为后天八卦，最终组合成六十四卦，并注上卦辞，将宇宙万象一举囊括，可测天地运行、命理人生。在狱中，文王无法同外界接触了解情况，只能用八卦推测，每

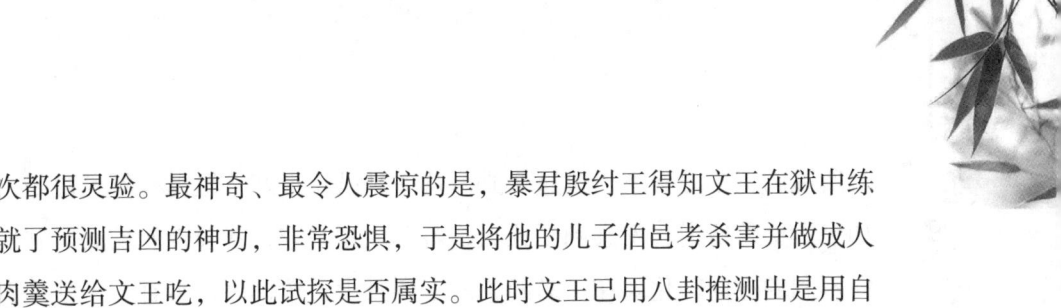

次都很灵验。最神奇、最令人震惊的是，暴君殷纣王得知文王在狱中练就了预测吉凶的神功，非常恐惧，于是将他的儿子伯邑考杀害并做成人肉羹送给文王吃，以此试探是否属实。此时文王已用八卦推测出是用自己儿子的肉做成的羹，但为消除纣王的怀疑，他强忍悲痛，在狱吏面前将肉羹大口吃下。纣王得知后非常高兴，认为文王没有什么本事，不会对自己构成威胁，从此便放松了警惕。后来文王趁狱吏离开的时候，在隐蔽的地方把肉羹吐了出来，埋起一个坟冢。导游特意带我们从文王演易处过来看这个不太显眼的伯邑考墓，也叫吐儿冢。传说文王吐出儿子的肉羹，很快就变成兔子跑掉了。至今羑里这个地方，民间一直不打兔子，因为据说它是文王儿子变的。

　　在纣王放松对文王警惕的情况下，文王在狱外的亲朋好友开始积极营救他。最后他们买通纣王的心腹大臣，向纣王献上美女和珍宝。纣王一高兴，就下令把周文王姬昌释放了。俗话说，君子报仇，十年不晚。周文王在狱中度过了七年的囚徒岁月，出狱时已是89岁高龄。但他仍精神焕发，心胸大度，韬光养晦，志存高远。他没有表现出一点怨恨纣王的意思，相反他把洛西的地方献给了纣王，以答谢纣王对他的赦免。文王一方面向纣王献忠心以增加纣王对他的信任，另一方面则利用纣王赐予他的征伐大权，不断南征北战以扩大自己的领地。虽然文王生前未能推翻商王朝，结束殷纣王的残暴统治，但却为后来他的儿子周武王伐纣、推翻商朝建立周朝奠定了坚实的基础。

　　我们在导游的带领下，来到了一座画有后天八卦的石碑面前，直接观赏和感悟文王的后天八卦图像。导游小姐特意选择了其中的泰卦和否卦，为我们做了较具体的讲解。她说，占卜如果得到泰卦的话，就是吉利的象征，如果得到否卦，就是不吉利的象征。泰卦很特殊，上卦为坤，下卦为乾，就是天地颠倒，地在上，天在下，天气上升，地气下降，正好天地阴阳交合，象征万物生养之道畅通。泰为通，即安泰亨通。通泰之时，阴者衰而往，阳者盛而来，所以既吉祥又顺利。我们平时所说的三阳开泰就出自这一卦。这一卦虽然很好，但也有不足之处，如上六爻辞所说，安泰到了顶点，若不注意坚守，就会走向反面，开始向不利的方向转化。在《易经》六十四卦中，按排序，泰卦下来就是否卦，其卦象和卦意正好与泰卦逆反。乾为上卦，坤为下卦，即天在上，地在下，按我们的直觉思维，这本是正常的，也是天经地义的。但运行的哲理正相反，你看乾上坤下，天气上升，地气下降，天地阴阳二气互不交合，万物生养不得畅通，为否，闭也。所以否象征闭塞不通，是小人得势，君子被排斥的形象。这一卦虽然很不好，但也绝不是死路一条。卦的上九爻辞说，小人之道到了终极就会倾覆，不会长久，最终由闭塞转为畅通。

　　上述两卦最能体现《周易》的辩证哲学思想，就是泰极否来、否极泰来，一言以蔽之：物极必反。自然界是这样，人生也是这样。一个人不可能一直保持顺畅通泰，一旦到了"物极必反"那天，也不要怕，因为这是不可抗拒的规律。只要调整好心态，以积极的人生态度去顺其自然，就会在下一个"物极必反"中"否极泰来"。当然"否极泰来"的结果有多种，不一定都是春风得意，"升官发财"。其实，得到一种关爱，修得一种良好的境界，也是难能可贵的。写到此让我想起了《易经》中的谦卦。在《易经》六十四卦中，绝大多数都有利有弊、利弊同时存在，无非是大些小些的问题。但只有谦卦没有任何毛病，从六爻的爻辞看，无论是阴爻还是阳爻，爻爻都好，一爻比一爻好。艮象征山、止，坤象征地、顺，地中有山，山体高大，但在地下，高能下，下谦之象。卑下之中，蕴其崇高，屈躬下物，先人后己，所以谦象征谦虚。如此谦虚地待人接物，所以诸事顺利。我认为，正是这一卦最好，所以也最难做到。也许是人性的弱点所致，我接触过许多有才气的人，特别是年轻人，真正像谦卦要求那样做的人太少了，所以成长较慢。人生的过程证明，一个不谦虚的人，必然是一个苦恼和挫折多的人。所有的卦都可以发展到物极必反，只有谦卦不会，如果其他卦出现物极必反的不利形势时，只要效法谦卦的精神，就会帮助转化矛盾，化解风险。谦虚不一定使人发达，但肯定会使人平安。谦虚使自己心气平和，使他人感到温暖。

  随着导游的步伐，我们来到了最后一站——占卜点。据说这里的占卜师都是经过易经协会认定的，具有资质，同街头那些带有迷信色彩的卜卦算命有根本的区别。有人说，到羑里不卜卦就感受不到《周易》的神奇魅力；也有人说，这里的气场特别好，占卜比较灵验。为此，我以虔诚的心情感受一次占卜过程。按占卜师的指导，我在心中问一件事，然后用双手将三枚硬币放在手中，双手合起摇数次后，投掷在桌面上，连续六次便形成你所问的卦象。占卜师说，你卜到是观卦。听后我顿感神奇，因为我心中问的是此行参观是否顺利，这一卦正好回答这个问题。占卜师解卦说，此观卦象征观仰，在观仰中看到盛德，顺从美好的教化，在不知不觉中信服。你们此行总体上很顺利，但往北行时路上遇到阻碍，往南行一路顺利。听完解卦，我更感神奇和不可思议。我们从郑州往北来的时候，在高速路上因前面的车肇事，我们被堵近一个小时，到安阳时已是晚上九点多。当我们南行回郑州时，一路畅通，比预定时间提前到达。后来，我问同行来的几位卜卦者效果如何，他们都神秘一笑，感觉不错。

  通过卜卦这件小事，却让我的思维向无限的宇宙极力扩展。在浩瀚的宇宙中人类显得是那么渺小，但当我们拥有了《易经》八卦的象数和易理，由此握宇宙在手，万法由心的时候，好似突然发现，我们的祖先、我们的人类又是那么的伟大。目前，我们还解释不了为什么卜卦有时会如此准确灵验，为什么对一些重大问题只点到为止而不说破。那些占卜大师也回答不出，他们只知道这是通过《易经》这种方法得出来的结论，如实相告，信不信由你。如果周文王在世，问他这是为什么，他也一定会说："我也不知道，我只是发现了这种规律，发明了这种推天理以明人事的方法，提出了这种理论。"假如真有造物主上帝存在的话，他一定会这样说："我知道，但不告诉你，天机不可泄露。"为什么？如果宇宙和人间没有了神秘，那么，人类还有追求吗？生活还有精彩吗？对此，我们应当如何去做呢？好在《易经》上给出了明确的回答，这就是："天行健，君子以自强不息；地势坤，君子以厚德载物。"

《易经》被誉为华夏文明之源，是经典中的经典，哲学中的哲学，智慧中的智慧。它的思想哺育了孔子、老子等一大批古代圣贤。《易经》传入西方，也产生了重大影响。诺贝尔物理学奖获得者内尔斯·玻尔因对物理学的杰出贡献而被授予爵士徽章。在选择徽章标志时他选用了《易经》的阴阳太极图。据说德国哲学家黑格尔发挥了《易经》的哲学，提出了著名的辩证法思想。另一位德国数学家莱布尼茨，据说也是受《易经》象数的启发，发明了二进制，后来为计算机所采用。就商界来说，丰田、三星的创始人都是从《易经》中受到启迪，从而开拓出影响世界的商业王国。

在羑里城感受《易经》的超凡智慧，有一种更亲切、更开阔的感觉。我深切地感到，《易经》所揭示出的哲理永远是超前的，无论社会如何进步，科学如何发展，《易经》总会有一个发展框架在等着，没有任何事物能逃脱，这就好比白天的太阳和晚上的月亮，只要人们不自己躲藏光芒，无论你走到天涯海角，它总是能给予你无尽的启示，这正是《易经》历经数千年而不衰、至今仍散发着无穷的魅力、指导人们安身立命的重要原因。

当我们一行即将告别羑里城的时候，大家集合在城门前广场，同周文王巨型雕像合影留念。这座高9米的红色大理石雕像，呈现文王漫步雄姿，形态静中有动，动静有致，相貌魁伟，面容祥和。仰望着他，这位亲切慈祥的先哲，好像在为我们讲述宇宙和人类的昨天、今天和明天。我在想，眼前这座雕像，也许经过千百年后就风化了，也许毁于天灾和人祸，但周文王和伟大的《周易》，必将与日月同辉，与天地共存！

函谷关上感悟老子的大智慧

（2008年5月5日）

函谷关是个令天下人敬畏的名字。关在谷中，深险如函，故名函谷关。它西据高原，东临绝涧，南接秦岭，北塞黄河，一夫当关，万夫莫开。千百年来，此地不知上演了多少惊天地、泣鬼神的悲壮故事。一条故道，一径深深的印痕，几多硝烟弥漫，几多烽火连天，秦灭六国，楚汉争霸，安史之乱，历史轨迹经常在这里拐弯。我这次乘四月的和煦春风，专程到此一游，不仅是来领略战争文化的残酷与精彩，更重要的是来感受和平大道文化的始祖——老子文化的博大精深。

函谷关本是军事要塞，却因一位伟大哲人老子的到来，改写了它只作为军事要塞的历史。漫步于函谷关头，听导游绘声绘色地讲述老子过函谷关的动人故事，把我带入了老子生活的那个列国争雄的遥远年代。老子姓李，名耳，2500年前春秋末期楚国苦县人。他曾担任过东周王室管理图书的官吏，相当于今天的国家图书馆馆长，可见他的学问一定是出类拔萃的。春秋末期天下大乱，战争频发，人事纷争，礼崩乐坏，老子失望至极，难以忍受，便欲西出函谷关去过隐居生活。当他骑着青牛来到函谷关，正欲办理过关手续时，精彩的故事开始了。当时的函谷关关令尹喜，用今天的称谓就是关长，他擅长星宿学，望见空中有紫气东来，便预感有智者高人过关，急忙出门恭迎老子到来，并把他请到贵宾室，也就是今天的太初宫。这位尹关长也是位不寻常的人，对老子这位具有大智慧的真人，他是不会轻易让他出关的。于是，他同老子谈好条件，就是请老子把他的大智慧写出来，方可准他出关。无奈之下，老子奋笔疾书，大智泉涌，写下了五千字的《道德经》，然后骑青牛出关，飘然而去，最终羽化升仙，成为道教的鼻祖。那位关令尹喜，读了《道德经》后，大彻大悟，弃官西去，追随老子修道去了。

　　听完这段神奇的故事，我们进入太初宫正殿，也就是老子当年著《道德经》的地方。我伫立在具有仙风道骨的老子雕像前，请上一炷高香，向这位伟大的先哲鞠躬礼拜，心怀虔诚。我在想，《道德经》短短五千文，却似一座迷宫，玄达数千年，被视为稀世珍宝。研习《道德经》的人，上至帝王将相，下至山野村夫，古今中外，不计其数。让我想不到的是，在现代科技高度发达的今天，却在世界范围内出现了老子热。在德国，几乎每个家庭都常备有一本德文版的《道德经》；在英国，一些青年男女以学习《道德经》为时尚；在日本，《道德经》成为企业管理者的案头藏书；在美国，一家出版公司竟花13万美元购得仅有5000字的《道德经》新译本的版权；《纽约时报》曾将老子列为全世界古今中外十大作家之首。可见，《道德经》并未因人类进入现代社会而贬值，却随着人类社会的进步而不断升值，这就是老子的大智慧。

　　我崇拜老子的大智慧。《道德经》是我百读不厌的经典，每次读来都有新的难以名状的意境。《道德经》涵盖百家，包容万物，是中国哲学的主根。只恨自己才疏学浅，无法概括出它的所有精华，只把我学习感受最深的写出来，以表达对老子的敬仰。

　　第一，在无为中求有为。"无为"是《道德经》中一个重要的哲学概念，多处出现，内涵深邃。无为而治是老子反复阐述的一个重要思想。《道德经》第三十七章上说："道常无为而无不为。"我理解老子的道，一方面讲的是宇宙的本源，另一方面讲的是事物的发展规律。把老子这句话简单直译过来就是：道永远是不做作的，而它又无所不能作为。老子在《道德经》第六十三章中继续阐述说："为无为，事无事……是以圣人终不为大，故能成其大。"这句话可译成：以无为之心去作为，以无事之心去做事……因此圣人始终不自以为伟大，所以才能成就他的伟大。《道德经》第三十一章上说："夫兵者，不祥之器，物或恶之，故有道者不处。"意思是说：兵器是不祥的东西，是战争的祸端，所以遵循大道的人是不会使用它的。《道德经》第四十三章上说："强梁者不得其死，吾将以为教父。"意思是说：强横逞凶的人不得好死，我要以此作为施教的教材。老子的这些思想都是在阐述无为而治的大道，也是为治理当时天下纷争所开出的药方。可见，老子爱好和平、反对战争的思想，是建立在他的大道无为哲学的高度理性之上的。历史上用老子无为而治的思想治理国家最成功的当属汉代的文景之治，文景二帝都反对战争，不贪功求大，实行休养生息的政策，使国家走向繁荣富强。前不久，我到陕西出差，顺便参观了汉景帝的陪葬墓，那些出土的丰富文物，充分反映了当时无为而治的繁荣昌盛。可见，老子的无为不是不为，而是在顺其自然中改造自然，通过无为去取得有为的大道哲学。这其中的奥妙，需要反复揣摩才能悟出一二。

第二，在柔弱中求刚强。《道德经》第七十八章上说："天下莫柔弱于水，而攻坚强者莫之能胜，其无以易之。弱之胜强，柔之胜刚。"意思是说：天下万物没有比水更柔弱的了，然而攻击坚硬强壮之物没有能胜过它的，因而水是没有事物能代替得了的。弱胜强，柔胜刚。老子在《道德经》第四十三章中，开始就强调："天下之至柔，驰骋天下之至坚。"直译过来就是：只有天下最柔弱的东西，才能迅速穿越天下最坚硬的东西。老子在《道德经》第七十六章中进一步阐述说："人之生也柔弱，其死也坚强。万物草木之生也柔脆，其死也枯槁。故坚强者死之徒，柔弱者生之徒。是以兵强则灭，木强则折。坚强处下，柔弱处上。"这段话的大体意思是：人活着的时候身体是灵活软弱的，而死了以后身体就变得僵硬了。万物草木生长的时候是柔软脆弱的，而死了以后就变得干枯了。所以坚硬强壮是死亡的象征，温柔软弱是生命的象征。因此用兵逞强就不会胜利，树木壮大就会被砍伐或折断。所以强大处于下位，柔弱居于上位。

老子从不同角度，用不同的比喻，阐述了柔弱胜刚强的哲理。我体会，老子讲的柔，不是我们平时感觉中的柔。它是道的一种运用形式，越善于柔就越接近于道，因为道常无为而无不为。老子所说的柔，也不是指一个人性格上的柔与弱，而是指人生的一种智慧方法，一种需要后天修炼的理性工具。如果柔弱不能胜刚强，就不是老子所讲的那种柔弱，就没有修炼成功，就容易变成通常所说的那种软弱无能。我认为，该柔时则柔，以柔克刚；该刚时则刚，寓刚于柔之中，柔中透刚。

第三，在委曲中求全。《道德经》第二十二章上说："曲则全，枉则直，洼则盈，敝则新，少则多，多则惑……不自见故明故彰，不自是故有功，不自伐故长，不自矜。夫唯不争，故天下莫能与之争。古之所谓曲则全者，岂虚言哉！诚全而归之。"这段话大体的意思是：委曲反而能保全，弯曲反而能伸展，低洼反而能充盈，破旧反而能生新，少取反而能多得，贪多反而能迷惑。不自我显露，所以才能自明；不自以为是，所以才能名声显扬；不自我夸耀，所以才能见功；不自高自大，反而能长久。正是因为与人不争，所以天下也就没有人同它相争。古人所谓"曲则全"，怎么能是虚妄之言呢？它是完全可以达到的。我体会，老子讲的"曲则全"，是一种运用道的法则，而不是逃避挫折和委曲的消极方法。事物发展的规律是螺旋式上升，波浪式前进，绝对的一帆风顺是不存在的。细想想看，世界上的事情大多都是"曲则全"，世界上最圆满的事情必定是"曲则全"。这样的例子不胜枚举。如用现代科技发射一枚导弹，只有走曲线才能准确击中目标，若不走曲线非出现灾难性后果不可。地球及宇宙以曲线的方式运转才形成了自己的安全体系。自然的规律是这样，人生的规律也是这样。每个成功的人都必然走过一段曲折的路，都是"曲则全"的成果。同样受到打击的人，有的能够经受委曲，最终站了起来；有的不能够经受委曲，"小不忍则乱大谋"，最终还是倒了下去。同样是领导批评下属，有的用生硬直接的方法，部下即使接受了心里也别扭，甚至还会结怨。有的用委婉柔刚的方法，部下即使不接受，心里也不至于产生抵触情绪，甚至会因此而做得让领导更满意。说心里话，我在这方面的教训比经验多，倘若我40岁前就熟读《道德经》的话，到了今天就会少犯许多错误，就会多得到一些"曲则全"的成果。

第四，在平凡中求非凡。《道德经》第三十四章上说："大道泛兮，其可左右。万物恃之以生而不辞，功成不名有。衣养万物而不为主，常无欲，可名于小；万物归焉而不为主，可名为大。以其终不自为大，故能成其大。"这段话的大体意思是：道广博无际，它能左右宇宙。万物依赖它而生存，它却有功而不自恃，更不占为己有。它包养万物而不自以为主宰，可以称它为大。圣人不自认为伟大，所以才能成就他的伟大。《道德经》第八章上说："上善若水。水善利万物而不争……夫唯不争，故无尤。"把它直译过来就是：天地间至高至极的善可以用水来形容。正是由于它与人不争，所以永远也不会有什么过失。我体会，老子讲的是道的大作为，也正是人们往往容易忽视的地方。就人性来说，人人都渴望成功，都想从平凡走向非凡，成就伟大。这是无可非议的，也是一种人性进化之美。但如何才能做到非凡和伟大呢？我体会老子观点的内涵是，首先必须做到做好平凡。"伟大出于平凡"这句耳熟能详的格言，应是出自老子的思想。常言说，不想成为将军的士兵不是好士兵。我补充一句就是，能够成为好将军的，必定曾是一个平凡的好士兵。我相信，世界上任何一所大学的商学院，都不可能在校园里直接培养出来企业家；世界上任何一项高科技成果的取得，都不可能一次性研制成功。正如老子所说："合抱之木，生于毫末；九层之台，起于垒土；千里之行，始于足下。"凡事越是基础的，就越是平凡的。只有做好基础的，才能成就非凡和伟大。我体会，在平凡中做事，最关键的是要有一个平和沉稳的心态。《道德经》第四十二章上说："道生一，一生二，二生三，三生万物。万物负阴而抱阳，冲气以为和。"这段话的大意是：道产生元气，这元气生出天地，天地生出阴气、阳气以及和气，和气生出万物。万物背负于阴，而怀抱于阳，并在阴阳中得到和谐统一。从某种意义上说，人生最痛苦的是浮躁，人生最幸福的是平和沉稳。平和沉稳的内涵是心灵的和善与和谐。始终以平和沉稳的心态去努力学习和工作的人，不仅易成为一个幸福的人，而且也易成为一个功业非凡的人。《古今人物志》这本书中列举了许多此类从平凡到非凡的成功人士。

第五，在无中求有。《道德经》第四十章上说："天下万物生于有，有生于无。"这是一句非常经典、非常精辟、非常耐人寻味的话。把它直译过来就是：天下万物从有中来，有从无中来。显然这种解释不能令人满意，但搜索枯肠也找不到满意的表述。反复琢磨这句话，给人以无限的想象，无穷的遐思。可见，在两千多年前，在生产力还很不发达的情况下能作出如此判断，我们不得不佩服老子那无与伦比的感悟能力。现代科技的发展，证明了老子观点的正确性。原来宇宙中存在无数我们肉眼看不到的所谓无的东西，如我们身边就有磁场，但我们看不见；我们眼下就存在大量细菌，但也看不见；我们天天呼吸空气，却看不见空气中的大量微粒子。面对这浩瀚宇宙，无际大道，我们对无的追寻是无法穷尽的。正是这些无数看不见的"无"，通过化学反应，阴阳交合，才生出了无数的"有"。其实，仔细一想，人生也是一个无中求有、有归于无的过程。无中求有是人生最难的事，也是必须要做的事。谁真正把握了无中求有的规律，谁就能真正把握住人生。我们没有的，要变成我们所拥有的；我们期待的，要变成我们现实的。这既是人性的欲望，也是人生的追求。"有心栽花花不开，无心插柳柳成荫""踏破铁鞋无觅处，得来全不费功夫。"这些常言最形象地体现了老子的哲学思想。其实，一个人在"有"的时候要多推功让赏，有才而不恃才傲物，有功而不居功自傲，有为而不咄咄逼人，这样才会长期拥有。一个人在无的时候，也不要去刻意追求，只要认真做人做事，莫问前程，就会实现"无中求有"。我们如何在实现"无中求有"的同时，又能实现自身人格的完善呢？当我们的生命结束、重归于无的时候，如何才是圆满呢？其实，老子在《道德经》第十六章给出了深邃的答案："致虚极，守静笃……夫物芸芸，各复归其根。归根曰静，是谓复命。"揣摩老子这几句精辟之言，细细咀嚼，妙不可言，顿入恬淡幽境：眼帘浮现一片繁花劲草，林木参天。秋风袭来，落叶"归根"，一片枯黄；到了春天又"复命"重生，生机盎然。人生岂不如此呢？生命永远不会消亡，永远在"归根"中获得"复命"，只不过由原我变成了我的替代者。

　　以上谈到的五个方面，也是意在从不同角度来回答人生的问题。只要我们深刻领会和发挥老子的思想，就能更好地把握自己的人生。

　　当我游览函谷关之后，再来拜读老子的《道德经》时，触发出许多新的灵感，使我想得很多很远。但一时又难以表达清楚，只能略陈管见，略发感想，愿抛一块薄砖，引来一尊美玉。

感受大卢舍那佛雕的魅力

（2008年4月30日）

在牡丹花盛开的时节，我利用工作之余，游览了久仰的洛阳龙门石窟。在那数不清的宏大佛教石雕群中，最让我震撼不已的就是奉先寺里的大卢舍那佛雕像。我观光过国内许多名山大川佛门重地的佛雕，也见过国外许多著名古代雕塑，对其中的精品，也曾为之震撼和感动过，但都不能同大卢舍那佛雕相媲美。

大卢舍那佛龛坐西朝东，耸立于摩崖之上，开凿于唐高宗时代，是唐高宗李治发愿为他的父亲唐太宗李世民歌功颂德所建造的。据说他宠爱的皇后武则天为取得唐高宗的最大信任，助脂粉钱两万贯，因此便有卢舍那是按武则天的面型雕造的传说。经考证虽与事实不符，但却说明在那个时代，武则天不仅有世俗式的倾国倾城之美，而且也有宗教式的崇高美誉。同时也说明，武则天那时的不凡举动，已显示出她深谋远虑的政治智慧，不只单靠一时之娇媚取悦于皇上。她知道在宫廷里失去娇媚就会失去宠爱，得到最高权力就会得到她所要的一切。拥有权力比拥有美丽更重要。用今天的话说，就是顾全大局，富有远见，韬光养晦，有所作为。其实，当时大唐帝国的财力，怎么会缺少武则天那点脂粉钱呢？果然后来武则天做了女皇。她曾率文武百官在伊河岸畔举行盛大仪式，隔河瞻仰大卢舍那佛的尊容。当大卢舍那佛让天朝的所有文武百官顶礼膜拜、一片倾倒时，这位美女皇帝她满足吗？她骄傲吗？她自豪吗？她想到今天会有这么多游人云集此地吗？她知道导游们每天都在向

游客讲述她助脂粉钱的故事吗？

既然大卢舍那佛龛是盛唐帝国出资建造，那么就必然同帝国一样，雍容气派，包容大度。她造型恢宏，巧夺天工，天下一绝。主佛卢舍那雕像通高17.14米，相当于今天的四层楼高，头高4米，耳长1.9米。她位居佛龛中央，丰腴秀目，仪表堂皇。她周围的弟子迦叶持重，阿难虔诚。二菩萨盛装艳服，天王雄伟，力士勇猛。陪同我们参观的洛阳市政府的一位领导对我说，大力士的小腿也很粗壮，他曾用双手相抱而不能合拢。有这样的大力士守卫，大卢舍那佛显得更加安祥，并不断向外释放她那迷人的魅力。

卢舍那是梵文"光明普照"的意思，是佛主释迦牟尼的报身像，也可以说是释迦牟尼的另一种身份或境界。我很赞成这样的解释，也很喜欢这样的境界，这是一种天上人间的大境界。天国毕竟在人间。来到人间的神灵最可爱，同民族文化相融合的神灵最有魅力。龙门造像尽管雕刻的神灵大都是从印度来的，但他们却大都是中国人的面孔，穿的是中国人的衣服，佛在龙门"入乡随俗"了。你看大卢舍那佛的形象，庄严典雅，丰腴秀美，雍容大度，摄人心魄，不仅透示出西方神灵的气质，而且更亲切地展现了中国人心目中理想化了的圣贤形象。

有人说她是"东方的蒙娜丽莎"，特别是无论你站在什么位置她都深情地神秘地注视着你。就这一点似乎有些夸张。我曾两次到过法国的卢浮宫，瞻仰过蒙娜丽莎的尊容。我的感觉是，卢舍那的眼神不完全像蒙娜丽莎的那双随瞻仰她的人而移动的眼神，在这一点上，达芬奇可谓技高一筹。蒙娜丽莎是生活中真实女性的艺术升华，她的神秘眼神在注视你微笑的同时，还向你流露出一丝忧郁，甚至哀伤。卢舍那则不同，她是佛主的报身像，是具有人性美的神灵。她的微笑不仅是神秘的，而且是神圣的。她的眼神没有一丝的忧郁和哀伤，放射出的缕缕柔光，普照众生，祥和温暖，动人心弦。她深情而不多情，高大而不高傲，平和而不平庸。她柔媚中透出刚毅，慈悲中充满关爱，岁月中展现永恒！

也有人说她是东方的维纳斯。我认为这个比喻较前一个更贴切、更生动，因为她们的共性都是神灵。我有幸曾两度到法国卢浮宫瞻仰过这位希腊女神像的尊容。希腊人叫她阿佛洛狄特，罗马人叫她维纳斯，并尊为民族之母。维纳斯是美与爱之神，掌管爱情、婚姻和繁衍。在人神不分的古希腊时期，维纳斯是神界和人世引领风骚的完美女性。1999年我访问希腊时，曾从维纳斯的故乡爱琴海购回一尊维纳斯雕像，至今还摆放在家中的钢琴上。经过仔细观察，我发现维纳斯有三大特点：第一，她有至善至美的形体，身姿婀娜，端庄娴静；第二，她有至善至美的发型，不亚于现代任何流行发式；第三，她面容秀丽、慈祥、自信、自尊、自强。据说德国一位大艺术家首次见到维纳斯雕像时，激动得泪流满面，不知用何种词汇来赞美，只好用泪水来表达。可见，维纳斯女神与大卢舍那佛相比，有许多共同之处。如果我也有那位德国大艺术家的艺术细胞，无论是见到维纳斯，还是见到大卢舍那佛，也都会产生同他一样的激动表现。因为对她们的虔诚，就是对自己心灵的净化和美育的升华。大卢舍那雕像与维纳斯雕像最大的不同就是，大卢舍那是在悬崖上展示出那种雍容恢宏的气势，只身高一项就是维纳斯的八倍多。可见，中国古代雕塑师是何等的伟大啊！

　　过去都说中国古时没有出过世界级的雕塑大师，一些耳熟能详的闪光名字，总为西方人所独占，如达芬奇、拉斐尔、米开朗基罗、罗丹等。当我此次瞻仰了大卢舍那佛龛后，猛然发现，我们古代的雕塑大师不但可与米开朗基罗等世界级大师媲美，而且在许多地方还有过之而无不及之处。我在20世纪末曾去过文艺复兴时的名城佛罗伦萨，认真观看了米开朗基罗的伟大雕塑作品，他们这些立于平地上的作品，虽然也让我赞叹不已，但都没有像今天观看崖壁上大卢舍那佛雕给我带来的那种震撼与感动。可惜的是，历史并没有给这些中国古代雕塑师应有的地位和闪光的名字；可怜他们所处的是中国封建社会的最底层，有的世代为奴，子承父业，世代为皇家开凿石窟。他们常年累月，风餐露宿，在险峻的崖壁上，用温热的双手琢磨冰冷的石头，用毕生的精力来解放石头的灵魂。石头活了，他们却在九泉之下鲜为人知。正如一位研究人员所说："他们的心是虔诚的，他们的精湛技艺是世代积累的，他们创造的巅峰是后人无法企及的。"

  我站在当年武则天率群臣瞻仰大卢舍那佛龛的伊河岸畔，凝神眺望着对面的大卢舍那佛雕，感慨万千，遐想飘然，思无涯、美无言！大唐帝国已经过去1000多年了，那些帝王将相已成为匆匆的历史过客，后来的人们已经淡忘了他们的功过，更寻觅不到他们的踪迹。但他们的帝国所留下的伟大雕塑，却以其旺盛的生命力在千年后的当今盛世大放异彩，成为举世公认的世界文化遗产。对此，那些没有留下名字的伟大雕塑师，也不应有遗憾，在九泉之下也应深感欣慰，因为这些千古不朽的伟大作品就是他们最响亮、最闪光、最有魅力的名字！

武夷山随笔

（2008年4月15日）

武夷山是我心中向往的名山。以前，在农业银行工作时，我曾几次到过福建，都因公务繁忙，而与之擦肩而过，未能目睹她的迷人风采。这次保险资产管理公司季度联席会在武夷山召开，借周日休息之时到此一游，终于实现了我多年的夙愿。

武夷山位于福建省武夷山市境内，自然景观独树一帜，峰峦叠翠，山环水绕，碧水丹崖，四季常青，历史文化景观丰富多彩，1999年被联合国列入世界自然与文化遗产名录。

初到武夷山，备感新鲜，流连忘返。我在农业银行工作时的几位老部下，劝我在山上多住几天，多转转，多看看。我也真想多住多看，正当下决心时，北京来电，让我两天后回京参加一个重要会议。这样，我的有效时间只有一天半，只能选几处著名景点，走马观花，留下遗憾了。

在生机盎然的春天，武夷山更显得清秀幽美，婀娜多姿。首先游览的九曲溪景点，就让人大饱眼福，心旷神怡。乘竹排顺流而下，缓缓徐行，九曲十八弯，上下天光，波澜不惊。虽然不能享受到飞流急湍的刺激，但却能享受到悠然逍遥的惬意。最开心的是，一边观景，一边听划竹排的梢公和导游讲故事、说笑话。特别是讲到那些神话和典故，顷刻间描绘出一种超凡的仙境。最神奇的要数大王峰和玉女峰的爱情故事了。武夷山有三十六峰，其中位于一曲溪与二曲溪岸畔的大王峰和玉女峰最为出名，并成为武夷山水的象征。相传大王峰本来就是武夷山勤劳勇敢的大王，因与天上玉女相爱坚贞不渝，故被玉帝点化为峰，至今与二曲溪岸的玉女峰隔溪相对，长相厮守。其中插在大王峰和玉女峰之间的一座山头叫铁板嶂，也叫铁板鬼，他做梦都想成仙，又不肯积极积善修德，反而拆散人间恩爱伴侣。由于这该死的铁板鬼从中作梗，这对情侣只能泪眼相望，遥对镜台（摩崖石刻镜台两字所在），而始终不能相会。但这害人的铁板鬼也从此不得翻身，以害人开始，以害己告终。故事是美妙的，给人的启迪是深刻的。望着大王、玉女二峰，引出我许多遐想：人间一旦没有了这些美妙的故事，老百姓的生活就会变得枯燥乏味，名山大川就会少了些神奇，文人骚客就会少了些灵感。在古时的中国，如果没有"牛郎织女""梁山伯与祝英台""牡丹亭""西厢记"等众多的美丽传说，老百姓的精神生活将会怎样？我们真的要深深感谢这些传奇故事的创作者。

在竹排漂至三曲溪的时候，悬崖上一处令人惊叹的人文景观出现了。这就是千古之谜的悬棺，学名称为架壑船或船棺。旧时古越人用以安葬的棺柩，因其形状像船，又是架于悬崖绝壁上的洞穴内，所以叫架壑船或船棺。用来支架船棺或在峭壁上架设栈道的木板，称为虹桥板。古越人安葬船棺时，同时还有不少随葬品，以及仙机、钓竿等一类历经数千年不烂的古文物。当时古越人主要以狩猎和捕鱼为生。据测定，船棺和古文物距今已有3840年历史，相当于中国夏朝晚期。有意义的是，在当时的生产力水平下，船棺究竟是以什么方法安放于凌空悬崖洞穴中？又是用什么方法在几乎90度的绝壁上架设虹桥板？遗憾的是，至今还没有人能够给予科学的解释，这有点类似于埃及的金字塔之谜，给人以神秘之感。望着悬崖上的楠木船棺，一半插入岩壁裂隙中内，一半悬于空中，真乃千古奇观也！此时，一种怀古之幽情也不禁油然而生。我在凝神遥想，我们的古人，在那样低劣的生产力条件下生存，还拥有那样一种永恒不朽的美好追求，这就是伟大的船棺精神。这种精神虽然是形而上的、宗教式的，但却是人类社会千百年来不断繁衍进步和追求终极关怀的不竭动力！

竹排荡悠悠，思绪逐波流。不知不觉中，近两个小时已经过去，我们乘坐的竹排也行到了九曲溪的最后一曲，此时顿感水面开阔，丽日蓝天，青峰幽壑，尽收眼底。宋代大儒朱熹在他的《九曲棹歌》中对第九曲的神奇风光做了这样的描绘："九曲将穷眼豁然，桑麻雨露见平川。渔郎更觅桃源路，除是人间别有天。"这是一幅多么动人的画卷！

九曲十八弯一路游来，我也不禁诗兴涌来，吟出打油诗一首："丽日当头照，九曲溪上漂。青峰坐两岸，丹霞峭壁高。竹排荡绿水，悠闲不弄潮。坐赏十八道，放飞任逍遥。"我想，朱熹老先生倘若在此，听了我这一首顺口打油，或可惹得老先生哑然失笑了。

游罢九曲溪，我们又兴致勃勃地去游览紫阳书院与柳永纪念馆。紫阳书院也称武夷精舍，是南宋大儒著名理学家朱熹于淳熙十年（1183年）建造的书院，是中国古代四大书院之一，世称"武夷之巨构"。书院坐落在隐屏峰下，环境幽雅，是穷经达理的好地方。当年，朱熹在此广收门徒，著书讲学长达50年，一生著有《四书集注》等70余部460多卷，并培育了大批学生，他的理学思想得到广泛传播，对中国封建社会后期的政治、文化都有极大的影响。一位研究朱熹的学者这样写诗赞道："东周出孔丘，南宋有朱熹。中国古文化，泰山和武夷。"

注视着书院内朱熹的塑像、楹联、匾额和一部分朱熹手迹，我沉思往昔，万千感慨。历史总是那样的巧合，2000年前的孔丘和800年前的朱熹，他们都有治国平天下的伟大抱负，但却都仕途坎坷，最后不得不弃官从教。他们为官不成，却都于无意中成为圣人。为什么？因为为官者或为王者必须能够征服他人乃至天下，但却不能征服自己；而圣人必须能够征服自己，其思想可哺育他人乃至天下。感谢上苍，没有让他们成为大官或王者，而让他们成为圣人，这就使泱泱华夏有了主导思想和精神支柱。我最喜欢朱熹老夫子的一首诗是《观书有感》："半亩方塘一鉴开，天光云影共徘徊。问渠哪得清如许，为有源头活水来。"这是多么富有哲理的诗篇。其实，圣贤的精华思想，永远是后人饮之不竭的源头活水啊！

当然，圣人不是神，也不可能是全人和完人。朱熹提出和倡导的"三纲五常"及其"存天理，灭人欲"的思想，千百年来，已成为封建统治者束缚人们思想的紧箍咒。这种封建礼教思想留下的糟粕遗产，应首推徽州的贞节牌坊群，这是封建社会压迫妇女的铁证。这个铁证，几年前被排成黄梅戏《徽州女人》，由著名黄梅戏表演艺术家韩再芬主演，一时轰动京城。我有幸作为嘉宾观看了这场演出。演出结束后，韩再芬同我合影留念，并问我观后的感想。我很感慨地告诉她，这出戏的生动情节和她精湛的演艺，始终让我沉浸在凄美忧伤之中、无奈无助之中、焦虑企盼之中。我相信，每个有良知的人，都会对这种封建礼教痛恨不已！

我们从紫阳书院走出，来到了柳永纪念馆。首先映入眼帘的是刻在大理石上的一首风雅词章——《雨霖铃》："寒蝉凄切，对长亭晚，骤雨初歇。都门帐饮无绪，留恋处，兰舟催发。执手相看泪眼，竟无语凝噎。念去去，千里烟波，暮霭沉沉楚天阔。多情自古伤离别，更那堪，冷落清秋节！今宵酒醒何处？杨柳岸，晓风残月。此去经年，应是良辰好景虚设。便纵有千种风情，更与何人说！"这首词缠绵悱恻，柔肠寸断，具有很高的艺术审美价值。细细品味，虽展现的是一种与情人难舍难分、委婉凄清的离别景象，但从另一审美角度欣赏，却犹如幽芳袭来，沁人心脾，令人回味无穷。

柳永生于北宋前期的太平盛世，在家乡武夷山富有灵气的山水蕴育下，少年才俊，风流倜傥，豪放不羁。柳永一生在仕途上很不如意，五次科考都名落孙山，五十岁后才被赐为进士。由于他一生坎坷，他的词大多反映下层社会生活，深受刚刚兴起的市民阶层的欢迎，而且被称为"凡有井水处，皆能歌柳词"。他的一个重要贡献是开辟了婉约派的先河,成为一代词宗。没有他的开创,后来很难出现像李清照这样"青出于蓝而胜于蓝"的婉约派大家。柳永的所作所为,都是对封建礼教的背叛。有人说他科场失意,情场得意,为此他创造了大量的艳词佳作。他常笑在青楼,醉卧街头,红颜知己无数,有点像当今的红歌星,拥有无数的粉丝追捧。当他穷困潦倒,死于街头时,还是几位红颜粉丝为他收尸送葬。有人要问,他值得吗?他后悔吗?其实,他早已在自己的词作《蝶恋花》中做了耐人寻味的回答:"衣带渐宽终不悔,为伊消得人憔悴。"从此,这两句词便被广泛传咏,成为千古绝唱。近代国学大师王国维先生将这两句词作为人生追求的三种境界之一。我认为,有了这种精神境界,无论是对爱情,还是对事业,都能有所成就,甚至流芳千古。柳永一生中的某些过度放浪的地方,虽不值得称赞和效仿,但他的词作成就却让他千古流芳!

我们畅游武夷山的最后一个景点是岩茶之王大红袍母树的生长地。此地山不高而秀雅,水不深而清澈,茗香发而幽远。说起大红袍的名贵,长期以来它在我的心中一直有一种神秘感,虽不能至,心向往之。如今相见恨晚,让我兴奋激动,眼界顿开。望着生长在山崖上的六棵大红袍母树,棵棵葱绿繁茂,枝叶姣娆,树冠昂首,给人以可观而不可侵的力量。这其中有这样一段美丽的传说:清朝的时候,有一举人进京赶考,行到九龙窠天心永乐禅寺时,腹痛不已,饮用大红袍后痊愈,得以按时赶考,高中状元。为感念此茶治病救命之恩,新科状元亲临茶崖,焚香礼拜,并将身上的红袍脱下盖在茶树上。这六棵母树从此被名为大红袍。可见大红袍还凝结了中国的传统美德,使它成为名副其实的"德才兼优"的茶王!

我们同大红袍合影后,便坐在下面的茶馆里品茶。我们仰望着六棵大红袍母树,细品茗香,悠然自得,别有情趣。同时我们也欣赏了茶道茶艺表演,受益匪浅。这让我懂得了品茶一是要有好的心境。品茶先品人,品茶讲人品。品茶者心境要平和、矜持、不躁,这样才能体现传统茶德，即信奉人与人之和美、人与自然之和谐、人与社会之和静。这就是茶之精神、茶之风韵，也是中华民族的传统美德。二是要有好的茶具。用紫砂壶、白瓷杯最佳。茶壶大小如拳头，杯小如核桃。紫砂壶有良好的保味功能，它质地细密，不易散热，宜于保温，使用越久，光泽越油亮古雅，冲泡出来的茶味更加醇郁芳馨。使用白瓷杯主要是便于观看茶之汤色。三是要有好水质。《茶经》上云："山溪泉水为上，河之上水为中，井中之水为下。"若用自来水最好放上半天时间，待氯气挥发。四是要有好的冲泡技术。泡茶前洗净茶壶、茶杯，然后用开水烫过。加放茶叶因人而异。一般泡约一至二分钟，即可斟品。不喝第一道，而是用第一道的茶水烫洗茶杯。总之，品茶已成为一门艺术，讲究颇多，这次时间有限，只能略学一二。

品大红袍，余香绕口，微风徐来，神怡气爽，随赋诗一首，以作纪念。"茗香口上飘，仰首六树瞧。丹崖入帘翠，遥想状元袍。传奇夸名贵，感恩价更高。流芳五百载，华夏领风骚。"我默默地吟咏着这首诗，依依不舍地踏上归途，离开了这块美丽神奇的地方。

哈佛印象

（2009年9月5日）

这是一个天清气朗的日子。我带领中国保监会赴美考察团的六名成员，利用周末休息的时间，兴致勃勃地参观游览了世人仰慕、全球顶级的高等学府——哈佛大学。哈佛大学城位于波士顿的剑桥区，傍海依河，天光熠熠，景色宜人。她至今已有363年的历史，人称先有哈佛后有美利坚，被誉为美国政府的思想库，在这里先后诞生了8位美国总统、40位诺贝尔奖得主和30位普利策奖得主。她是以培养研究生和从事科学研究为主的综合性大学，她的一举一动都影响着美国社会的发展和经济走向。

记得7年前我第一次来波士顿考察时，匆匆游览了一次哈佛校园，因当时没有导游的指点和解说，并未留下深刻印象。此次来游则大不相同，我的女儿和女婿已是哈佛大学的研究生，由他们来当导游，我们全团成员都非常开心惬意。我们首先来到了哈佛大学的校门前，这是一座百年以上的古老建筑，虽不那么气势雄伟，但却显得敦厚典雅，底韵悠长。我女儿用手指向大门正面门楣上刻的一句英文说，这句话译成汉语就是："为增长智慧走进来。"随后，她指向后面门楣上所刻的一句英文说，这句话译成汉语就是："为服务祖国和同胞走出去。"我凝视并揣摩着这两句话的内涵，不禁为之动容。前一句是对走进来的期待，后一句是对走出去的嘱托。语言平实，内涵深刻。前一句要"为增长智慧走进来"，而不提为增长知识走进来，实在是立意高远，富有哲理。因

为只学到理论知识是不够的，只有学以致用，把知识转化为智慧，才能达到高境界，才能有效解决各种复杂疑难问题。后一句要"为服务祖国和同胞走出去"，这正是前一句的一种逻辑必然。如此普通的两句话，实实在在，没有口号似的说教，却体现了"讲政治"的高标准，没有任何强制的意味，却体现了对爱国和担当的自觉。

　　我原以为这两句话就是哈佛的校训，实则不然。女儿告诉我，哈佛的校训由这样三句话组成："以柏拉图为友，以亚里士多德为友，更要以真理为友。"听了这三句话，我震撼了，并不由得联想到中国清华大学同样言简意深的校训："自强不息，厚德载物。"它出自中国的最高哲学经典——《易经》，来自民族文化的源头。而哈佛的校训同样是来自欧美文化的源头——古希腊。哈佛大学校训以古希腊两位终身追求真理的圣贤为友，真是别有洞天，寓意深远。更耐人寻味的是，柏拉图和亚里士多德，都是2000多年前的古希腊圣贤，且柏拉图又是亚里士多德的老师。亚里士多德对老师曾有这样一句掷地有声的名言："吾爱吾师，吾更爱真理。"我想这应是哈佛校训的真正出处和用意吧。细细品味，这个校训具有强烈的挑战性、开拓性、激励性，充分体现了追求真理、坚持真理和捍卫真理的无畏精神。秉承如此校训理念来办学，怎么能不大师辈出、群星灿烂呢？！

　　从大门走出来，女儿带我们到一处大家意想不到的大型石雕面前。举目望去，这是一座刻有中文雕刻的赑屃（音bì xì，状似乌龟）石碑。在异国他乡见到中国的石碑矗立在哈佛校园，大家备感亲切。原来这是哈佛建校300周年即1936年时中华民国留学哈佛的全体校友敬献给母校的纪念碑。在中国的传统文化中，赑屃寓意着长久或永恒，这块石碑寓意着哈佛教育是一座永远的丰碑，哈佛学子永志不忘母校的栽培。当年从哈佛学成归来的著名学子有梁思成、梁实秋、竺可桢、林语堂等。这些响亮的名字，正是近代中国人文和自然科学的奠基者。

　　带着对这些已故大师的崇敬心情，我们来到了哈佛先生的雕像前。

这里游客云集，摩肩接踵，想同哈佛先生合个影可不易，需要耐心排队等候。本想同哈佛先生单独合一张，但得到的却是一张同几个素不相识的外国游客的合影，好在大家都笑得开心，犹如来自同一团组，共同实现着心底一隅的哈佛梦。

哈佛大学的前身为剑桥学院。1638年，学校校务委员哈佛逝世，他把一半积蓄和400余册图书捐赠给这所学校，哈佛大学因此得名。以哈佛先生的捐赠为主的哈佛大学图书馆，是美国最古老的图书馆，也是世界上藏书最多、规模最大的图书馆。女儿介绍说，经过300年的发展，图书馆也几经变迁，历尽沧桑，其中有两次毁于大火。眼前的图书馆大楼是1915年一位哈佛校友的母亲捐资修建的，其中还有一段令人悲伤的故事。这位哈佛校友已是成功的企业家，但在1912年那次震惊世界的泰坦尼克号海难中丧生。当时他本来可以乘救生艇逃生，但他为了抢救自己的一批图书赶回卧舱，错过了逃生机会，抱着自己心爱的书籍葬身大海。他的母亲把儿子的遗产捐赠给哈佛大学，用于建立眼前这座图书馆。据说建馆之前他母亲与哈佛大学订立了三个合约：一是任何时候不能改变图书馆的原型。为遵守合约，后来图书馆扩建只能向地下发展，如今已扩展到地下6层。二是图书馆内要专门为她的儿子设一个图书阅览室，除打扫卫生者外，任何人不准进入，该约定至今未变，几十年来该阅览室中都有鲜花悄悄盛开。三是图书馆建成后，哈佛的每个毕业生都必须学会游泳。后来因美国法律的关系，对此做了适当的调整。

听完这段感人的哀伤故事，我们都急切地想进去看看，但由于图书馆不对游人开放，大家被门卫挡在了外面。经过女儿的沟通协调，最后达成一个条件，就是用一个学生证可带三个人进去。好在我女婿也带了学生证，恰巧全团正好六个人，这样大家便高兴地进行了一次快节奏的观览。当我来到阅览大厅时，仿佛进入了一种上界的知识圣殿，肃静之极，如入无人之境，一种宁静致远的情怀油然而生。我默默地想，在这样的环境里阅读，即使像我这样愚笨的人也能被赋予灵感啊！

由于时间关系，我们不能在此久留。回来后，我专门查阅了有关哈佛图书馆的资料，有了进一步的了解。其中最让我感兴趣的是哈佛大学图书馆的二十条训诫，现选择我认为最有哲理的十条与大家共享：①此刻打盹，你将做梦；而此刻学习，你将圆梦。②学习的痛苦是暂时的，未学到的痛苦是终生的。③像狗一样地学，像绅士一样地玩。④即使现在，对手也在不停地翻动书页。⑤学习这件事，不是缺乏时间，而是缺乏努力。学习并不是人生的全部，但，既然连人生的一部分——学习也无法征服，还能做什么呢？⑥请享受无法回避的痛苦。⑦只有比别人更早、更勤奋地努力，才能尝到成功的滋味。⑧谁也不会随随便便成功，它来自彻底的自我管理和毅力。⑨教育程度代表收入。⑩幸福或许不排名次，但成功必排名次。

　　上述十条训诫，从不同角度阐释了读书学习对人生的重要性、必要性和紧迫性。细细品味这十条，每个人都会有自己的特殊感受和不同的人生领悟。有人或许发奋而起，急起直追；有人或许正在成功路上高歌猛进；有人或许正在手不释卷，著书立说；有人或许已蹉跎岁月，追悔莫及。

　　哈佛大学不仅图书馆名气大，而且各类博物馆也誉满全球。如此众多的博物馆，不仅为教学与科研提供了良好的条件，也成为人文关怀的一道亮丽风景线。由于时间关系，我们只能有选择地观赏。首先我们进入的是植物博物馆。这个馆给我印象最深的是绚丽多彩的玻璃花。原来是植物学教授们用玻璃雕塑的方法来展示植物标本的逼真与鲜活。这些各具魅力的花朵，清晰逼真，争奇斗艳，有的娇艳夺目，有的清新淡雅，有的雍容华贵，有的昂首怒放，呈现出万紫千红、百花争艳的景象。

　　走出植物博物馆，进入自然历史博物馆，一幅大自然生机勃勃的景象展现在我们面前。最吸引人眼球的是那些巨大的动物标本。看那些走兽飞禽，个个栩栩如生，呼之欲出，令人似入虎啸猿啼、百鸟争鸣之境。

走出自然历史博物馆,进入我最喜爱的艺术博物馆。本馆收藏有世界上许多珍贵著名的艺术品。最让我震惊的是此馆收藏了许多价值连城的中国古代雕塑真品。如汉代的玉马首、战国的玉环、莫高窟的菩萨像,特别是那件夏商时期的三足盛水器具,已成镇馆之宝。凝视国宝,心情既惊喜又沉重。惊喜的是这些国宝,飘洋过海,来到异国他乡,至今还被完好收藏着;沉重的是这些国宝不是等价交换来的,而是在我们国弱民穷的时代被西方列强抢来的、盗来的。如今要想让它们回归祖国,除了用天价相购别无他途。我在痛思,近代中国的屈辱历史告诉我们,一个泱泱大国,如果长期闭关锁国,不思进取,自我陶醉,其结果必然落后挨打,寄人篱下,哪还谈得上文物保护?连饭都吃不上时还谈什么礼仪廉耻,更谈不上什么国宝收藏和鉴赏了。从一个特殊角度看,这些国宝如不流落海外,今天在国内还会存在吗?即使存在还能完好吗?我看,起码"文化大革命"这一关就很难过得去。现在它们陈列在这里,作为人类文化的结晶,让世界更多的人能观赏、了解中华民族的光辉历史,也另有一番意义。因此,我们在愤慨地诅咒那些抢宝盗宝者的时候,是不是也要做一番自我反省呢?

观览哈佛的最后一站是女儿就读的地方——哈佛商学院。哈佛商学院坐落在查尔斯河的南岸,院区宽敞,绿草茵茵,景物别致,环境幽雅。在美国教育界有这么一个说法,哈佛是全美大学中的一顶王冠,而王冠上那夺人眼目的宝珠,就是哈佛商学院。哈佛商学院是一个制造"职业老板"的"工厂",在美国商界最高职位的经理中,有1/5毕业于这所学院。有商界人士说,哈佛工商管理硕士已成权力和金钱的象征,已成了许多美国青年梦寐以求的学位。我在想,何止是美国青年,当年女儿为报考哈佛商学院,如着魔一般,只报哈佛一个志愿,虽然当时我同她存有分歧,但她的那种执着的精神还是让我感动。今天来到商学院现场,看了这里良好的环境,先进的设施,觉得她的选择是富有远见的。女儿对我说,在这里学习,第一年很苦,每天都要学到后半夜,即使是那些干过投行并能长期熬夜的人,一开始也难以适应。一位老教授对她们说,哈佛商学院是资本主义的西点军校,大家必须过好这一关。女儿告诉我,哈佛商学院雄心勃勃,她的院训就是:"我们培养的是改变世界的领袖。"乍听起来,我感到有些别扭,觉得口气咄咄逼人,野心彰显,简直不知谦虚为何物,要是在咱们国内将不知遭来多少非难。因为我们传统文化中的惰性因素往往占统治地位,如"枪打出头鸟""出头的椽子先烂"以及"不敢为天下先",等等。有的人不是把智慧用于事业与科学,而是过多地用于关系与权谋。有的人虽有良知,但又无法改变现实,为了生存,只能随波逐流,被迫适应环境。看,这就是东西方文化的差异。其实,仔细想来,哈佛商学院的这个院训倒是真正体现了美国人喜欢张扬个性、敢于冒险争先、自我奋斗的精神,同时也体现了新教伦理和资本主义精神。我在想,中国已经走向世界,正在迅速崛起,我们在学习资本主义先进知识和技术的同时,也应重视学习资本主义伦理中某些对中华民族伟大复兴有借鉴意义的优秀价值观。

  对哈佛的观览结束了。虽然只用了短短的半天时间,但收获颇丰,印象美好。哈佛是悠久的,也是深奥的;哈佛是开拓的,也是开放的;哈佛是自由的,也是严谨的。要想深刻地解读她,不仅需要很高悟性,也需要时间去慢慢体味。此次观览,浮光掠影,留下的只是她的表象印记。我期待着有一天能重返哈佛,好好品味她的深邃内涵,解读她的博大精深。

圣彼得堡一日

（2009年9月25日）

初秋的圣彼得堡，天高云淡，风清气爽。我们赴俄罗斯保险监管考察团一行六人，利用休息时间，游览了圣彼得堡的重点名胜古迹，目睹了这座历史名城的迷人风采。

圣彼得堡得名于耶稣的弟子圣徒彼得，位于波罗的海芬兰湾东岸，涅瓦河河口，是俄罗斯的第二大城市，至今已有300多年的历史。1712年俄罗斯首都从莫斯科迁到这里，持续200余年，1914年改称彼得格勒，1924年列宁逝世后又命名为列宁格勒，1991年苏联解体后恢复圣彼得堡旧名。有人曾这样说："如果说莫斯科是俄国的心脏，那么圣彼得堡就是俄罗斯的灵魂。"带着好奇和向往，我们开始了初到圣彼得堡的一日。

冬宫是圣彼得堡的标志，是我向往已久的圣地。当我伫立在她面前，仰视着这座昔日庄严华贵、气势雄伟的沙皇宫殿，不禁浮想联翩，感慨万千，思绪交织于对往昔岁月的特殊情结，久久难以释怀。记得青春时代，正赶上"文化大革命"，那时文艺生活单调贫乏，其中能够反复看到的一部外国电影就是《列宁在十月》。影片中那些攻打冬宫的沸腾场面至今历历在目，列宁慷慨激昂的演讲犹响耳畔，特别是对那些精彩的演讲词，不仅耳熟能详，而且在同学聚会时，大家都以竞相模仿列宁的演讲英姿而开心快慰。在长期的传统教育下，一提起苏联，我就会想到毛泽东那句著名的话："十月革命的一声炮响，给中国送来了马克思列宁主义。"当我走出沉淀着回忆的冬宫,来到"一声炮响的地方"——停泊在涅瓦河上的阿芙乐尔号巡洋舰面前时,我首先就想起了毛泽东主席的这句著名的话。当年就是从这艘巡洋舰上发出的一声炮响,掀开了俄国历史震惊世界的一页——人类第一个社会主义国家诞生了。如今已退役的阿芙乐尔号,风采依旧,作为"十月革命的圣物",以她特有的魅力,接待四面八方、络绎不绝的游人和瞻仰者。我们一行六人兴奋地聚在一起,同她合影留念。

徜徉于涅瓦河岸边,圣彼得堡璀璨之精华尽收眼底。涅瓦河碧波荡漾,波光潋滟,海鸥翻飞,风情万种。她如同一个气质高华的贵妇,优雅而浪漫;又像一条深蓝的丝带,串起了两岸无数金碧辉煌的古老建筑与众多精美的雕塑,尤其是淡绿色的冬宫,长长地舒展于涅瓦河畔,让人一见忘俗,注目肃然。两岸的建筑与雕塑博采众长,风格各异,有巴黎的浪漫,威尼斯的旖旎,更有俄罗斯的庄严,在经过了那么多的战争、变革、兴衰之后,依然保持着百年前的风采,使世人在惊讶之余无限仰慕。我由衷地赞叹和钦佩俄罗斯人高度的文物保护意识和把历史写在大地上的勇敢情怀。虽然这些建筑都是百年以上的风貌,但在今天看来却兼具了历史感和艺术感。历史赋予了艺术以凝重与大气,而艺术又赋予了历史以鲜活与灵动。

在如此众多的雕塑中,最让我震撼和产生联想的是那尊气贯环宇、策马飞奔的彼得大帝巨型青铜雕像。彼得大帝跨在马上挥手向前,冲上海岸,骏马一声嘶鸣,前蹄收勒空悬,右后蹄用力践踏在一条蟒蛇上,蛇尾蜷曲到岩石的下面。蟒蛇象征着俄罗斯落后的影子,整座雕像表现了彼得大帝将俄罗斯的落后踩在脚下,指引着俄罗斯前进的方向。俄国大诗人普希金曾为此写下这样的诗句:"高傲的骏马,你奔向何方?你将在哪里停蹄?啊!威武强悍的命运之王,你就在如此深渊之底,在高峰之巅,用铁索勒激起俄罗斯腾越向上!"这美妙的诗句,正是对彼得大帝辉煌事业的艺术再现。我曾在央视《大国崛起》中看到了彼得大帝气吞山河的创业篇章。为了俄国崛起，他毅然放弃了俄国沙皇的舒适生活，将自己扮成一个学徒，深入欧洲已崛起的大国考察学习，并身体力行。他当过造船工、木匠、纺织工，还学习了数学、天文等自然科学。学成归国后，他励精图治，对内改革，对外开放。他用铁的手腕，坚决铲除阻碍改革的各种顽固势力，甚至对自己的太子也毫不留情。他下令修建了圣彼得堡城，并将首都从莫斯科迁到战略要塞圣彼得堡，打开了出海口，不断开疆拓土，扩大版图，硬是把一个落后于西欧几百年的农奴制国家，推上了资本主义道路，成为后崛起的强大帝国。

18世纪有两个伟大帝王，一个是中国的康熙大帝，一个是俄国的彼得大帝，都曾受到生活在19世纪的革命导师马克思的大力褒奖。但用今天的视角来看，我们的康乾盛世时期，正是西方资本主义开始起步发展、蒸蒸日上的时期，而中国作为一个大封建帝国，却处于走向巅峰而后开始衰落的时期。后来的历史发展无情地证明了这一点。当彼得大帝大力推行改革开放时，中国的康熙大帝却在闭关锁国，大兴文字狱。虽然他也励精图治，功业显赫，虽然他也曾请外国传教士进宫讲习数学、天文等自然科学，并且亲自演算推导，但却始终没有打开他那唯我独尊、天朝第一的封闭僵化的思维定式。假如康熙大帝和当年的彼得大帝一样到欧洲去取经当学徒，那么中国的近代史就将重写，在今天国人的心里，就不会有那么多因落后挨打留下的屈辱，就不会有那么多挥之不去的隐痛。

在沙俄的历史上，将彼得大帝身后的未竟事业推向另一个辉煌的人物，就是举世闻名的叶卡捷琳娜二世。按辈分说，她是彼得大帝的孙媳妇；按出身说，她是个出身于普鲁士、接受过西欧教育的纯正的德国人。我在青年时代就读过她的传记，曾为她的传奇故事深深感动，并赞美她是俄罗斯历史上一位前无古人、后无来者的伟大女皇。眼前这尊彼得大帝的青铜骑士像，即由她下令兴建，并亲自主持了铜像落成揭幕仪式。她希望借此来表达对彼得大帝的敬意，并且暗示自己才是彼得大帝事业的真正继承人。后来的历史证明，她干得比彼得大帝更出色、更辉煌。在她的统治下，俄罗斯建设了一支无敌于欧洲的强大军队，领土拓展到1700多万平方千米，成为世界上领土面积最大的帝国，整个欧洲都对她怀有敬畏之心。她在临终时，曾向她的臣下喊出这样气吞山河的话："要是我能活到200岁，整个欧洲必将置于俄国的统治之下！"但历史的发展却不以个人的意志为转移，物极必反，她去世后俄罗斯便开始走下坡路，再也没有辉煌过，直至十月革命——苏联的诞生。

看着叶卡捷琳娜二世给俄罗斯留下的这些宝贵遗产，我不禁想起了这位女皇的先辈榜样——中国大唐帝国的女皇武则天。虽然这种说法只是一种幽默，但两人的成长轨迹和统治风格却惊人的相似。前者是大唐开国皇帝李世民的儿媳妇，后者是彼得大帝的孙媳妇。武则天比叶卡捷琳娜先登基1000多年。我猜想，在叶卡捷琳娜被打入冷宫、郁郁不得志的那段日子，肯定是认真学习了武则天女皇的"先进事迹"，而且会有同病相怜之感。你看，两人都是14岁被选入宫，都有过一段被冷落、受欺凌的经历，后来经过"努力奋斗"，都嫁给了"皇帝老公"。但这两个"皇帝老公"都不争气，都不像个爷们儿，并且都拥有以下共同特点：体弱多病，意志薄弱，难理朝政。与其相反的是，两位皇后女士拥有以下共同特点：胸有大志，富有激情，性格坚韧，精通文史，聪敏机智，善于应变，胆略过人，励精图治，锐意进取。于是，她们顺应历史潮流，奋起革命，用宫廷政变的手段取而代之，终于成为历史上最有作为的伟大女皇。虽然她们都因此背上了杀子谋夫的骂名，但她们为国家和民族所作出的巨大贡献，将永彪青史！

这两位女皇还有个鲜为人知的特点，就是懂得生活，善于审美，并非只知道工作、干事业。叶卡捷琳娜女皇酷爱艺术，她在宫中建有自己的博物馆。在她的影响下，俄罗斯的绘画、雕塑空前繁荣，创作出震惊世界作品的画家与艺术家灿若群星。至今那些当年的伟大作品还完好地保存在冬宫和夏宫博物馆中。我们的武则天女皇，更喜欢中国的琴棋书画、诗词歌赋,兴致来时,便可赋诗一首,意境不凡。她尤其酷爱佛雕,她把自己的脂粉钱拿出来,资助修造大卢舍那佛巨型雕像,并亲自为其落成剪彩。这座稀世珍宝至今仍完好地屹立在龙门石窟,来此观赏者,长年络绎不绝。

  为了进一步感受圣彼得堡深厚的文化底韵,我们专程来到俄罗斯最伟大的诗人、俄罗斯近代文学的奠基人普希金读书学习和创作的地方——皇村。导游带我们穿过一片橡树林,来到普希金的雕像前。诗人身披风衣,坐在长椅上,一手托腮,凝神沉思,仿佛把我们带入一个诗化的天地。我们恭敬地与诗人合影留念,虔诚地表达对这位伟大诗人的怀念和敬意。记得自己在青春时代,特别喜欢普希金的诗,有的还能背诵吟唱。如我最喜欢的小诗《心愿》,是那样的动人心弦,诗云:"我流泪;泪水使我得到安慰;我沉默;我却不抱怨,我的心中充满忧烦,忧烦中却有痛苦的甜味。生活之梦啊!飞逝吧,我不惋惜,在黑暗中消失吧,空虚的幻影;爱情对我的折磨我很珍重,纵然死,也让我爱着死去!"不知是否是命运的有意安排,普希金年轻的生命正是奉献给了伟大的爱情。导游介绍说,年轻的诗人娶了一位全俄罗斯最美丽的才女,据说当时的俄罗斯皇帝都有点嫉妒。在他38岁那年,他的爱妻曾受到一位法国流亡者丹特士的搔扰,甚至穷追不舍。普希金为了妻子和自己的名誉,主动与那位流亡者进行了一场决斗,并在决斗中不幸身负重伤,两天后去世。他带着对妻子无限的爱,进入了他诗中的最高境界。导游指着普希金雕像前的那片小树林说,当年就是在那里进行的决斗。听了这令人伤感和痛惜的故事,我心情难以平静。一个文弱的书生,竟能展示出欧洲中世纪骑士的英勇风度,这难道不是一首永恒的绝唱吗?!今天还有那么多人前来瞻仰,同他合影留念,恰恰说明诗人与诗人穷其一生不懈追求的爱情还生机勃勃地活着!

  踏着晚霞的余辉,我们愉快地结束了白天的观光游览。晚餐后,我们来到圣彼得堡大剧院观看俄罗斯最著名的古典芭蕾舞——《天鹅

湖》。这是一部久演不衰的舞剧,俄罗斯有不同的剧团在北京常年演出,因为喜欢,我已看过多次。这次在发源地看演出,心情格外喜悦。一个美丽的童话故事通过舞剧艺术的升华,深刻揭示了真善美和假恶丑,最终恶魔被除,有情人终成眷属。那位同时扮演白天鹅和黑天鹅的女主角,舞姿轻盈曼妙,令人陶醉。而那位扮演白马王子的男主角更是标致神奇,简直就是人体黄金分割律的活标本。当他劲舞欲飞时,好似神话中的战神出征,当他舞定亮相时,好似米开朗基罗的杰作——大卫雕像,他那些刚柔变幻的舞姿,给人以极大的审美愉悦。俄罗斯伟大的作曲家柴科夫斯基为该剧谱写的曲子,用交响乐手法,构建出宏大的音乐场景。有的乐章如诉如泣,深刻揭示了公主内心的痛苦;有的曲目欢快明朗,充分展示了王子的健美与活力。总之,那美妙绝伦的旋律,不禁让我从内心深处发出了"此曲只应天上有,人间能得几回闻"的感叹。

　　赏过《天鹅湖》,圣彼得堡一日的活动就全部结束了,回到下榻处已是夜深人静。细细品味一日的见闻,感觉圣彼得堡作为俄罗斯的灵魂当之无愧。她是一座当年带领俄国崛起的城市,她是一座战胜德国法西斯侵略的英雄城市,她是一座诞生社会主义政权的革命城市,她又是一座具有厚重底韵的文化城市。

　　这座不断产生大师巨匠的城市,她还会再创辉煌吗?为什么彼得大帝亲手引进开创的资本主义由辉煌走向了灭亡?是因他只引进了西方资本主义的市场机制,没有引进西方先进民主制度,或者是实行君主独裁政体的必然结果吗?我在联想,苏联为什么会解体?为什么选择了社会主义,其结果却同沙皇俄国一样,由辉煌走向了解体?今天,一个借鉴西方议会民主制、实行市场经济体制的俄罗斯,是否能走出传统政权更替的周期律——再度崛起、不再重复以往的覆辙?这已引起全世界的关注。虽然我从圣彼得堡入关时对他们的低效率非常不满(当然他们还有比这更严重的贪污腐败和两极分化问题),但还不能就此过早得出俄罗斯选择的道路已经失败的结论。俄罗斯社会毕竟正处于转型中，旧体制的痕迹和惯性作用在短期内还难以消除，这是事物发展的规律，再急也没用。我们更不能低估的是，他们还拥有最丰富的能源和资源、扎实的工业基础、先进的军工和航天航空技术以及良好的国民素质。俄罗斯改革的成败对中国的影响和借鉴至关重要。中国的改革是在摈弃苏联计划经济模式的条件下进行的，经过30年的改革开放，取得了举世瞩目的伟大成就，但真正的崛起复兴，还有很长一段艰难的路要走。在新中国成立60周年大庆即将到来的时候，我衷心地祝愿我的祖国在伟大复兴的征程上时刻以苏联解体为鉴，吸收人类创造的一切先进的文明成果，昂首迈向更大的辉煌！

漫步耶路撒冷

(2015年4月5日)

这是一个春光融融的日子。站在耶路撒冷巴勒斯坦人居住的高地上,眺望着耶路撒冷的圣城全景,特别是那耀眼的穆斯林金顶清真寺、基督徒的圣墓大教堂,还有那模糊可见的犹太教的圣殿残垣——哭墙,不由得让人沉浸在时间与空间的浩荡之中,遐思凝想,感慨万千。清真寺、圣墓大教堂、哭墙,这不就是耶路撒冷作为圣城的举世地标吗?这不就是基督徒、伊斯兰教徒、犹太教徒的精神家园吗?眼前的耶路撒冷就是世界上唯一拥有两种存在的城市——天堂和人间。

望眼收尽三教圣城的全景,带着凝重的沉思,我们走下了高地,漫步于耶路撒冷老城。首先映入眼帘的是一片片密集的墓地,整座城市被墓地重重包围着,并且建在墓地之上。长久以来,朝圣者为了死在耶路撒冷,葬在圣殿山周围,以为末日来临时的复活作准备而前往耶路撒冷,他们为此跋山涉水,不畏艰险,乐此不疲。这里的死人宛如活人一般,他们只是在那里沉睡着等待复活。

作为一个无神论者,看到此种景象,我的心情顿时变得沉重,感到莫名的阴森和恐惧,怎么也难以理解"世界若有十分美,九分在耶路撒冷"这句名言。但仔细一想,如果换一种心境,将自己也作为一个虔诚的朝圣者,就会感到分外亲切,一往情深了。我在想,这种神圣感来自信仰者对宗教的深切需求,如果没有这种需求也就没有眼前的一切,因为宗教必须解释快乐为何转瞬即逝、忧愁为何亘古恒久这个让人类既恐慌又困惑的谜题。我们需要感受比自身更强大的力量，我们敬畏死亡，渴望发现它的意义。作为上帝与人的相会地，能够死在这里便绝对无怨无悔、无比荣耀，可以无限快乐地享受上帝给予的终极关怀。

　　步入圣墓大教堂，一种特有的宗教氛围，让络绎不绝的朝圣者、游人，都放慢了脚步，屏住了呼吸。有些教徒一进来，便半跪下来，深情抚摸甚至亲吻石板。大家都以不同的心情在凝视着、聆听着。圣墓大教堂是耶稣坟墓所在地，基督教的圣地，也是耶稣受难安葬后复活的地方。当年耶稣背着沉重的十字架，一步步艰难地走向这里，被钉死在眼前这个十字架上。凝视葬在此地的圣墓，其实是一个稍微狭小的石洞，耶稣就是在这里安息到第三天复活，复活后40天升天，于第50天差遣圣灵降临人间，接着人间神圣的传奇便开始了。我在想，耶稣是被他的门徒犹大出卖而被迫走向十字架的，但他为自己的信仰从容殉道的精神给了始终忠于他的信徒们无尽的追思、无穷的启示和无限的力量。正是他们把耶稣的思想传播开来，并发扬光大。正是这种信仰的神圣力量才使上帝之子耶稣所创立的基督教从一支弱小的教派，历经磨难，不断发展壮大，直至成为罗马帝国的国教。从开始传教遭受到罗马帝国的禁止，甚至残酷迫害，到最终被罗马帝国接受成为国教，给我们什么样的启示呢？这个启示后人有无数的阐释，我想用这样几句话来概括：当罗马帝国从兴盛走向衰落的时候接受基督教作为国教，这是帝国维护统治、稳定社会的需要；当一个社会陷入危机、人心惶惶的时候，宗教是最好、最安全的精神庇护所，且基督教博爱平等的教义易为普通民众所接受，因此成为国教不仅是罗马帝国的明智选择，而且也是民众的普遍心理诉求。这是时势所致，不是哪个帝王的好恶所致。我凝视着圣墓大教堂里耶稣受难的十字架，遥想当年耶稣被罗马政府以异教徒的罪名钉死在十字架上的情形，若干年后又被罗马政府奉为唯一的教主真神，这种至高无上的荣耀，天地翻覆的变化，使我对宗教的认识也有了新的更加理性的思考。

随着导游的引领，我们来到了哭墙脚下，进入另一个宗教情境。哭墙又称西墙，是耶路撒冷第二圣殿护墙的仅存遗址，是犹太教的圣地。教徒到此墙必须哀哭，以表示对古神庙的哀悼并期待恢复，同时也是对民族经历的苦难的悲痛哭诉。作为非犹太教徒，我们不需要哀哭，但男士必须在入门处领一顶帽子戴上，让脑袋不直接对着上帝，以表示崇敬。当我们步入哭墙时，已隐隐听到从女士哀悼区域那边传来的哀哭声。此时我似乎开始理解了哭墙的神圣与崇高，理解了它对上帝的选民——犹太人终极关怀的特殊意义。这面哭墙，不就是犹太民族2000年来流离失所的精神家园吗？为什么这里是他们心目中最神圣的地方？因为他们坚定地相信它的上方就是上帝。眼前这座历经千年风雨的哭墙，就是犹太人心目中一座无与伦比的永恒的精神纪念碑。经过朝圣者千百年的抚摸，哭墙的石头也被打磨得光滑，如泪珠般盈盈发光，如泣如诉般地展示着它的苦难与辉煌。

当年大卫王之子所罗门王为耶和华所建的第一圣殿可谓金碧辉煌，流光溢彩，举世仰首。圣殿的巨大光环，使其他所有地方神圣建筑的荣耀都显得黯然失色。遥想当年的情景，每当旭日东升时，闪闪发光的宫殿和镀金的大门反射出的炽烈光辉，使那些强迫自己注视的人也不得不移开视线。它的建筑规模如此之巨大，它的装饰如此之奢华，以致犹太历史学家约瑟夫说它"已超出了我的描述能力"。俗话说，"木秀于林，风必摧之"。我们抛开其宗教性不谈，就它那无与伦比的宏伟壮丽也够那些扩张的帝国无比羡慕与嫉妒的了。首先发难的是强大的巴比伦帝国，他们攻下耶路撒冷后，将第一圣殿付之一炬，四万犹太人被虏，成了著名的"巴比伦之囚"。后来在罗马帝国统治时期，经过犹太王希律的努力争取，得到了罗马帝国的支持，重建了圣殿，史称第二圣殿。但好景不长，犹太人不堪长期忍受罗马帝国的统治，开始举行反罗马帝国的独立起义，但很快就被镇压下去，第二圣殿再一次被付之一炬，只留下了我们面前这道残破的哭墙，正可谓"成也萧何，败也萧何"。由此我们也就更能理解犹太人对哭墙那种坚不可摧的神圣情感了。

我们从哭墙出来,想去隔壁的穆斯林的高贵圣殿——金顶清真寺一游,却因不开放而未能如愿。巍巍的金顶清真寺,在老城一片土褐色建筑中格外耀眼夺目,甚至又让人匪夷所思。为什么在犹太教的圣殿山上,紧挨着犹太教的圣物哭墙,阿拉伯人却能够建起这座金顶清真寺?原来早在公元638年,耶路撒冷沦陷于阿拉伯帝国之手以后,由于《古兰经》对阿拉伯人历史传说的叙述几乎和《圣经》如出一辙,所以耶路撒冷对于穆斯林来说也具有真主最初恩泽的地位,于是伊斯兰教徒毫不犹豫地在这里建起了以此清真寺为标志的穆斯林圣地。特别是金顶清真寺中间那块岩石,是伊斯兰教的重要圣物,仅次于麦加的那块陨石。传说穆罕默德创教后第九年的一个夜晚,在天使的陪同下,骑着一匹面如美女的天马,从麦加飞到耶路撒冷,踏着这块岩石登上天堂,聆听真主的天启。今日的圣殿山上,犹太人和阿拉伯人挤在一起,一边打架,一边朝贡各自的圣迹。这道奇异的风景线,使耶路撒冷成为全世界摄像机聚焦的耀眼舞台。

漫步耶路撒冷老城,既能听到清真寺宣礼塔的呼声,又能听到基督教堂叮当的钟声。注目三大宗教圣迹,聆听千古传奇故事,如受到一次全面的宗教启蒙。作为缺乏宗教情结的我,以换位思考的心情,边走边凝神思索,有时停下脚步,记下自己的心得。

为什么耶路撒冷能够成为三教的圣地?一个犹地亚山间的贫瘠小镇会存在三种相互排斥的信仰,成为不同文明激烈冲突的角斗场,可以说从古至今绝无仅有。在出访以色列之前,为了便于了解这个国家的历史,我匆匆浏览了《耶路撒冷三千年》这本畅销书,受益匪浅。书中作者引用的这样一段话特别耐人寻味:"以色列是世界的中心;耶路撒冷是以色列的中心;圣殿是耶路撒冷的中心;至圣之所是圣殿的中心;神圣的约柜是至圣之所的中心;而奠定这个世界的基石就矗立在神圣约柜的前方。"到了现场亲历目睹耳闻,才体会到它的特殊意义。其实三种信仰的源头就在神圣约柜的前方。犹太教创建于公元前2000年，基督教创建于公元1世纪，伊斯兰教创立于公元7世纪。可见基督教比犹太教晚了2000年，伊斯兰教又比基督教晚了600多年。犹太教信奉《圣经·旧约》，是世界上最早的一神教之一，只信仰无形的永恒的上帝，认为自己是上帝的"特选子民"，相信上帝只拯救犹太民族，不拯救外人。基督教基本上也认同和尊重《圣经·旧约》，信奉的是同一个上帝。简言之，基督教是犹太教的派生。不同的是，基督教认为耶稣是上帝的儿子，是上帝派来的救世主。虽然耶稣也是犹太人，但犹太教不承认他是神的儿子，认为基督教是异教邪说，于是把耶稣交给了罗马人，最终被罗马统治者钉死在十字架上。从此基督教宣扬耶稣降生并牺牲自己是为了救赎人类，标志着上帝与人类从此重新立约，带来了上帝的救世福音——《圣经·新约》。伊斯兰教又是在借鉴犹太教和基督教经文的基础上建立起来的。《古兰经》借用了《圣经》中的某些经文，某些信仰也十分相似，所不同的是伊斯兰教只相信耶稣是童女所生，不承认他是上帝的儿子，认为他只是一个人、一个先知而已。穆罕默德尊崇《圣经》，并把大卫王、所罗门、摩西和耶稣都视为先知。所不同的是，他认为自己得到的启示已完全超过了他们。犹太教、基督教、伊斯兰教，它们都是一神教，都认为自己经文中的神是真神，都认为自己经文中的上帝是唯一的救世主，都认为自己是耶路撒冷的主人，这就找到了耶路撒冷至今冲突不断、争端不休的根源所在。

  这里到底是天堂还是炼狱场？有研究人员这样描述："耶路撒冷是万城之中最声名显赫的城市，但是，她也有不尽如人意之处。所以有人说耶路撒冷是一个爬满蝎子的耀眼金杯。"三千年来，这里只有短暂的和平，而长时间处于纷争厮杀之中，无休止的争夺——屠杀、战争、恐怖主义、围攻和灾难，将耶路撒冷变成了战场。用阿道司·赫胥黎的话说，是"宗教的屠宰场"；用福楼拜的话说，是一个"停尸房"。也有人说这个城市是一个被"死亡大军包围的'头盖骨'"。这里不仅三教之间不共戴天，而且基督教系之间的天主教和东正教之间也不共戴天，二者都宣称对圣墓拥有至高无上的所有权。现在的圣墓大教堂由八个教派所有，它们处于一种达尔文式的物竞天择争斗中，只有最强者才能生存。这同古代帝国争夺耶路撒冷的场景更是如出一辙。当年的巴比伦帝国、罗马帝国、奥斯曼帝国、波斯帝国、阿拉伯帝国、居鲁士大帝、亚历山大大帝、拿破仑、十字军东征等一系列你死我活的争夺战，使耶路撒冷千年以来始终处于一种摧毁—重建—再摧毁—再重建的痛苦循环之中。今天的耶路撒冷仍活在一种精神分裂的焦虑状态中。犹太人和阿拉伯人不敢冒险进入对方的区街；世俗犹太人则要避开极端正统派犹太人，因为这些人会因他们不守安息日或穿戴不敬而向他们扔石头；信奉弥赛亚的犹太信徒试图通过在圣殿山祈祷检验警方的决心，并挑起穆斯林的担忧；基督教的各个教派一直吵个不停。耶路撒冷令人神色紧张，他们的声音充满愤怒，而且每一个人，甚至那些相信他们正在履行一项神圣计划的三大宗教信徒，都不确定明天将要发生什么。我在想，这里是天堂吗？因为三教的信徒们都相信好人死后，他的灵魂就要到神所居住的天堂，与神在一起，永生不灭，永享幸福。

在耶路撒冷漫步，内心总是充满疑惑，历史在这里叠加，宗教在这里缠绕。耶路撒冷会成为和平之城吗？漫步在耶路撒冷街头，看到不同信徒的严肃神色，特别是看到那些荷枪实弹的以色列军警的警惕目光，和融融春光形成的强烈反差，本来轻松的心情似乎也变得有些紧张。有人说"耶路撒冷是一个火药场，随时可能发生爆炸"，也有人说"耶路撒冷是中东的斗鸡场，是西方世俗主义对抗伊斯兰基本教义派的战场"。无论怎么说，耶路撒冷比世界上任何其他地方都更加渴望宽容和解，实现真正和平。但多少年来，我们从各种新闻中所知道和看到的大多是恐怖、谋杀、动乱。特别是看到那些穆斯林少男靓女将自己作为人体炸弹去袭击所谓的异教敌人而面不改色、义无反顾时，实在令人惊恐震撼不已。因为《古兰经》告诉他们，杀异教敌人冲在最前面牺牲的信徒先升入天堂，先得到真主的特别嘉奖。看到如此强大的宗教力量，一旦走向极端，一旦拥有大规模杀伤性武器，它给人类带来的将会是怎样的灾难便可想而知了。

应当肯定，犹太人和穆斯林对耶路撒冷都有无可指责的历史诉求。犹太人在这座城市居住了三千年，他们对这座城市的尊敬也持续了三千年，《圣经》中许多故事都发生在耶路撒冷。犹太人失去家园后千百年来四处流浪，《圣经》成了他们随身携带的祖国、随身携带的耶路撒冷。同样，阿拉伯人在耶路撒冷居住也有一千多年的历史，也形成了自己独特的生活方式和宗教生活，也有了不可分离的情感。所以两个民族、两种宗教都有权在耶路撒冷生活、定居。但长期以来不能和谐、和平共处的根本原因是两种不同信仰的排他性。即使在最好的情况下，要在耶路撒冷问题上达成宗教、国家和情感上的和解都无异于痴人说梦。整个20世纪，针对耶路撒冷的四十多个计划都失败了。今天，仅针对圣殿山的共享方案至少就有十三个，至今还没有看到哪个真正落实了。我想无论双方何时签订和平协议，在耶路撒冷都必须存在两个国家——以色列与巴勒斯坦，这对双方来说都是公平的。

当要结束耶路撒冷之旅时，我反复追问自己，耶路撒冷有一天能成为和平之城吗？一种答案是能。前提是三大宗教都要作出让步，同时都要进行宗教改革，以适应现代人的生产生活方式。要做到这一点可能比登天还难，不要说三大教难达共识，就是各教自身也派别林立，争斗不止。对此我的信心实在坚定不起来。另一种答案是不能。虽然是悲观的，但依据却更充分些，本文中诸多例子都可以用来证明。原来我认为人类进入高科技信息化社会，人们的宗教意识会减弱，宗教信仰会被科学理性弱化，但这次出访以色列后改变了我的认识。看到以色列领先世界的高科技项目，领略犹太人非凡的创造力，让人翘指赞叹。但是他们的宗教情结不但没有因此而降低，反而更强了，对古老的信仰更坚定了，尤其是他们全民皆兵、严阵以待的风貌，足以让它的对手阿拉伯世界无可奈何。想到第二次世界大战期间犹太人不但没有被纳粹德国斩尽杀绝，而且在战争结束后他们成功复国，今天已建成高度现代化的强国，这个事实难道不发人深省吗？要让这样一个带着《圣经》成功闯天下的民族在教义上作出让步几乎是不可能的。这倒让我想起了《圣经》中关于末日审判的情形：在世界终结前，上帝要对世人进行审判，凡是信仰上帝并行善的人皆可升入天堂，不得救赎者则被丢下硫黄火湖中永远灭亡。我想这一天到来之时，就应是耶路撒冷永久和平之日吧。

我并不是一个悲观主义者，但在耶路撒冷问题上乐观总是转瞬即逝，实在是令人迷茫。看来用宗教的理念来解决宗教问题难以走出困局，必须另辟蹊径。我认为，在各自宗教教义难以作出改革和让步的情况下，最重要的是发挥各个政治集团的引领和主导作用。各个政治集团必须从自身的利益格局中解脱出来，不再参与灌输甚至培养仇恨意识，真正成为宗教秩序的维护者、解决争端的公正仲裁者。这是我发自内心的期盼和呼唤，这也许是一条摆脱耶路撒冷和中东危机的必由之路。

结束了耶路撒冷之旅，一路归来心情久久不能平静，于是填词一首以了却此行的心愿。现抄录在此，作为本文的结束语：

虞美人·耶路撒冷

千年往事知多少，争斗何时了。
天国尘世一山中，三教圣城称主各难容。

哭墙苦难谁能改？只有虔诚在。
本将信仰解堪忧，未料冲突无奈使人愁。

思无涯

理解"赢"才能"赢"

（2008年11月6日）

什么叫赢？赢就是胜利，赢就是获利。对此谁都不会陌生，因为世界上没有谁不想赢。但能从赢字的构造上去理解赢、把握赢，则不是谁都能知晓和做到的。我们的祖先在造赢字的时候，真是充满智慧，独具匠心。这个字的特征是笔画繁多，构造复杂，寓意深邃。一个赢字竟由五个字构成，这五个字分别是亡、口、月、贝、凡。每个字之间既关系密切，又有各自独立的内涵和外延。可见，赢并不是一件简单的事，更不是随随便便就可以赢。这五个字的组合囊括了赢字的深刻内涵，也是如何才会赢的五个基本要素。现在做个初步解析，权作抛砖引玉。

其一，欲想赢必须树立好"亡"。亡在汉语里有死去、丢失、危亡或危机的意思。在赢字中的亡可将其理解为一种危亡或危机感。就是说我们在争夺赢的过程中会面临许多风险和难关，若没有一种危机感、紧迫感和拼搏、牺牲的精神，就不会赢。树立好"亡"，就是要树立一种正确的紧迫感、危机感和拼搏的精神，切忌焦躁盲动。事实雄辩地证明，人生任何一场决定胜负的事，如果没有一种紧迫感、危机感和拼搏精神，就难以取得赢。就像那首台湾流行歌曲中所唱到的："三分天注定，七分靠打拼，爱拼才会赢。"孟子曰："生于忧患，死于安乐。"就是说人生要有忧患意识，才有利于赢；同时，有忧患意识，更有利于过上幸福安定的生活；过度的安逸和行乐，必然导致灾祸，甚至会输掉一生。当危机感和紧迫感树立起来的时候，人才会有奋起直追、殚精竭虑、励精图治的动力。越王勾践,经过数年卧薪尝胆,终于战胜吴国,一雪往昔奇耻大辱,将越国由弱国变强国。在争夺赢的过程中,既要增加智慧,更要增加勇敢。俗话说,"狭路相逢勇者胜""勇气冲开智慧门"。当危机到来的时候,勇于面对,敢于"亮剑",就会获得更多赢的机会,甚至会反输为赢。楚汉相争中韩信将军指挥的背水一战,大败赵军,成为"置之死地而后生"的千古佳话。总之,无论是在战场、商场、竞技场,还是在人生的职业场,若没有紧迫感、危机感和拼搏、牺牲精神,就永远不会赢。

其二,欲想赢必须锻炼好"口"。所谓口,就是人们用来饮食和说话的嘴巴,无须更多解释。但口在赢字中却有其特殊内涵。将赢字中的口理解为口才就更有意义。俗话说:"好马长在腿上,好人长在嘴上。"一个不善于表达的人很难取得赢。口才是语言的智慧。哈佛大学将人生的智慧总结为七种,其中把语言的智慧列为第一种。可见,锻炼好口才是何等的重要。据说哈佛大学入学考试最难的不是笔试而是口试,即现场面试考生的分析力、反应力、感染力。近日浏览了《在哈佛听讲座》一书,让我感慨颇多。书的序言说,要想欣赏口才的智慧,要想聆听世界的声音,地球上只有两个地方,一个是联合国,另一个是哈佛。书中选录了当今政要、专家学者、社会名流的精彩演讲,书的最后还附录了从哈佛毕业的四位美国总统的就职演说。这些演讲和演说,都闪耀着智慧的光芒,冲决愚腐、陈旧和懒惰,唤起我们对理性和人生的激情与追求。在当今的多媒体时代,无论是政要还是专家学者,若没有良好的口才,就很难取得公众的青睐,或很难产生重要的广泛的影响。在西方社会,如果没有上等的口才,想当上议员和总统是不可思议的。二战期间的铁腕人物,英国首相丘吉尔,以其无与伦比的口才征服了所有的竞争对手,同时也征服了世界,成为影响世界历史进程的伟大政治家。前不久我看了《丘吉尔传》,原来他在小学和中学读书时,语文和数学的成绩较差,且不善言谈,他的超群演说口才,是他后来于从政生涯中刻苦锻炼得来的，而不是天生的。我曾读过《会说才会赢》这本书，书中列举了许多影响世界的大人物，起初他们都是不善言谈者，有的还是结巴，就是这些人，经过刻苦训练，终成一代演讲大师，口才成就了他们的伟大事业。其实，即使在遥远的古代，若没有良好的口才也很难成就一番大事业。中国战国时期的著名演说家苏秦，可以说是古往今来最具传奇色彩的超级演说家。他初出茅庐时并未旗开得胜，游说秦国碰了一鼻子灰，可谓乘兴而去，败兴而归。此后他重新振作起来，以"头悬梁、锥刺股"的精神，寒窗苦读，学得满腹经纶，练就了一种高超的雄辩演讲技能，最后终于说服六国联合抗秦，他也因此挂上了六国相印，比今天的联合国秘书长还气派。总之，纵观古今，善言者长于辩，善思者敏于慧。有思而不能言与有言而不能思的人一样，都是失败者。纵然一个人才高八斗、技能高超，倘若他连话都说不清楚，和别人沟通起来总是让人别扭，不讨别人喜欢，那么他对社会的贡献一定是有限的，因为他缺乏凝聚力和传播知识的能力。换句话说，一个人没有口才就不会有说服力，没有说服力就不会有影响力，没有影响力就不会有领导力，没有领导力就只能单枪匹马、不善协同，就不会赢。

其三，欲想赢必须保养好"月"。在古汉语中，月指的是肉体。只要打开字典，看一下月字旁的字就会发现，五脏六腑、四肢百骸，大多都有月（肉）字旁，就是说月字旁可让你理会它是肉体的组成部分。本文将赢字中的月，理解为人的身体，这就更能确切地表达所要论证的问题。人生什么最重要？不同的人生感悟会有不同的回答，但仔细想想，最终的答案只能是一个，那就是人的身体。有身体才有人生，有人生才有事业追求，有事业追求就有竞争，有竞争就有输赢。由此可见，欲想赢就必须有一个好身体。好身体除了先天的因素，后天的锻炼和保养也是至关重要的。前面提到的丘吉尔就是先天不足的典型。她母亲生他时早产两个月，他勉强活了下来。由于他注重后天的锻炼和保养，终于成为一个身体强壮的男子汉，这为他后来赢得政坛奠定了重要基础。其实，人的身体就像一辆汽车，不加油就跑不起来，不保养就会提前大修，甚至达不到设计的里程而提前报废。欲想达到设计里程或进一步延长使用寿命，平时就必须注意按时加油、加好油，并坚持定期保养维护。一个会忙里偷闲的人就是一个善于保养的人，一个有创造力的人一定是个善于加油的人。既善于保养又善于加油的人，一定是一个善于赢的人。现代社会的工作和生活节奏明显加快，知识爆炸、信息爆炸，瞬息万变，似乎让人无所适从，甚至喘不过气来。时常听到一些崭露头角的青年专家、学者、企业家早逝的消息，令人痛惜，发人深思。还有那些身体每况愈下的人，如不能自我调节、加强锻炼、适时保养，无论是对个人还是对社会都是不利的。保养好身体，既要加强锻炼身体，又要加强锻炼心理，达到身心和谐，在工作和生活中充满活力。总之，没有好的身体，本事再大，也只能赢得一时，不能赢得一世；没有好的身体，能力再强，也只能赢得一段，不能赢得全程；没有好的身体，即使总是在赢，也难以得到真正的快乐和幸福。

其四，欲想赢必须运用好"贝"。贝就是贝壳，古代曾用贝壳做货币，可见其作用之大。本文将赢字中的贝理解为资金或资本。俗话说，"无本难求利""一分钱难倒英雄汉"。古汉语中盈利的盈字用的是这个赢，就是说做生意必须把资金或资本运用好才能赢利。如今赢字的含义已被引申到个各个领域。无论何种社会形态，无论何种经济体制，资金都是一种稀缺资源，得到它不容易，把它用好使其增值更不容易。做生意的人没有本钱就不能开张，本钱不大就难以做大。干其他事业或做其他工作，同样需要资金和本钱。人力也是一种资本，而且是更有意义的资本。五年前，著名经济学家、原花旗集团副总裁、现任以色列中央银行行长费希尔先生送我一本他的经济学著作，读后使我感触最深的就是他的人力资本理论。他的研究结果表明，在所有投资中，回报最高的是投资于人力资本。所以我经常同那些年轻的父母们说，有钱就投资于子女教育，没有钱就去借钱，利息再高也要舍得。给子女最好的教育，远胜于给子女最优越的生活条件。只有人的素质提高了，竞争力才能增强，有了竞争力才有更多赢的机会。总之，赢离不开"贝"，运用好"贝"不是一件容易的事。当今我所熟悉的许多商界领袖，都有一部运用"贝"的艰辛创业史。如我的老朋友联想集团董事局主席柳传志先生，当年靠20万元起家，经过无数次的失败，最终胜多于败、赢多于输，建成了一家拥有上千亿元资产的跨国公司，成为目前全球第四大计算机生产商。

其五，欲想赢必须践行好"凡"。赢字中的凡就是平凡的意思，无须更多的解释。凡字理解容易做起来难。虽然每个人都想赢，但不见得每个人都想从平凡做起。因此，赢字中的最后一个凡字告诉你，欲想赢就必须从平凡做起。常言道，"伟大出于平凡"，而赢就更应出于平凡。只有练就于平凡才能获得真知灼见。目前我还从未见过也从未听说过哪位伟人或哪位赢者，未经过平凡就获得成功。人们往往注意和看重名人或伟人身上的光环、地位、财富，而常常忽略了名人、伟人在平凡中的艰辛创业，在平凡中所经受的常人难以承受的压力和忍耐。正如孟子所云："天将降大任于斯人也，必先苦其心志，劳其筋骨，饿其体肤，空乏其身。"前天晚上，我从电视上看到这样一段名人访谈，即新东方外语学校校长俞敏洪讲述他的创业史。俞敏洪并非特殊天才，当年高考，连续两年名落孙山，但他毫不气馁，继续发奋苦读，终于在第三年考上了北京大学英语系。在校期间，前两年学习成绩总是排在全班的后边，后经发奋终于赶了上来，毕业后留校任教。在当时留美浪潮感召下，他曾三次努力出国均因学费不足而作罢。后来他仍不甘心，于是便以北大名义在外办班收费。后来被北大发现并给予纪律处分后，他毅然辞职下海创办了新东方学校。开始一无所有，只靠预收几千元报名费起家，租用最简陋的教室，历尽艰辛，吃尽了苦头，终于使新东方成为一所扬名海内外的外语学校。现在许多留学欧美的学生在考托福前都经历过新东方的外语培训，其中我女儿就是一个受益者。特别是北大的学生留学前都要去新东方培训，有人开玩笑说，北大的学生不知道北大校长是许智洪，只知道新东方的校长是俞敏洪。可见，新东方已成为众多青年学子出国前的培训基地，是他们的特殊母校。总之，俞敏洪从平凡中干出了不平凡的事业，他是真正的赢家，而且赢得很深远。虽然他自己最终没能赴美留学，但却让众多有志青年圆了留学梦。这个故事也从反面告诉我们，那些好高骛远、朝秦暮楚、付出不了辛苦的人，永远不会赢。

以上只是从赢字的构造谈了对赢的理解，而问题的关键是在实践中如何把握好赢。记住亡、口、月、贝、凡五个字并不难，难的是辩证理解、恰当运用。

树立好"亡"，就是要有危机感、紧迫感和拼搏、牺牲精神，但运用不当就会适得其反。这里需要注意和克服的是急于求成，盲目冒险，感情用事，不讲科学。

锻炼好"口"，就是要练就一副好口才，同时要把握好讲话的分寸。口才是一把双刃剑。俗话说，"病从口入，祸从口出"。口才再好，即使是无意的、善意的、真诚的话语，如果运用不当，也会适得其反，甚至会酿成灾难，断送前程。把话说得恰到好处是锻炼口才的硬功夫，也是一门很难练就的艺术。根据我多年的经验和教训，这里提出三条原则可资借鉴：一是在公众场合演讲，要以真诚之心与听众交流，要坚持旁征博引、言之有物、逻辑性强，巧用诙谐幽默与激情，但千万不要哗众取宠。二是在与人交际的场合，要坚持谦和稳重，话到嘴边留三分，做人才能得十分，千万不要盛气凌人、咄咄逼人。三是在处理公务的场合，特别是自己在做领导的时候，要坚持城府持重，事急语缓，心烦口和。要恰当沉默、沉默是金。要恰当爆发，严防雷霆大作，暴风骤雨，将别人淹没的同时也将自己淹没。

要保养好"月"，就是要保养好身体。不注意保养不好，只注意保养也不好。如果将保养变成了养尊处优，就会意志衰退、不思进取，这

样的好身体只是行尸走肉,既不能创造人生价值,也永远不会赢。

运用好"贝",就是要发挥资金在赢中的助推作用。这里最值得注意的是,当钱赢得最多最得意的时候,往往也是人生最烦恼最危险的时候。只有在钱多的时候能够理性清醒、持盈保泰的人,才能健康可持续。

践行好"凡",就是要脚踏实地,循序渐进,打牢基础,积蓄后劲。切忌拔苗助长,强行超越;切忌盲目攀比,急躁冒进;切忌人云亦云,毫无主见。

人生就像一场马拉松比赛。在观看比赛时,我们常常会看到这样一种景象,开始跑在前面的到最后却被落了下来,而开始跑在后面的却成了最后的赢家。这就是实力强、后劲足、技能好的综合展示。赢得一程不难,难在赢得全程;赢得一时不难,难在赢得一生。人生最美的笑是看谁笑到最后!

忧伤美的魅力

——听电视剧《红楼梦》插曲随感

（2003 年 6 月 3 日）

  我非常喜欢1987年版电视剧《红楼梦》插曲。那种优美低缓、凄婉深沉的旋律，如从鸿蒙飘来，寂寥空灵。它给人带来的不是一般音乐所呈现的欢悦之美，而是一种瞬间触动听者心灵的忧伤之美。这种忧伤美的魅力，给人以强烈的情感震撼，让人随着忧伤哀婉的旋律进入怅然怜惜、无尽感伤之中。一番沉思之后，不由得让人从心底发出对人生无常的感叹，对自由的憧憬，对邪恶的憎恨，对真情的呼唤，对人间美好的渴望。

  听那不同凡响的片头曲："开辟鸿蒙，谁为情种，都只为风月情浓。趁着这奈何天、伤怀日、寂寥时，试遣愚衷。因此上，演出这怀金悼玉的《红楼梦》。"这忧伤优美的旋律，令人不禁感叹：此曲只应天上有，人间能得几回闻！伴随着这天籁的旋律，带你进入一个金粉飘香、亦真亦幻的多情世界，观看这大观园里正在上演的千古绝唱——《红楼梦》。

  在这场鸿篇大剧之中，最让人情醉心碎的是《葬花吟》《枉凝眉》《红豆曲》《题帕三绝》《秋窗风雨夕》等主题鲜明、旋律独特的曲目。这些曲目音律具有浓厚的民族风格，吸取戏曲的特点，同时也吸取通俗歌曲的精髓，具有鲜明的艺术特色。词曲在艺术上的高度交融，把忧伤与哀怨推向了顶峰。如下面这些精彩唱段，给人以强烈的心灵震撼："花谢花飞飞满天，红消香断有谁怜……一年三百六十日，风刀霜剑严相逼……明媚鲜妍能几时，一朝飘泊难寻觅。花开易见落难寻，阶前愁杀葬花人……尔今死去侬收葬，未卜侬身何日丧？""一个是阆苑仙葩，一个是美玉无瑕。……一个枉自嗟呀，一个空劳牵挂。一个是水中月，一个是镜中花。想眼中能有多少泪珠儿，怎禁得秋流到冬尽，春流到夏。""滴不尽相思血泪抛红豆，开不完春柳春花满画楼。睡不稳纱窗风雨黄昏后，忘不了新愁和旧愁。""眼空蓄泪泪空垂，暗洒闲抛却为谁。尺幅鲛绡劳惠赠，叫人焉得不伤悲。""秋花惨淡秋草黄，耿耿秋灯秋夜长。已觉秋窗秋不尽，那堪风雨助凄凉。"列出这些忧伤佳句，听唱绝妙忧伤之曲，如诉如泣，长歌当哭，香魂缕缕，风月情浓，催人泪下。特别是作曲家在《葬花吟》最后增加了"天尽头，何处有香丘"作为一个高潮，把葬花吟写成了一段天问，声声都是泪，字字都是血。这些曲目的配乐，运用古琴、二胡，把低吟、哀怨、叹息淋漓尽致地表现出来，充分发挥民族乐器的特点，深化词句的意境，词的主题与曲的韵味达到完美融合统一，其震撼力之强，穿透力之深，让人叹为观止。这种艺术的升华，不仅给人一种怜香惜玉的朴素情愫的升华，而且更重要的是使人看到了人间的不平、环境的险恶、制度的腐朽。听唱这忧伤的乐曲，让我们从中看到了什么是秋的凋零，什么是冬的冰冷，什么是春的美好，什么是花的艳丽，什么是短暂，什么是永恒。我们在赞叹曹雪芹伟大的同时，也由衷地为作曲家王立平先生点赞，他的曲谱将同曹雪芹的《红楼梦》一起流芳千古！

在1987年版电视剧《红楼梦》十三首插曲中，《聪明累》这首词曲有其特殊意义，在忧伤的旋律中给人深刻的理性震撼。《聪明累》是对《红楼梦》的终结，也是对人生哲学的诗化呈现。看一遍词曲，听一遍倾唱，便感振聋发聩："机关算尽太聪明，反算了卿卿性命。生前心已碎，死后性空灵。家富人宁，终有个家亡人散各奔腾。枉费了，意悬悬半世心；好一似，荡悠悠三更梦。忽喇喇似大厦倾，昏惨惨似灯将尽。呀！一场欢喜忽悲辛。叹人事，终难定。"听唱这支曲子，同其他曲子的最大不同是忧伤中有哲思，哲思中有哀怨，哀怨中有无奈，无奈中有讽谏。

如果一边看电视画面，一边听其中的插曲，就更能感受到《红楼梦》插曲忧伤美的魅力，且会领悟到这种魅力主要来自三个方面：一是歌词的绝妙悲情意境。我曾将读过的历史上许多婉约派大家的忧伤诗词中的意境与之相比，均难以超越，只能媲美。这应是曹雪芹拥有从荣华富贵到家破人散，从锦衣玉食到穷途潦倒的特殊境遇，再加之天才的艺术造诣，进而决定了他那无与伦比的创作高度。二是作曲家王立平先生的深厚艺术积淀和对《红楼梦》及其诗赋的深刻理解。最精彩的花絮是王立平先生谱写完《分骨肉》后，趴在琴上大哭了一场，这种令人震撼的自我感动，可堪称中国音乐史上的奇迹。三是电视画面与音乐的高度融合。电视剧《红楼梦》插曲是用民族乐器伴奏的成功典范，特别是对古筝、古琴、二胡的运用，把词曲的意境演绎得返璞归真，色彩纷呈。那悠悠的古韵妙音，一融入电视画面，就让人不自觉地在忧伤中空灵忘返。尤其感人的是"探春出嫁"这出戏，整场无一句台词。乐曲"一帆风雨路三千，把骨肉家园齐来抛闪……"一下子把一个弱女子带入了一个告别自己的亲人和故土，走向一个茫茫不可知的未来的情景。因此，一曲《分骨肉》终成《红楼梦》音乐中最为恢宏、最为凄厉的乐章。

听唱《红楼梦》全部插曲，曲与情融合，旋律深化词作，让人始终沉浸在浓浓的忧伤之中。这忧伤的乐曲与忧伤的诗句交融，在艺术的享受中激荡，激起我们对良知的呼唤，对命运的抗争，对自由的向往，对未来的憧憬。这就是忧伤美的特有魅力。英国浪漫诗人雪莱曾说："最甜美的诗歌就是那些诉说最忧伤的思想的。"《红楼梦》里的诗曲正好验证了雪莱的名言。我认为，艺术上的忧伤，不同于现时生活中的忧伤和悲哀，它是让人"以忧以悲为审美对象"，经过艺术加工，升华为忧伤之美。只有在人类实践与理性发展到一定阶段，人们才能对自己的生命活动或生活中发生的"忧与悲"进行回顾和反思，并从中发掘出创作题材，源于生活又高于生活。忧伤美给人审美的直觉就是，随着乐曲的旋律，时而让人忧郁感伤，悲愁不平，拍案而起；时而让人柔肠寸断，满腔惆怅。忧伤美的情感是柔性的、婉约的，也是震撼的、激愤的，在深沉的叹息、独自的感伤中，升华为对人生意义与宇宙真谛的幡然领悟。忧伤之美可抚慰人的心灵，给人以柔性的审美愉悦，在柔性中获得对人生的反思和理性的力量，进而获得精神上的审美超越。

　　我想，现实生活中的忧与悲并不产生美，只有高于生活，升华为艺术的伤悲才能产生忧伤美。任何人都不愿看到和亲历现实中的伤悲，但它却每天都在我们身边发生，这也是人类自身难以消除的。正如常言所说："人生不如意，十有八九。"一部《红楼梦》写尽了人生之无常与无奈，拷问了人性，道出什么是真、善、美，什么是假、丑、恶。其实，人生所有的期望和努力，就是要扬善抑恶，把人生的无常和无奈控制在最低限度。如果出现了，就要把那些具有典型意义的事件创作升华为忧伤之美，再用忧伤美的艺术力量去感染人、教育人，努力控制和战胜生活中已经发生或可能发生的伤悲与不幸。让无常的人生多一些快乐，少一些伤悲；让社会多一些和谐，让人生多一些精彩！

在音乐中寻求灵感和力量

（2003年6月5日）

音乐是艺术百花园中一枝绚丽的奇葩。我爱音乐，因为它不仅带给我直觉的愉悦和美，而且使我在美的意境中获得理性感悟和自我超越。特别是每当我思索某些难题的时候，只要条件允许，就要在欣赏音乐中寻求破解难题的灵感和力量。我总忘不了爱因斯坦曾说过的至理名言："知识是有限的，而艺术所开拓的想象力是无限的。"正是伴随着美妙音乐的启迪，爱因斯坦开始了他对相对论的辉煌构思，给人类一个创造性的惊奇，给世界送来一片光明。特别是莫扎特的音乐，曾给予他无限的想象力和巨大的创造灵感。当他进入暮年时，一位朋友问他，死亡对他意味着什么。他回答说："死亡对我来说意味着不能再听莫扎特。"爱因斯坦的成功，从特定意义上说，是艺术赋予他灵感和力量的成功。因此，他是一个典型的艺术科学家和科学艺术家。他的故事鼓舞和激励我在音乐中寻求灵感和力量，进而更加崇尚科学，热爱生活，追求事业！

人类在创造伟大的物质文明的同时，也创造了伟大灿烂的精神乐章。贝多芬的《英雄交响曲》，给人以勇气、力量、信心和智慧；聂耳的《义勇军进行曲》，使人热血奔涌，勇往直前，义无反顾；《拉德斯基进行曲》和《卡门序曲》给人以凯旋时的喜悦、光荣、自豪和骄傲；华彦均的《二泉映月》，把人带入一个悲情的世界，一个同命运抗争的王国；莫扎特的《安魂曲》，似乎让人感到死亡不再是一件恐怖的事，同时也似乎让人感到死亡原来是一件自然而轻松的事……每当欣赏那些高水平的交响音乐会，总是被那些浑厚激越又间有舒缓轻柔的旋律所感染，使你欲随之飘、欲随之舞、欲随之唱、欲随之泣、欲随之奔。片刻之间，把你带入一个高尚而美好的境界。还有那些数不清的著名"小夜曲"和"圆舞曲"，只要畅游其中，就会让人流连忘返，灵感和遐想超然涌现，悠悠回旋。我们感谢这些伟大的乐章，没有它们，人类将失去联想，世界将变得枯燥。为了能够在音乐欣赏中获得灵感和力量，我们应努力学一点审美，增加一点艺术修养，同时要注重选择那些内涵高雅、情调高尚、富有感染力和穿透力的乐章。

音乐美的特殊性是它的非语言性和非视觉性。对音乐的审美情趣和遐想意象，每个人都有自己的感受和理解，这是由每个人所处的地域、阅历、学识、爱好、民族等因素所决定的。人类的共性总是大于个性，音乐无国界，好的音乐作品是人类共享的。改革开放以来，大量优秀的欧美音乐被引进来，不但为国人所接受，而且市场在不断扩大。如今在北京，一个著名的外国乐团来国家大剧院演出，可谓一票难求。记得改革开放之初没有这样火，国人接受西洋乐也是个渐进的过程。我本人就有切身的体会。开始不习惯，就强制自己去听，或者是"附庸风雅"，以展示开放形象。经过不断的熏陶和学习，我对欧洲古典音乐，不仅喜欢，而且也能评论一二，谈出自己的体会。现在，我常对身边的年轻人说，无论是欣赏中国的古典音乐，还是欧洲的古典音乐，都要善于从"附庸风雅"开始。只有经过不断熏陶和长期的积累，方可达到风雅。

在音乐欣赏中，能够获得直接审美愉悦易，而能够获得创造灵感和进取的力量难。大凡经典音乐作品，都有其深刻的内涵。如何在欣赏中去寻求这种灵感和力量是一种高层次的审美。

首先，我们在欣赏有标题音乐的时候，会自觉地按着作者标题上的思想内容去遐思感悟。如欣赏贝多芬的第三交响曲《英雄》，恢宏激越的曲调，映在你眼帘的会是一幅战火连天的壮美画卷。欣赏施特劳斯的

《蓝色多瑙河》，欢快跳跃的曲调，让你感到一股源头清泉奔涌而下，或急或缓，四季变换，风光无限。欣赏中国经典交响乐《梁祝》，哀怨舒缓的旋律，让人想到一对恋人为冲破封建礼教的束缚，奋力同命运抗争，那么执着，那么坚贞，那么无助，那么无奈，最终走向毁灭，化作飞蝶。以上几例都是标题音乐的特有魅力和给欣赏者带来的特有便利。但标题音乐也有它的不足与局限，就是有时会束缚欣赏者从不同角度去寻觅更多的审美情境。还有一些标题音乐，它的审美意境同标题内容的融合度不高。如意大利著名的小夜曲《托赛里》，也称为《哀叹小夜曲》。此曲非常优美抒情，我听过无数次，怎么都听不出哀叹的味道。当然，也可能是我对该作品未能理解进去。

其次，我们在欣赏无标题音乐时，若同有标题音乐比较，看似难实则易。无标题音乐也称纯音乐，意指没有标题说明的器乐形式，主要是用曲式名称，如奏鸣曲、变奏曲、莫扎特的《第四十交响曲》、李斯特的《匈牙利狂想曲第二号》等。无标题音乐只求通过音乐艺术来抒发某种主观情绪，表现某种精神意境，甚至主要着重音乐艺术本身的音响美和形式美追求，如巴赫的众多乐曲。如果说标题音乐对欣赏者起着画龙点睛或航标灯塔的作用，那么无标题音乐又为欣赏者提供了联想的广阔领域，正是"海阔凭鱼跃，天高任鸟飞"。

对于普通听众来说，他们对好作品的欣赏品评非常直截了当，就是"好听、快乐、舒服"。因此流行音乐受众广，追星族多。健康优美的流行音乐，可使大家在潜移默化中提升文化素质，有利于社会和谐稳定，同时也为音乐由俗到雅提供了广泛的公众基础。民族古典音乐、古典戏曲，如国粹——京剧、地方戏曲，虽然受众小，但对于传承优秀传统文化，提升民族自信心、精气神具有重要意义。外来音乐虽然开始受众少，但随着对外开放的不断深入，国际化水平的不断提升，引进优秀外国音乐，有利于国民通过音乐语言及其故事了解世界，开阔国际视野，有利于在对外开放中提升国人的素质和国家的形象，且基本上不受

政治和意识形态的影响,便可达到国家间相互"免签"之功效。

音乐给人的力量和灵感,除了通过外部的欣赏获得,还有个人的自娱自乐、自我爱好、自我提升。爱因斯坦喜欢拉小提琴并可同专业乐队同台演出,是音乐赋予了他更多的科学创意。中国的水稻专家袁隆平先生也喜欢拉小提琴,虽然拉得没那么专业,然而却有利于消除他长期在田间工作累积的疲劳与孤独,激发出更多的科学思考。无论是国外还是国内,通过一种乐器在自娱自乐中寻求力量和灵感,有利于事业成功的例子不胜枚举。我在想,现在生活条件好了,业余闲暇时间多了,应努力学点乐理,学种乐器,哪怕是最简单的乐器也好,在自娱自乐中开拓视野,给自己加油。

当前,我们正处在一个伟大的社会转型时期,各种矛盾交织,各种思想混杂,各种不平衡加剧,似乎人人都显得浮躁或焦虑。根据我的经验,医治心理疾病或保持心理健康,应把音乐作为一剂良药,选择不同的乐曲来调节自己的心情。只有驱散浮躁,才能宁静思考,甚至会产生绚丽的思想火花。我们可以对现实的弊端不满,可以对自己的现状不满,但我们不可以没有改变现实或现状的勇气和信心。让我们请音乐之神来相助,让雄壮的旋律激励我们奋进,让悲怆的旋律激起我们反抗,让欢快的旋律预祝我们凯旋,让轻柔的旋律使我们放松绷紧的神经,蓄积再战的力量。同时,也应选择一些能同人的情感迅速融合的中性乐曲,当你痛苦的时候,它是呻吟和呼号,助你排遣苦闷和惆怅;当你喜悦的时候,它变成愉快的欢唱,助你心旷神怡,激情奔放。人生是一部漫长的交响乐,有时高亢,有时低沉,每个人都应有自己的"小夜曲"和"咏叹调"。让我们在音乐中不断地寻求灵感和力量,让我们在音乐中享受终极关怀!

诗的美妙与伟大

（2003年6月9日）

我对诗的真正喜爱还是十年前一次阅读《论语》时的偶得。当时，让我没想到的是，孔老夫子在《论语》"为政篇"中，一开始就谈论起诗来。子曰："为政以德……诗三百，一言以蔽之，曰：思无邪。"通读全篇，反复揣摩，豁然开朗。我理解孔老夫子此语的意思是说，从政者，或用现代的语言说，就是作为一个领导干部或管理者，必须思想纯正，灵魂净化，莫入邪途。对于自己的修养，要有诗一样的情怀，诗一样的境界，诗一样的崇高。纵观中国历史，许多大政治家、士大夫，往往也是大诗人、大文学家，如屈原、曹操、唐太宗、柳宗元、韩愈、张九龄、陈子昂、白居易、苏轼、晏殊、王安石、司马光等，不胜枚举，灿若群星。我们中国历史文化上的一个重要特点，就是文政不分，文史不分，文哲不分。因此，喜欢读诗，不仅可以陶冶情操，增加艺术修养，而且可以在审美中轻松愉悦地学习政治，学习历史，学习哲学。这也是我十年来读诗和作诗的切身体会。

诗言志，可给人以力量和勇气。"长叹息以掩涕兮，哀民生之多艰。""路漫漫其修远兮，吾将上下而求索。""惟草木之零落兮，恐美人之迟暮。"这是屈原在《离骚》中发出的忧国忧民、探索真理、感叹岁月无情的千古绝唱，千百年来，不知鼓舞和激励了多少仁人志士。"长风破浪会有时，直挂云帆济沧海。""黄河落天走东海，万里写入胸怀间。""安能摧眉折腰事权贵，使我不得开心颜！"这是诗仙李白

的豪放吟唱，洋溢着"吞吐大荒，横绝太空"的自由精神，其艺术造诣已到达一种"行神如空，行气如虹"的境界，吟咏起来，给人以壮美的意境。"会当凌绝顶，一览众山小。"这是诗圣杜甫仰首泰山吟唱出的凌云情怀，大千气象。"人生自古谁无死，留取丹心照汗青。"这是南宋抗金名将文天祥的绝笔，给人以誓死如归的悲壮意境。"千秋邈矣独留我，百战归来再读书。"这是曾国藩胜利归来、功成名就后的再励志。"对酒当歌，人生几何！譬如朝露，去日苦多。""神龟虽寿，犹有竟时。腾蛇乘雾，终为土灰。老骥伏枥，志在千里。烈士暮年，壮心不已。"这是曹孟德的暮年壮志，哀而不伤，英雄气概，直冲牛斗！"王师北定中原日，家祭无忘告乃翁""楚虽三户能亡秦，岂有堂堂中国空无人？"读这样的诗，一种爱国主义情感能不油然而生吗？！

诗言情，给人以温柔敦厚、清新幽雅的意境。一个"情"字，蕴含着无尽的人间故事，永恒的创作主题。"关关雎鸠，在河之洲。窈窕淑女，君子好逑。求之不得，辗转反侧。"这是《诗经》里的《关雎》名篇，虽然过了几千年，至今吟起仍让人感到温馨幽雅、优美意境随之浮现，一种浓浓的思恋和淡淡的忧伤袭上心头。正如孔子所言："《关雎》乐而不淫，哀而不伤。"越品越"思无邪"啊！"此情只待成追忆，只是当时已惘然。""当时只是平常事，过后思量倍有情。"这是唐代诗人李商隐的佳句，吟来清幽素朴，耐人寻味。"一片芳心千万绪，人间没个安排处。"这是南唐后主李煜的相思之情，万缕千丝，不但理不出头绪，而且连人间也安排不下。"料得年年肠断处，明月夜，短松冈。"这是苏轼悼怀亡妻之情。"遥知兄弟登高处，遍插朱萸少一人。"这是王维的手足之情。吟诵这些诗，不禁让人感慨：无情何必生斯世！"抽刀断水水更流，举杯消愁愁更愁。人生在世不称意，明朝散发弄扁舟。"这是李白在失意时的吟唱，但仍充满了失意者的洒脱。"花间一壶酒，独酌无相亲；举杯邀明月，对影成三人。""相看两不厌，只有敬亭山。"这是李白在孤独中的吟唱，在孤独中仍展示了与大自然相融为友的浪漫情怀和豪气。"寻寻觅觅，冷冷清清，凄凄惨惨戚戚。……到黄昏、点点滴滴。这次第，怎一个愁字了得？""花自飘零水自流。一种相思，两处闲愁。此情无计可消除，才下眉头，却上心头。"这是李清照的婉约绝唱，抒发了痛楚抑郁之情，思念渴望之情，写尽了悲愁与凄凉，给人以无尽的忧伤凄美之感。

  诗言理，给人启迪和智慧。古时候，由于文哲不分，许多精辟的哲理都蕴藏在了诗歌里。"吉凶祸福有来由，但要深知不要忧；只见火光烧润屋，不闻风浪覆虚舟。……虽异匏瓜唯不食，大都食足早宜休。"这是白居易的凝思之吟。诗的大意是，人生的遭遇，成功与失败，吉、凶、祸、福，都有它的原因，不需要烦恼，不需要忧愁。最后两句告诫人们，名和利像匏瓜一样，实在好吃，叫人绝对不吃是做不到的，但应适可而止，吃多了会拉肚子。"明月几时有？把酒问青天。不知天上宫阙，今夕是何年？我欲乘风归去，又恐琼楼玉宇，高处不胜寒。"这是苏东坡的千古名句，写出了高度的人生哲理，让人在审美的意境中，感悟到物极必反的哲理。"江上何人初见月，江月何年初照人。人生代代无穷已，江月年年只相识。"这是唐诗《春江花月夜》中最精彩的吟唱，此诗被誉为"孤篇盖全唐"。每当吟起，一个"我是谁、我从哪里来、要到哪里去"的最高哲学命题便悄然而生，让人在诗的意境中遐想驰骋。"沉舟侧畔千帆过，病树前头万木春。"这首诗道明了自然和社会的发展规律，新生事物不因旧事物的沉落而不前进。"欲穷千里目，更上一层楼。""不畏浮云遮望眼，只缘身在最高层。"这些诗句道出了只有高瞻才能远瞩，才能看清事物本质的哲理。"纸上得来终觉浅，绝知此事要躬行。"这些诗句揭示了实践出真知的哲理。"小溪明知自己浅，却在到处游乐；大海明知自己深，却在凝神思索。"这几句现代自由诗何等清新流畅，让人在优美的意境中感悟到"满招损，谦受益"的人生哲理。

  读诗可以陶冶情操，遐想哲思，激励人生。同样，写诗不仅能获得如此之功效，而且还能使思想和境界得到进一步提升。中国古时的士大夫为什么都能吟诗作赋？我想至少有三个原因：一是饱读诗书。在科举制度下，不饱读诗书就难以入仕。唐代科举主要考诗赋，所以唐代成了诗化的社会。从皇帝到平民几乎人人能诗，而且大诗人层出不穷，若群星灿烂、百花争艳。二是文化生活匮乏。在农耕社会里，商品流通、交换不发达，加上交通、信息不畅，不可能出现多元繁荣的文化艺术生活。因此，诗也就成了最稀缺的精神食粮和最珍贵的艺术品。三是礼不下俗人。"刑不上大夫，礼不下庶人"，这是维护封建等级的制度安排，因此士大夫们的精神生活不可能与民同乐，只能封闭在琴棋书画之中，尤以吟诗作赋为他们的最爱。他们和有闲阶层既是高雅文化的创造者也是享受者。社会进步到今天，无论是官员、知识分子，还是普通百姓，都共同面临着一个开放繁荣的市场经济社会，都共同享受着多元繁荣的精神文化生活，美中不足的是多了浮躁，少了宁静；多了文化快餐，少了文化经典；多了媚俗，少了高雅。特别是对诗的创作与需求早已今非昔比，尤其是读古诗或按古诗格律作诗的更是少数。对此我深有体会。我年轻的时候很少读古诗，更没有兴趣去作古体诗。当我步入中年以后，人生阅历多了，不但喜欢读古诗，而且也有了作古体诗的兴趣。通过读诗作诗，从中可以汲取古典精华，丰富自己的文化底蕴。同时对拓宽工作思路，放大人生格局，以及慎独、修身等，均助益匪浅。因此，我对古诗词经典的复兴、诗词创作的繁荣并不悲观，并且坚信，随着社会的进步，人们素质的提高，读经典的人会多起来，吟诗作赋的人会多起来，到大剧院欣赏高雅艺术的人会多起来。

诗言志、言情、言理，往往不是孤立进行的，而是相互交融，各有侧重，色彩纷呈。诗是情感的艺术升华。我们作为非诗人，要更好地欣赏诗、理解诗、创作诗，还应增加一点文学修养和审美常识。一首诗可精炼一个故事，一首诗可阐述一个哲理，一首诗可浓缩一部画卷。它让人在审美的意境中，得到情感和志向的提升、理性的启迪和精神的超越。这就是诗的美妙和伟大。

美酒神韵

（2005年1月9日）

这是一次难忘的答谢客户酒会。欢声笑语，美酒飘香，开怀畅饮，携手共进。宴罢归来，余兴未尽。一种写作的冲动难以自抑，于是打开电脑，敲打键盘，把我对酒的感受略书一二。

我喜欢品酒，但不嗜酒，更多的是一种对酒文化韵味的品赏。生活中每遇好酒好气氛时，我不禁感叹，如果世界上没有酒，我们的文化就会变得清淡，我们的生活就会缺少一种激情。假如我们的老祖宗没能从腐烂的野果和放久了的剩饭的酸味中受到启发，发明了酿酒术，那么，我们回顾往昔的时候，也许少了许多兴味；我们的生活，也会少了很多精彩。

酒的最大功能是激发人的情感，文人因之而文思如涌，武士因之而勇气倍增，百姓因之而开怀酣畅。因酒后激情而产生的伟大文艺作品不胜枚举，酒也因此而同文学艺术结下了不解之缘。自古以来，许多感人的饮酒作品，广为流传，经久不衰。美酒催生的神韵，让欣赏者流连忘返，回味悠香！

酒与诗词歌赋——美酒飘香歌绕梁。酒使人的思想变得奇伟瑰丽。"君不见黄河之水天上来，奔流到海不复还。君不见高堂明镜悲白发，朝如青丝暮成雪。人生得意须尽欢，莫使金樽空对月。"这是李白《将尽酒》中的名句，吟唱起来让人热血奔涌，激情难抑。若没有酒的激发，哪会有这样的气势、这样的想象！李白的许多传世佳作都是酒后得

之。杜甫在《饮中八仙歌》中,极其传神地描绘了李白:"李白斗酒诗百篇,长安市上酒家眠。天子呼来不上船,自称臣是酒中仙。"这"酒中仙"因酒才有与明月"醒时同交欢,醉后各分散。永结无情游,相期邈云汉"的相约(李白《月下独酌》);因酒才会在逆境中仍发出"长风破浪会有时,直挂云帆济沧海"的豪言壮语(李白《行路难》)。"明月几时有?把酒问青天。……但愿人常久,千里共婵娟。"这些至今仍脍炙人口的词篇,竟是苏东坡丙辰大醉时写下的千古绝唱!如果没有酒,我们很难想象会有如此绝唱问世,成为旷世经典,久唱不衰!

酒使人更加情深义重。酒与情不可分,这也是很多诗词歌赋中吟诵的主题。"渭城朝雨浥轻尘,客舍青青柳色新。劝君更尽一杯酒,西出阳关无故人。"这是唐代诗人王维的名诗,它表现了朋友之间惜别的真情,诗被谱曲改为《阳关三叠》后,为人们所喜爱,至今传唱不衰。杜甫《赠卫八处士》中说,"人生不相见,动如参与商",所以相见后"主称会面难,一举累十觞。十觞亦不醉,感子故意长。"白居易见到江湖上落寞的琵琶女,也是"添酒回灯重开宴",以表"同是天涯沦落人,相逢何必曾相识"的情怀(白居易《琵琶行》)。

酒后吐真言,酒使人变得坦白率真。"常记溪亭日暮,沉醉不知归路。兴尽晚回舟,误入藕花深处。争渡,争渡,惊起一滩鸥鹭。"这是南宋著名诗人李清照的词。一个古代淑女,被封建礼教束缚,平时笑不露齿,酒后就憨态可掬,晕乎乎的,连回家的路都找不到了。以词中的情景,应为某日黄昏,一个美人儿,轻松地驾着小船,一边游湖一边品酒,那该是一种多么浪漫惬意的情景啊!豪放词人辛弃疾《西江月·遣兴》中叙述酒后行为:"昨夜松边醉倒,问松我醉何如。只疑松动要来扶,以手推松曰去。"一个曾带兵领将的威武大将,醉后的心态、行态是何其天真可爱!

酒能使人欢乐,也能使人更加愁苦。这也是文学作品久见不衰的主题。"寻寻觅觅,冷冷清清,凄凄惨惨戚戚。乍暖还寒时候,最难将息。三杯两盏淡酒，怎敌他、晚来风急！"这首《声声慢》深刻描绘了李清照在国破家散之后的凄凉心境。读这样的词句有谁不为之感伤干杯，沉醉在忧伤凄美之中呢？！"对酒当歌，人生几何？譬如朝露，去日苦多。……何以解忧？唯有杜康。"这是曹操《短歌行》中的名句。像曹操这样的大政治家、大诗人，也要靠酒来解忧，可见酒之神奇！

酒与书画——醉笔染丹青。从古至今，那些在书法绘画界占尽风流的名家们大多是"雅好山泽嗜杯酒"。他们或以名山大川陶冶性情，或花前酌酒对月高歌，往往就是在"醉时吐出胸中墨"。酒酣之后，他们"解衣盘薄须肩掀"，从而使"破祖秃颖放异彩"，酒成了他们创作的不可缺少的重要条件。如晋代大书法家王羲之携群贤于秀美的会稽兰亭，流觞曲水，吟诗作赋。酒至酣时，他泼墨挥毫，以神来之笔著就了传世大作——《兰亭集序》，成为中国书法的万世楷模。又如，在中国绘画史上有"画圣"头衔的唐代画家吴道子和郑虔，"每欲挥毫，必须酣饮"，方能妙笔生花，气象万千！历史上还有不少个性张扬独成一派的大书法家，像擅长狂草的怀素、黄庭坚，嗜酒无拘束，越是开怀畅饮，越是激昂腾奋，越能笔走龙蛇，线条旋舞，异趣横生。据说毛泽东主席的草书就是学习怀素的韵律，并加以发挥和创新，成就了一代领袖书法家。

酒与歌舞——酒酣情浓舞翩跹。千百年来，酒与舞的耦合在中国文化发展史上写下了许多真情美意。酒与舞蹈有时是相伴二尤，令人增色，令艺生辉。把盏频相敬，歌舞尽真情。在现实生活中，每当朋友相会，一家团圆，喜庆宴会，最令人高兴和难忘的是畅饮高歌，翩翩起舞，特别是去少数民族地区出差，酒与舞蹈被视作最隆重的仪式和最热诚的接待，总是让你处在兴奋之中。2014年夏天我去内蒙古，一路感受到蒙古族人民的热情和豪放。有人这样总结内蒙古游牧文化的三大特点，即大口喝酒、大口吃肉、大声唱歌。这次内蒙古之行对此有切身的体验，特别令人难忘的是在呼伦贝尔大草原上的蒙古包里，马头琴浑厚

悠扬，酒樽高举，烤全羊和洁白的哈达献给尊贵的客人。当时大家的心情，像草原一样辽阔，像雄鹰一样翱翔，没有一点烦恼，没有一点惆怅，只有悠悠的遐思和天人合一的畅想！

以上只是略谈了酒文化对文学艺术的贡献，所谈更多的是历史故事，其实现代社会也是如此，只是形式更高级了。酒不仅能给文学艺术注入神韵，而且对其他领域具有同样的功效。酒，在当今的社交场合，往往伴演着"红娘"的角色。有了酒，可使感情得到迅速沟通；有了酒，可使气氛迅速活跃；有了酒，可使生意更加兴隆。酒还能给人以勇气和力量。俗话说，"酒壮英雄胆""酒后吐真言"。当年武松打虎，如没有十八碗酒助力，恐怕很难取得这场胜利。酒能使人增豪情添壮志。古人征战有酒壮行，至今此风仍传。"葡萄美酒夜光杯，欲饮琵琶马上催。醉卧沙场君莫笑，古来征战几人回？"王翰《凉州词》表现了将士酒后出征视死如归的胆气。两千多年前，西汉武帝时期，大将霍去病打败匈奴，于是有了汉武帝赐御酒，"酒泉"因此而得名，从此掀开中国历史上精彩的一页：平定河西，边陲安宁，开通丝路，遂有汉唐盛世。如今的酒泉已建成为中国的航天城、卫星发射中心、钢铁工业基地。酒泉焕发出新的活力，像一颗璀灿的明珠，闪耀在西北大漠之中。

酒不仅是一种饮品，更是一种情感，一种文化，一种悠悠的韵味。酒是美的，当然，如果把握不当就会变成丑的，甚至恶的，如酒后失态，酒后失德，酒后得祸，等等。因此，我们要努力做到扬善抑恶，区分时间场合，把握适度适量，那么，我们就可以借助酒的力量，创造更多美的神韵！

小议幸福与快乐

（2005年3月18日）

近日，我从网上看到一留美学者写的一篇关于《做一个既幸福又快乐的人》的文章。浏览全文，有许多精辟的论述引起我的关注，且有同感。但有些观点作者尚缺乏独立的哲理思辩，使我不能与之苟同。文中把幸福和快乐简单对立起来，并举例说明82%的中国人觉得幸福，只有9%的人认为自己快乐。美国有46%的人觉得幸福，英国是36%，印度是37%。再如把幸福的标准简单定为有饭吃、有衣穿、有房住，等等。我认为，幸福与快乐的本质是满足人生需求的体验和感受。从哲学角度看，人生有两个境界，一个是物质世界，另一个是精神世界。幸福和快乐这种体验和感受有时产生在物质世界，有时产生在精神世界，有时共同产生在两个世界。由于每个人所处的社会、生活环境、文化背景等不同，因此幸福和快乐不可能有一个共同的标准。也就是说，每个人对幸福和快乐的体验和感受是不一样的。

在日常生活中，我们会经常谈论起幸福和快乐的问题，但本人却很少进行深入的哲理思考。在写此文之前，我就幸福和快乐这两个词的解释查阅了有关词典，先做了一番咬文嚼字。有趣的是，《辞源》中没有"幸福"这个词，只有"快乐"这个词。对快乐的解释是喜悦、高兴。我又去查《辞海》，发现《辞海》中没有"快乐"这个词，只有"幸福"这个词。对幸福的解释是，在为理想奋斗过程中，以及实现了理想时感到满足的状况和体验。再去查《现代汉语词典》，我发现对"幸

福"和"快乐"两个词均有解释。对幸福的解释是使人心情舒畅的境遇和生活,对快乐的解释是,我又感到幸福或满意。可见对两者的解释义同而表述不同。最后,我又查了汉英和英汉词典,发现快乐对英文的同义词是happy,英文happy对中文的同义词是快乐。幸福对英文的同义词是joy,即发自内心的喜悦状态,比happy的境界更高。

  以上的一番咬文嚼字,虽然不能解释幸福和快乐的全部,但有一点是共同的,就是幸福和快乐不是对立的。不像网上那篇文章所说的,很多幸福的中国人不快乐,而少数快乐的中国人不幸福。我认为,幸福应是物质生活和精神生活的和谐统一。幸福是升华了的快乐,快乐是幸福的花朵。快乐更多地表现为感官直觉所产生的愉悦,如听美妙的音乐让你陶醉,听相声小品让你捧腹开怀,看美丽的景色让你心旷神怡,品尝美食爽口开心。以上这些即使对那些穷苦人也会产生快乐。快乐人人都可以获得,只不过时间长短罢了。幸福不可能人人都能获得,因为幸福是一种良好的生活状态,即物质生活和精神生活的良好融合。腰缠万贯的人感到不幸福,可能是因为其精神上贫困。他们的快乐可能是花钱买刺激,可称为空虚中的及时行乐。花钱可以买到及时行乐,却永远买不到幸福。从一般意义上说,当一个人的物质生存问题解决之后,解决幸福和快乐问题,主要靠思想意识和找到正确的修炼法门。就像弥尔顿说的:"意识本身可以把地狱变天堂,也能把天堂折腾成地狱。"佛法也认为,一切烦恼皆由心出,一切痛苦皆由心受。关键看自己如何选择。

  幸福是动态的而不是固态的。中国的先哲老子在《道德经》中提出一个辨证的哲理:"祸兮福所倚,福兮祸所伏。"这就是说祸与福是可以在一定条件下互相转化的。如何使福不转化为祸、祸可转化为福呢?对此,我们的祖先总结出许多成功的经验,概括出许多精辟的警句和格言,如:"生于忧患,死于安乐""吾日三省吾身""己所不欲,勿施于人""知足常乐,无为而治""以虚养心,以德养身""敬守此心,则心定;敛抑其气,则气平。""无事时,常照管此心,兢兢然若有事；有事时，却放下此心，坦坦然若无事。无事如有事提防，才可弭意外之变；有事如无事镇定，方可消局中之危。""处难处之事愈宜宽，处难处之人愈宜厚，处至急之事愈宜缓，处至大之事愈宜平，处疑难之事愈宜无意。""满招损，谦受益。""积善成德而神明自得。"其实，一个人若能按照上述那些警句和格言所要求的努力去做，就能保持一种幸福的状态，或逢凶化吉，转危为安，或好事连连，锦上添花。这是后天修炼之造化，非先天命运之恩赐。当然，幸福的人也有烦恼，甚至痛苦，只不过这种烦恼和痛苦在幸福人的身上不是经常的，也不占主导地位罢了。

快乐是动态的而不是永久的。月有阴晴圆缺，人有喜怒哀乐。这是不以人的意志为转移的。没有忧愁就难以体会什么叫快乐，就更不会去珍惜它。每当过年的时候，人们常说的就是祝你万事如意，心想事成，永远快乐！这只是一种良好的祝愿，现实中并不存在。但人间如果没有这种良好的祝愿，精神上就缺少追求，生活中就缺少关爱，人间就缺少阳光。有追求才有动力，有成功才有快乐。人不可能事事成功，时时顺意。当不快乐、不顺意的时候，能够平静下来，多角度想一想，达到自我解脱，这是最难能可贵的。要做到这一点，就必须不断地修炼自己，不断地提升自己的精神境界。感官直觉的快乐是不能保存的，只有脱离直觉进入记忆仓库并能保存起来的快乐，才是一种持久幸福的快乐。我们通常所说的幸福的回忆，就是打开记忆的仓库，取出美好的东西进行回味。这种美好的回味是一种精神境界层面上的幸福和快乐。

人们都希望自己永远幸福和快乐，甚至希望自己永远年轻，长生不老。因为现实生活中难以实现这种理想，人们无法摆脱死亡和无望给自己带来的恐惧，无法使自己的灵魂得到安慰，于是便产生了宗教。宗教是灵魂的诊所，宗教中的神或上帝是一切事物的主宰，无论是谁都必须无条件地服从。网上那篇文章说，有宗教信仰的人比无宗教信仰的人

幸福和快乐得多。我非常同意这个看法。但是，在科学技术高度发达的今天，真正虔诚信教的人，只会减少不会增加。我到欧美考察时，参观过许多著名的教堂，很少看到年轻人在那里做弥撒。那么，人类要靠什么来解决当今普遍存在的某些信仰危机呢？我认为，就是要靠知识文化的力量来解决信仰危机问题，建立良好的人生哲学坐标。就像古希腊哲学家苏格拉底所说的："世界上最美丽的是知识，世界上最丑恶的是愚昧。"知识给人带来幸福和快乐，愚昧给人带来灾祸和痛苦。苏格拉底还有一句著名的箴言："认识你自己。"这条箴言被刻在古希腊著名的德尔斐神庙的石碑上，可见其中蕴含着深刻的哲理。人生最难的是"认识你自己"。好多人的失败并非客观原因，主要是没有认清自己的能力，找准自己的位置，反省自己的过错，完善自己的不足。所以苏格拉底强调"认识你自己""照顾自己的心灵"，通过反省自己，提高自己，把存在于心灵中关于"善"的理念发掘出来，达到一种幸福快乐的境界。通过求知修身来丰富自己的精神世界，这一点，我们中国人历来做得比较好。儒家、道家等思想统治了中国几千年而不衰，这就是知识文化的力量。虽然儒道两家都没有引入一种超自然的神来作为一切的主宰，但却同样解决了中国人的精神需求问题。幸福和快乐虽然不是对立的，但也不都是同时存在的。一个连饭都吃不上的人，即使每天都快乐，也不能说他是幸福的。况且连饭都吃不饱的人天天快乐也不具有普遍意义，只是特殊个例。吃不饱饭的人，能做到既幸福又快乐，更是凤毛麟角。如孔子的得意弟子颜回，住陋巷，吃不饱，穿不暖，但对知识的快乐追求，矢志不渝，终于达到了圣人的幸福快乐境界。对此孔老夫子赞叹曰："一箪食，一瓢饮，在陋巷，人不堪其忧，回也不改其乐。贤哉，回也！"但世界上能成为圣人的毕竟是少数，中国几千年才出了几位公认的圣人。还有一种人，把痛苦或牺牲当作快乐和幸福，这些人一般说来都是为宗教信仰或为所信仰的主义而献身的人。如在电视上看到伊斯兰教圣战的"人体炸弹"，看到人为死去的美丽少女而痛惜，但美丽的少女却快乐幸福地去真主那里报到，优先享受天堂的关爱。用英文bliss这个单词来表达更合适，这里可把它勉强扩充译为形而上的神圣的幸福和快乐——"天赐之福"。总之，这就是不同的人不同的信仰对幸福和快乐的不同体验。

当前，中国社会正处在一个重要的转型时期。网上有文章说，中国人活得很累、很浮躁。我同意这个观点，因为这是事实。这种浮躁，有点像当年鲁迅先生所说的："过去发财的人想复辟，正在发财的人想保守，未发财想发财的人想革命。"当然也有不少暴发户，急于想做大，又不能正确认识到自己的能力，最后在超常的扩张中败下阵来，甚至倾家荡产。还有一些暴发户，出手阔绰，挥金如土，或附庸风雅，或低级趣味。正像一位西方名人所说的那样，培养一个贵族需要三代，培养一个暴发户三天就够了。也有一些手握权力的官员，经不起金钱、美色、名利等诱惑，败下阵来，甚至家破人亡。那些无权无势而又心理不平衡的人，只有骂街，发牢骚了。以上列举的这些现象，是一幅浮躁的景象，不是一幅快乐、幸福的和谐景象，但这又是社会转型时期难以避免的。我们虽然不能杜绝它，但可以通过加快改革、加强教育等措施来抑制和改善。当今，我们国家提出要建立一个和谐的社会，我认为，其目的就是要化解矛盾，减少浮躁，加快发展，增加和谐，使人民的生活更快乐、更幸福、更美好！

幸福和快乐不会从天上掉下来，需要每个人自己去创造。正像一首老歌唱的那样："樱桃好吃树难栽，不下苦功花不开，幸福不会从天降，社会主义等不来。"网上那篇文章分析了中国人不能获得幸福和快乐的十个原因，也是从反面指出了能够获得幸福和快乐的途径，我基本上是赞成的。但我认为，不管有多少途径和方法，最重要的有三点：一是要有自己的人生追求和坚定的理想信念。不为诱惑所动摇，不为失败而气馁，不为环境所左右，不为名利而烦恼，不要好高骛远，不要眼高手低。二是要有创业创新的进取精神。没有耕耘就没有收获，没有收获

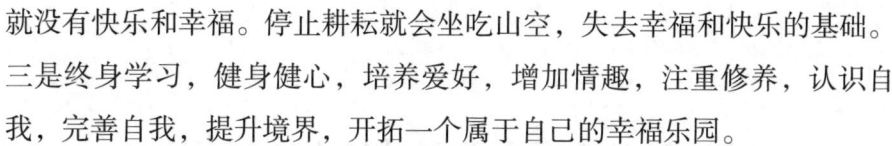

就没有快乐和幸福。停止耕耘就会坐吃山空,失去幸福和快乐的基础。三是终身学习,健身健心,培养爱好,增加情趣,注重修养,认识自我,完善自我,提升境界,开拓一个属于自己的幸福乐园。

惊叹"中国成为博士工厂"

（2009年11月3日）

今日上网浏览，偶见一新闻标题："中国已成为博士工厂。"当看到下面的分标题所载内容提要时，我不禁惊呆了："中国的博士生教育已超英赶美，成为世界上最大的博士学位授予国家。""美国拥有3000多所大学，有博士授予权的253所，中国有1000多所大学，有博士授予权的310所，超过美国57所。""中国的博士教育20年就走完了美国100多年的路""美国一个教授带3个博士，中国一个教授带20个博士""美国的博士研究生淘汰率为38%，中国的博士生淘汰率为零""中国为何盛产博士不盛产大师？"

看了以上这些内容提要，我惊叹不已。惊叹的不仅仅是喜，而更多的是忧。喜的是改革开放30年来，中国的高等教育得到了突飞猛进的发展，实现了从"精英"教育到"平民"教育的伟大的历史性转变，整体国民素质得到了明显提高；忧的是教学质量明显跟不上教育发展速度，教育体制改革严重滞后于经济社会发展。滥发文凭、高考作弊，屡禁不止，某些地区甚至花样翻新，鱼龙混杂，愈演愈烈。过去是为上大学而战，如今是为上名校而战，下一步必将转向为留学美国而战。在各种不正之风的侵袭下，中国许多名校的价值在不断缩水，文凭在不断贬值，丑闻时常曝光。如前不久某著名大学教授的抄袭案，同城另一名校的博导将自己的女学生发展为情人后被其男友刺杀案，近日又曝出武汉大学副校长等人巨额受贿案，都已成为很大的丑闻。凡此种种，令人震惊，令人发指。高校这块曾被公认的净土如今也受到了污染。我们不禁要问：为人师表者，一旦连道德底线都不坚守了，我们的后代将会怎样？我们的民族将会怎样？

我赞成中国的高等教育走平民教育之路，但我不赞成研究生教育特别是博士研究生教育走这条路。我认为，研究生教育只有走精英之路，才能出更多的拔尖人才。目前，华人在自然科学领域已有8位获得诺贝尔奖，这些人没有一位是国内大学教育的成果，都是出自欧美国家。刚刚逝世的中国"航天之父"、科学巨子——钱学森先生，还有早他逝世的大科学家钱三强、李四光、华罗庚等，也都是欧美大学培养出来的。钱学森在世时曾多次说过，为什么我们的教育总是培育不出拔尖人才？原因就是没有按照培养科学技术发明创造人才的模式去办学，没有自己独立的创造，没有真正的科学精神。我认为，从长远看，引进欧美的科学办学理念和先进的办学机制，比引进欧美的资金、购买欧美的产品更重要、更迫切、更具有战略意义。

近年来，美国对中国开放教育，去美国留学的限制减少，签证越来越容易。我真的为当今报考美国大学的学生庆幸，他们赶上了好时候。想当年有多少青年学子以优异的成绩被美国名校录取，都因过不了签证这一关而忍痛放弃了。如今美国的一些名校也开始主动到中国招生，已有一些优秀高中毕业生和高考状元放弃北大、清华的志愿，被美国的常春藤大学以高额奖学金招录，这已成为新闻热点，并引起舆论哗然。对此，有些人忧心忡忡，认为优秀生源的流失，必将给中国的高等教育带来严重的损失。我却不这么看。我认为，损失是表面的、暂时的，收获是实在的、长期的。据我观察，现今有条件的家庭子女大多都选择到海外留学，过去重点去英国，现在重点去美国。同时，由于美国没有把教育作为产业，又有良好的奖学金制度，这也给那些优秀的寒门子弟提供了留学机会。总之，大批中国青年能够得到去美国留学的机会，这是中美关系改善的结果，是非常难得的。毕竟美国的大学教育是当今世界上最好的，中国政府应制定鼓励他们"走出去"和学成归来的政策。

　　大批优秀青年学子赴美留学，至少有三大好处：一是有利于为国家长远发展储备大量优秀人才。如果当年没有像钱学森、钱三强、李四光这样一批海外学子回来报效祖国，我国的科学技术还不知要比发达国家落后多少年。二是有利于倒逼我国教育体制深化改革。在中国经济社会全面转型时期，教育出现的某些粗制滥造问题并不奇怪，只要引起重视也不难解决，只是个时间问题。比如"博士工厂"问题，短期内难以解决，我们现行的评职称、提干晋级等，都和学历、学位紧密挂钩，所以大家拼命想戴"博士帽"也在情理之中了。现在我还时常鼓励我身边的年轻人去读在职博士，即使达不到质量，起码也是开卷有益嘛，总比业余时间"吃喝交际""游山玩水"好吧。当然，我们的"博士工厂"也产出高质量的"产品"，但由于打假不力，一些高质量"产品"也被"市场误读"。似乎应了《红楼梦》里的那句诗："假作真时真亦假，无为有处有还无。"我认为，要消除中国"博士工厂"的弊端，可采取诸多标本兼治的措施，如高校去行政化、引入竞争淘汰机制、实施学术自由等制度安排。这些举措，虽然有效，但在现实中很难推动落实，这是由我们的特殊国情决定的。我认为，还是采取迂回的办法，"曲线救国"更好些。其中采取开放教育、鼓励留学的举措，是阻力最小的一条捷径，它可以倒逼我们的高教改革。因为不如此就不足以产生危机感，不如此就不足以产生奋起直追的动力，不如此就不能形成深化教育改革的共识。三是有利于扩大中国智力的国际影响力，提升中华民族的自信心，为人类作出更大的贡献。中国是一个拥有五千年文明的国度，历史上的文化大师、科学巨匠，灿若群星，不胜枚举。五千年的文化积淀，酿造了聪明睿智的文化基因，民族智商水平处世界前列。近代虽然有过落后挨打的伤痛，但重新崛起的雄姿已让世人刮目，民族复兴之梦正在变为现实。记得当年美籍华人杨振宁获得诺贝尔物理学奖的消息传开，整个华人世界为之欢欣鼓舞。杨振宁先生曾说过一句非常著名的

话:"要以我的获奖证明,中国人不比外国人差。"讲得多好啊!中国人不差智商,差的是体制、机制。在杨振宁首开华人获诺贝尔奖先河之后,至今已有8人获得诺贝尔奖。虽然他们都是在西方受的教育,又都是在西方出的科研成果,但他们都是中国的血脉。他们的成功,不仅属于他们自己,而且也属于中国乃至整个华人世界。科学无国界。他们的科学成果,不仅属于他们自己,而且属于全人类。我坚信,一个拥有13亿人口的大国,随着大批优秀学子到美欧留学和国内教育水平的提高,不久的将来,必将涌现出一批杰出人才站在诺贝尔奖的领奖台上,整个世界都将为华人喝彩。

　　随着中国国力的不断增强,国际地位的不断提高,大批海外留学人才将像当初他们涌出国门一样回来报效祖国。他们带回的技能和理念,必将深刻地影响和推动中国的教育体制深化改革,加快与国际先进水平接轨。到那时,我再看到"中国成为博士工厂"的新闻,将是最大的快慰,不再是喜忧参半的惊叹。一个世界上人口最多的国家,一旦拥有了一流的教育体制,一流的大学,那时成为"博士工厂",不仅是应该的,也是必要的。那时,我们这个工厂不仅出精品,而且将不断产出自己的诺贝尔奖获得者和国际一流人才。

我对命运之管见

（2007年3月7日）

何为命运？其实命和运在本质上是不同的。那么，人们为什么总把命和运作为一个概念来使用呢？那是因为二者不仅联系密切，而且时刻不可分离。现谈谈我对命运之拙见，以抛砖引玉。

所谓命者，乃是先天生理基因之注定也。其主要特征可概括为六个方面：一是体质。有的人先天身体健壮，有的人先天身体虚弱甚至残疾，等等。二是形象。有的人先天高大魁梧，有的人先天侏儒矮小；有的人先天丽质、英俊，有的人先天其貌不扬；等等。三是性格。有的人先天性格内向，有的人先天性格外向；有的人先天性格温和，有的人先天性格刚烈；等等。四是智商。有的人先天聪颖，有的人先天愚钝，等等。五是情商。有的人先天情感丰富善于言表，有的人先天善于处理人际关系并富有亲和力，有的人先天不善交际，处事死板，等等。六是超常。有的人先天聪明讨人，甚至有特异功能，能做常人所不能做的事，等等。

以上概括的这六个特征，就是命的外在表象，是先天生理机能的外现。也可以说，生命是父母给的，是先天基因的遗传。一个人出生后，面对的是后天生存，这就涉及运的问题。

所谓运者，乃是命之后天运行的境遇。一个人出生后就要在后天的环境中成长，直至生命的终结。在这个生老病死的运行过程中，要交各种各样的运，有好运、有坏运、有平运，等等。运的特征可概括为三个

方面：一是生存环境与条件。有的人生下来就处在良好的环境和优越的条件中，一般来说，这种人命好运也好。有的人生下来就处在恶劣的环境和很差的条件中，这可分两种情况：一种是命不好，运也不好；另一种是命好，起初运不好，好运只是在后头。二是工作环境与条件。有的人一就业就有一个良好的工作环境和优越的工作条件，这就是通常所说的交上了好运。有的人就业艰难，到处碰壁，最后找到了一份一般的工作还是自己所不喜欢的，这就是通常所说的运气不佳。三是自然与社会的变迁。无论是自然还是社会，都处在不断的变化之中，各种机遇和挑战也在不断地更替和变换，这就决定了每个人的运不是固定的，而是随着自然和社会的变迁而改变。

通过以上对运的特征分析可以更清楚地看出，运是人的后天境遇，而不是先天命中注定。命和运到底是一种怎样的密不可分的关系呢？我认为，命的构成元素是相对固定的，运是不断变化的。也可以说，命的活动场所和方式就是运的变化形式。命可以影响和改变运，运也可以对命加以调整和修正，命对运的作用是直接的，而运对命的反作用是被动的。世界上没有绝对的好命好运，也没有绝对的坏命坏运。一般来说，命好的人好运多，命差的人差运多。但命好的人不一定总是好运，命差的人不一定都是坏运。一个人的命运在一定条件下是可以预测的，一个人的命运在一定条件下也是可以改变的。一般来说，一个人的命运最终还是掌握在自己的手中。因此，我们应当采取积极的有意义的人生态度，不能听天由命，不能一遇挫折就心灰气馁，怨天尤人，更不能走极端，将自己的痛苦和不幸转嫁他人。

我经过多年观察发现，凡是在后天能交上鸿运的人，一般说来都要有一段吃大苦或受大难的经历。正如孟子所云："天将降大任于斯人也，必先劳其筋骨，苦其心志，饿其体肤，空乏其身，行拂乱其所为，所以动心忍性，增益其所不能。"如新中国成立后那些被授予共和国将帅军衔的老红军们，命中注定要经受雪山草地的残酷折磨。他们真正是

"命大""命硬""基因好",是特殊材料制成的人。用当今的话表述,可概括为"两好一高",即,一是身体素质好,皮实,抗折磨;二是心理素质好,忍受力强,承受力大,信念坚定;三是智商高,在枪林弹雨中,善于躲避敌人的炮火,不仅勇敢,而且机智灵活。这些将帅们,如果让他们接受今天的基础教育,应该都能以高分考上北大、清华的罢。

每个人都关切自己的命运,都渴望改善自己的命运。我认为,要改变自己的命运,从外部客观环境上看,应突出做好三个选择。

一是环境选择。因为环境对一个人的影响至关重要。环境有多种多样。如学习环境如何,对一个人后天成长的影响关乎一生。"昔孟母,择邻处,子不学,断机杼。"两千多年前,孟子的母亲都懂得环境对儿子成长的重要性,据说为此搬了几次家。现代的城里人,已将孟母精神发扬光大,为了孩子能上一所好学校,花高价购买或租用学区房,即使学费再昂贵也在所不辞。好的自然环境和医疗环境可以延长人的生命,好的法制环境可增加人们社会活动的安全感。总之,环境的选择非常重要,但往往又不以个人的意志为转移。如果自己无力选择,就要努力去改变所处的环境;如果自己无力改变,就要努力去适应所处的环境。要学会积极适应,克服消极适应。就是说,对自己看不惯的或不喜欢的东西,要讲究方法,既不随波逐流,也不孤芳自赏,就是道家所提倡的"外化内不化"。

二是交际选择。作为社会中的人不可能没有交际,交际对一个人的成长有着潜移默化的影响。正如那句古老的格言所说:近朱者赤,近墨者黑。据我多年的观察,很多人的成功得益于交际,同时很多人的失败也来自交际。一个人能认清自己是一件很难的事,好多地方自己看不到,而是旁观者清。正如俗话所说,"听人劝,吃饱饭"。良师益友,是帮助一个人改变命运的重要因素。因此,对交际对象的选择,除岗位职责需要的之外,应以有利于自身的成长为本。

三是读书选择。读书使人开化，读书使人获得知识，读书使人获得技能。但并不是所有读书人都是有用的人才，因为读什么书，怎样读书，这才是问题的根本所在。比如学习专业的选择。让一个性格很内向、智商很高的人去学市场营销，将来很难有大的作为，如果让他去学物理或数学，将来很可能成为一个大科学家。又如对书的选择。当今信息时代，知识爆炸，全世界一天在一个专业或一个领域所出版的书，一个人倾其毕生精力，能读完其中一小部分就不错了。因此，要努力选择那些能增长自己的才智和提升自己精神境界的书来读。做好了这一点，一个人既可成为一个有才能的人，又可成为一个有良好修养的"腹有诗书气自华"的人。

以上所谈到的环境、交际、读书，只是改变命运的外因和条件，而起决定作用的是一个人的内因变化。我认为，从内因上改变命运，应当从改善和修正自己的命开始。可重点选择两条路径。

第一，走扬长补短之路。每个人都有自己的长处和短处，关键是自己要能正确认识到。发扬长处并不难，难的是弥补自己的短处。例如，一个性格内向不善交际的人，去竞聘客户经理的岗位是很难成功的，即使成功也很难干好。如果这个人的理想就是要在这个岗位上发展的话，那就必须改正自己的不足，弥补自己的短处。如果这个人的长处是做事精细并能发扬，同时又补上了自己的短处，那么这个人在客户经理这个岗位上就可大有作为，前程无量。又如，一个性格柔弱的人，即使掌握了良好的管理知识，要去竞聘一个单位或一个部门的主要负责人也是很困难的，即使竞聘上了也很难干好。要想竞聘上并能干得好，就必须弥补一点刚性，发扬好自己的柔性，做到刚柔并济。优秀的一把手都具有刚柔并济的品质，同时又是一个有知识、有文化、有修养的人。总之，一个人能够自觉地扬长补短，就是对命的修正与完善，就能交更多的好运。就像人们常说的，机遇是给有准备的人的。有的人总抱怨自己的运气不好，没有出头的机会，其实都是没有正确认识到自己的长处和短处，或认识到了又不能自觉地改正，既不扬长也不补短，那就只有认命好了。

第二，走扬长避短之路。对有的人来说，更适合走扬长避短之路，就是说要充分发挥自己的特长，有效规避自己的短处，同样可以改变自己的命运。例如，一个智商很高而不擅交际的人，职业的选择最好是搞研究，如发挥得好，可以成为大家。数学家陈景润就是典型代表。如果当年他选择到银行或企业工作，若让他搞管理，恐怕就一团糟了，这叫用短避长；若让他搞会计，这叫大材小用，其结果是银行多了一个会计师，中国少了一位伟大的数学家。又如，一个在某方面有特殊天赋，而在另一方面存在严重不足的人，只要善于扬长避短，同样可以成为大家。大音乐家贝多芬，他虽然连一道简单的算术题都解不出来，但他却能把音乐的天赋发挥到极至，成为不朽的贝多芬。虽然他一生命运坎坷，但也是这种特殊的命运，铸就了他的伟大，这也是一种特殊的好命好运。中国著名历史学家胡绳把文史特长发挥到最佳，在数学考零分的情况下，仍被清华大学录取，经过一番努力，终成一代史学大师。总之，一个善于扬长避短的人，同样可以交更多的好运。交好运不一定都要成为名人伟人，重要的是使自己成为一个幸福快乐的人，一个既利己又利他的人。

俗话说：江山易改，本性难移。本性是命的内核。正是因为本性难移，所以当人们不能掌控自己的命运时，对命运就产生了神秘感，甚至恐惧感，有的去算命先生那里算命，有的去求神拜佛，以求得指点迷津和心灵上的慰藉。我认为，算命不等于迷信，但很多算命的方法是迷信。如果用《易经》的方法去推算一下命理人生，不应是反科学，而恰恰是因为当今科学不能明确解释这种神秘所致。问题的关键是对算命的结果要不轻信、不盲从。我读《易经》的体会是，六十四卦，除"谦卦"之外，没有哪一卦都好，也没有哪一卦都坏，每卦都指出在一定条件下，好与坏是可以互相转化的，这是一种科学的哲学思想。重要的是要学这种哲学思想，而不是用来算卦。

命运既有可掌控的一面，也有神秘莫测的一面。虽然说江山易改，本性难移，但好在不是不能移。一个人要掌控好自己的命运，最主要的是要认识自己，看清自己的长处和短处。如有的职业或岗位，虽然自己特别羡慕，也特别想干，但自己有缺欠，干起来有难度，那就要学会扬长补短，若不能补短，或怎么补也不是那块料，即使争取到了这个职业或岗位，也很难做好。与其这样，倒不如走扬长避短之路，避开自己的短处，发挥自己的长处，选择适合自己的职业和岗位，可能更有作为。正像一句俗话所说的那样，行行可以出状元。据我多年的观察，许多人的不得志，原因不是来自外部，而是不能真正认识自己，不能真正改造自己，总是跟牢骚怨气为伴，这实在是一种人生的悲哀。如果一个人先天的特质很好，或先天特质一般，但后天能够刻苦学习和改造自己，并注意道德修养，那么，好机遇总是让他们优先选择。正如俗话所说，运气来了挡不住。

总之，命运没有绝对的好，也没有绝对的坏。命运好坏没有固定标准。有的认为衣食无忧为命运好，有的认为荣华富贵为命运好，有的认为仕途高官为命运好，有的认为粗茶淡饭、平平安安为命运好，等等。在一定条件下，命运好坏是可以相互转化的。好运如果把握不好，可能很快转成坏运；坏运如果把握得好，可能逐渐转化为好运，所谓苦尽甜来就是这个道理。构成命运的元素是多方面的，有的是自己能够掌控的，有的是自己不能掌控的，也有的是自己愿意放弃的，如从古至今，有许多杰出的仁人志士，他们为了人格，为了公平与正义，毅然放弃了所谓的高官厚禄，甚至作出更大的自我牺牲。我主张积极乐观的人生，对那些经过努力达不到的事情，不要怨自己命薄，要平心静气，顺其自然，做一个和谐的自己。

趣谈"忙"与"闲"

（2008年10月23日）

　　什么叫忙？什么叫闲？一看此二字的构造便可猜出大概。忙字的左边是竖心，右边是个亡，可见，忙就是心灵的死亡。闲字就是门字里面加个木，意为用木插把门闩上，让人不受干扰地在里面休息。闲字的繁体是"門"里有个"月"字，古汉语的月字也代表身体，可理解为关起门来休闲放松，倚窗赏月，悠然自得。你再看《辞海》上对忙、闲二字的解释：忙就是事情多，没有空闲；闲就是没有事情，有空闲。《辞海》作为工具书必须做这样标准的解释，但作为践行"忙"与"闲"的人就不能如此刻板，而是要让自己"活"起来，避免变成一个"机器人"，成为一块标准模板。

　　从表象上看，忙与闲二字很好理解，既不复杂古怪，也不生涩难懂。但从现实生活中去了解和把握它就不那么轻松，更不那么简单。说忙是心灵的死亡，似乎在渲染一种恐怖，其实不然，它描绘的是一种生活境界，甚至是一种形而上的关怀。这些年来，经济社会迅速发展，转型快速，知识更新，信息爆炸，它给人带来的最大压力不是物质上的，而是心理上、精神上的。我们时常可从媒体上获悉，某某名人大家，或英年早逝，或猝死在工作岗位，其中一条重要的原因就是长期忙碌不得休闲，严重透支了自己的身体。近日，最让我感到痛心的是，现代激光照排技术的发明者，著名科学家王选先生，60多岁便猝死在工作岗位上。如果中国没有这位现代的毕昇，我就不可能像现在这样坐在计算机前自由地打字排版，顺畅地写此文章。如果王选先生再多活10年，还会为国家作出更大的贡献，如果再多活20年，他既可安享幸福的晚年，又可作为活着的偶像鼓舞后来者。他的死就是长期忙碌、积劳成疾造成的。像王选、陈景润这样有影响的大科学家过早地去世，虽然他们都是为了国家事业忙碌成疾而献身，但我们也应反思，如果能为他们建立一个良好的有约束力的保健、休假制度，使他们健康长寿，其对国家的贡献不是更大吗？这是一个值得总结的教训。长期以来有这样一种现象，把那些英年早逝的专家学者、英雄模范，作为无私奉献、坚定理想信念的典型来宣传，赋予他们太多的政治内涵和道德担当，虽然出发点是好的，但效果往往适得其反。对此，我们应做一次全面深入的反思，如何让这些先进典型的工作条件更好，生活环境更优，使他们更健康更长寿，让他们作出更多更大的贡献。

当然，也有一些过度追求个人名利，没有忙到点子上的名家大腕。近日在网上看到一则信息：生活在上海的某著名画家陈先生，因一张苏州周庄小桥流水的油画而名扬天下。就在他功成名就、"一画千金"的时候，又把忙的重点转向了拍电影、拍电视剧、开餐馆、搞房地产等诸多领域。更有趣的是，他在忙事业的同时，还在忙离婚、忙结婚。家里家外的事，终于将他忙倒，中年猝死。他的尸骨未寒，便掀起了一场家庭风波，前妻与现任妻子为争夺遗产打得天翻地覆。可怜陈先生，死前忙坏自己，死后忙坏家人。

对名人的忙大家都关注，对普通人的忙却无人关注。其实，名人也好，普通人也罢，最终只有自己关注自己才能真正解脱。心灵是自己的，防范和解救心灵的死亡只能靠自己。正如《红楼梦》中那句诗所做的生动描绘："心病还须心药治，解铃还须系铃人。"古人真是大智慧，在创造忙字的时候，抓住了人的心灵这个根本问题，蕴意深刻，奥妙不尽。想想看，忙字的内涵指的是人的心灵的死亡，而不是人的肉体死亡。心灵的死亡不等于生命的死亡，但心灵的死亡却可加速生命的结束。从特定意义上说，心灵在忙的时候死亡，在闲的时候复活。因为当你专注一件事情忙得不可开交的时候，当你被众多的事情缠身的时候，你不可能处在一种宁静的、愉悦的甚至审美的状态，对周围一切美好的事物，你都会视而不见，心处在一种失灵的忘我状态，这难道不是心灵的死亡吗？这种死亡之所以没有生命死亡那样可怕，就是因为它可以通过闲得到复活。因此，忙并不可怕，怕的是不会闲。只要把握好闲，善于闲，忙就会变成好事，我们就可以在忙中创造，在忙中锻炼成长，在忙中忘却烦恼、得到充实。忙与闲是矛盾的对立统一体，闲是矛盾的主要方面。只有处理好闲，才能忙得适度，才能忙得有效率。处理好闲的最好办法就是忙里偷闲，最难的办法也是忙里偷闲。当一个人专注忙于一件事情的时候，就像陈景润研究哥德巴赫猜想一样，很难放下来，甚至废寝忘食，如在此时能做到忙里偷闲，就是高人大智慧，既可出大成果、发展可持续，又会拥有一个健康的体魄和幸福的家庭。其实在日常工作中类似的忙并不多见，好多都是忙于领导交办的事，或忙于履行岗位职责的事，或忙于生活琐事，这是一种被动的忙。对于这样的忙，只要过了头，也会使身体受到损害。人的心灵好像一座花园，如不注意养护，就会渐变荒芜，养护她的最好办法就是忙里偷闲。鲁迅先生说得好，时间就像海绵里的水，只要去挤，总会有的。工作是永远做不完的，绝对的完美是永远达不到的。所以该休息时就放下休息，只要养成习惯，坚持到底，就会受益终身。我在年轻的时候不懂得这个道理，长期熬夜，生活不规律，过早地患上了高血压、萎缩性胃炎、冠心病等。这几年我开始注意忙里偷闲、修身养性、坚持健身健心，受益匪浅。近期查体，高血压缓解降低，胃炎和冠心病指标均转为正常。我感到很振奋，也很吃惊，简直不敢相信，但这个神奇的事却真的发生了。我从忙与闲的关系处理中尝到了甜头。对此，我的切身体会有三点：一是在岗位上要把自己该做的工作做好，以使自己心安，并尽量让领导满意，但不苛求完美。二是坚持忙里偷闲，让心灵在闲适淡然的意境里获得平衡、和谐的感受，并提升自己的境界不间断。如我现在一边写此文，一边听音乐，就是一种偷闲放松。有人说闲暇创造文化，还真有道理。闲暇的时候心灵放松，思想活跃，可对周围的事物做无拘无束的审美联想，并可随时迸发出思想的火花和创作的激情。闲时要做自己感兴趣的事，同时也要培养对自己修身养生有利的陌生领域的兴趣。三是坚持经常健身，培养几个自己感兴趣的文体项目，逐渐达到自觉。

　　善于创造和享受闲暇的时光，可使人养精蓄锐，充电加油，在闲暇中自由放飞，张扬个性，产生灵感，提升爱好，尽情尽兴。大诗人李白作为职业诗人，他最善于创造和享受闲暇。他一生遍游名山大川，诗情浪漫，豪放飘逸。读他的诗，让人心胸顿开，神思飞扬。这里不妨就大家所熟悉的诗择取数句以吟之："飞流直下三千尺，疑是银河落九天。""两岸猿声啼不住，轻舟已过万重山。""仰天大笑出门去，吾辈岂是蓬蒿人。""闲来垂钓碧溪上，忽复乘舟梦日边。""长风破浪会有时，直挂云帆济沧海。"细细品味这些诗句，真的很享受。再看官员诗人欧阳修，他在滁州任太守时，忙里偷闲到山里游玩，看到周围百姓也到这里放松，或歌于途，或休于树，作为这里的地方官，他感到欣慰，从中也得到快乐，因而感慨："人知从太守游而乐，而不知太守之乐其乐也。"作为一个封建士大夫，能够在体察民情中与民同闲同乐，给人以归真之美，实在难能可贵。好在整个宋代官员知识分子的业余生活都是自由惬意的，出现了一大批像欧阳修、苏东坡、王安石、司马光这样的文化大师，他们在闲暇中创造了艺术，升华了生活。有很多诗词直接描写了"闲"。南宋诗人赵师秀诗语，"黄梅时节家家雨，青草池塘处处蛙。有约不来夜过半，闲敲棋子落灯花。"有约不来，诗人不急不躁，听雨声，听蛙鸣，沉浸在自然自适之中。闺阁才女中，最善于在闲暇中创作的当属南宋婉约词派大师李清照，"花自飘零水自流，一种相思，两处闲愁。此情无计可消除，才下眉头，却上心头。"如此佳句，真乃神来之笔，让人在忧伤中享受甜美。

当然，闲暇过了头，就会走向反面。如果一个人长期赋闲，无事可做，既不善于闲中创作，也不善于闲中雅兴，那就不会得到闲暇的有益关怀，甚至还会产生严重的问题。历史上最有名的就是满清时期的纨绔子弟。他们游手好闲，养尊处优，不思进取，玩物丧志，最终导致败家亡国。大观园里的贾宝玉，闲过了头，经常"无故寻愁觅恨，有时似傻如狂"。他的恋人林黛玉，闲得没有自由，经常多愁善感，泪光点点，终因忧伤过度而香销玉殒。还有《西厢记》里的崔莺莺，经常闲中生怨，小说的作者曾这样精彩刻画："花落水流红，闲愁万种，无语怨东风。"实在找不到怨的对象，只能怨东风了。当今社会，由于物质财富的增加，也出现了一批长期赋闲的人，其中最"惨"的当属那些住高档公寓和别墅里的全职富太太们，她们不参与社会事务，也不事家庭劳作，整日或与麻将或与宠物相伴。还有那些玩物丧志的富二代、官二代们。可见，精神空虚之闲，其结果可想而知。正如德国哲学家叔本华所说："享受精神生活，只依靠闲暇是不够的，因为人类最深层次的快乐一定是来自思考能力的运用。""根据每个人思想能力程度的不同，与之相对应的精神生活可以无限发展没有止境——小到收集昆虫标本，观察鸟类，研究矿石、硬币之类，大至创作诗歌或哲学作品，收获思想的最高成就。""将自己的幸福全部寄托在客观外在世界上的人，必然会受到各种各样的不幸、损失，甚至穷奢极欲的影响，其中还包括交友不慎带来的烦恼。"

由于社会的进步，生活条件的改善，也出现了一批应该养闲并善于养闲的人，其中最会享受的是一些离退休的人。他们在年轻时候没有得到发展爱好的时光，退休后可以补课，有的学钢琴，有的学绘画，有的练书法，每天很忙、很充实。有位退休的朋友对我说，他现在比在岗位工作时还忙。我认为，这种忙是一种自觉舒适的忙，在忙中赋闲，在赋闲中创造新生活。

总之，如何处理好忙与闲的关系，这是我们每个人每天都必须面对的课题。我之所以要写此文进行思考，就是切身体会到了这个问题的重要性，因为它关系到我们的工作和身心健康。我这里说的闲，并不是对工作对责任怠惰，我主张的闲更多的是让心静下来。面对红尘世事的纷扰，每日殚精竭虑，心太累了，应让心有一刻闲静，摆脱外界压力和欲望的牵缠。心灵空静时并不是空虚，反而是心灵显现的时刻，这时读书听音乐更易突发感悟，对生活对人生自然而然产生更深的体会，对之后忙于工作更有补益。我们都是社会中的俗人，对工作对家庭都有不可推卸的责任，所以不可能追求遁入山林远离社会的闲。我们更应追求内心的恬淡闲境。闲要有滋味，忙要有价值。我奉劝那些正在忙碌着的人，特别是那些正在奋斗拼搏中的年轻人，千万别忘了忙里偷闲，磨刀不误砍柴工，留得青山在，不怕没柴烧。学会忙里偷闲，就是要善于打开心灵的天窗，让新鲜空气进来给心灵以清爽，让灿烂的阳光进来给心灵以温暖。只有看护好自己的心灵，才会有快乐幸福的人生。

新办公室感言

（2008年1月31日）

2007年7月，我随着工作的调动，迁入新办公地——金融街15号中国保险监督管理委员会大厦。新办公室在大厦20层的2007号，其方位坐北朝南，闹中取静。当天朗气清时，日光融融，暖暖拥怀，可与阳光浴场媲美。东西两侧有大厦俨然拱卫，南面有两座高楼并列矗立，像一扇四合院的大门半开着，留出一道亮丽的风景线。隔窗远眺，二环路上车水马龙的景象尽收眼底。当夜幕低垂时，繁灯织锦，一派斑斓。新办公室虽不如中国农业银行新大楼办公室宽敞，但因其特殊的方位，加上本人的精心点缀，却更显得简洁舒适，清新淡雅。置身其中，既能放松身心，削减疲劳，又能专心公务，提高办公效率。

端坐办公桌前，环顾室内风光，用心品味，恰似一幅获奖佳作，越看越爱不释手。向左面观之，墙壁上，悬挂着著名画家丁友海的巨幅山水画。抬眼望去，气势磅礴，大朴大雅。正像作者在画中题写的两句诗所概括的："收尽万壑烟云气，化作云海浪千重。"多么壮美的画卷！若仔细观之，烟云雾霭，飘逸变幻，轻如薄纱，似有却无。越观之越奇妙，越遐想越飘渺。多么柔美的画卷！正如《道德经》开篇所描绘的大境界："道可道，非常道。""故常无欲以观其妙，常有欲以观其徼。""玄之又玄，众妙之门。"我暗自感叹：能带给人无限奇妙的想象，这就是国画的魅力！能欣赏感悟到归真入道的大境界，哪怕是一瞬间，也是人生的一次羽化为仙！

向右面观之，一排整齐典雅的书架紧靠在墙壁上。在未摆书架的地方，墙壁上悬挂一幅水墨画——兰花；下面摆放一尊玉雕——麻姑献寿。这些看上去都很简单的陈设，其中都有深刻的文化内涵。书架上有历史典籍、文学名著、经济金融专著。只要开卷徜徉，便有沁脾书香；既像旁边悬挂的那幅兰花，恬静清雅，自得悠然，又像下面那尊麻姑献寿玉雕，延年益寿，风韵永驻。近日，又在书架南面的墙柱上，悬挂一幅我的同事、业余书法爱好者、保监会党委委员赵杰兵同志的书法，书写的是我前不久登泰山时赋的一首五言自励诗。诗虽一般，但因其书法看上去却赏心悦目，这应归功于杰兵兄书法的表现力。杰兵同志的书法颇有造诣，其特点可用八个字概括：工整稳健，端庄耐看。可以想象，常与书画为友，可通晓古今兴替事，可助力干好本职事，可修身消除烦恼事，可陶冶情操做善事，岂不美哉！

再向前面观之，几盆人工栽植的花草生机勃然。中间沙发前的茶几上，摆放着我在农业银行工作时的一位品茶专家送来的一套精美的茶具。在他的指导下，不懂茶道的我也学会了几招。每有贵客来，我都要用上这几招，为他们用农夫山泉冲沏上等乌龙，茗香缕缕，别有雅趣，很有一点刘禹锡《陋室铭》中描绘的那种味道："苔痕上阶绿，草色入帘青。谈笑有鸿儒，往来无白丁。"不同的是，享受不到刘禹锡当年那种"无丝竹之乱耳，无案牍之劳形"。但有了这种雅趣和清新素雅的现代办公环境，以及品赏情趣，同样可消除案牍之劳形。我喜欢丝竹，但不喜欢丝竹乱耳。拉琴是我的业余爱好。我离开农业银行时，同事送我一把二胡、一把小提琴。这两件乐器，我都搬到了新办公室来。午休的时候拉上一曲，健身健心，自我欣赏，自我陶醉，自我放飞。我不但喜欢自我演奏，更喜欢听专业演奏。我业余生活最奢侈的消费就是去剧场听音乐会。没有时间听就通过现代音响设备把音乐会和名曲邀到家里和办公室来听。这次又不惜重金买了一套进口音响，把音乐会和名曲请到了新办公室里来。当没有急件处理的时候，便放一曲轻音乐，以使放松办公，增长精神。当心情郁闷的时候，放一段草原音乐，可顿开胸怀，特别是蒙古族长调，那种有思念而无烦恼的动人旋律，让人百听不厌，回味悠长。当快乐的时候放一段莫扎特，倍感阳光明媚，清澈潺潺，风光旖旎。当需要力量和勇气的时候，放一段贝多芬交响曲，精神为之一振，随乐曲高潮而热血奔涌，大有"英姿勃发，谈笑间樯橹灰飞烟灭"之豪情。我庆幸，能迁新室，创新业，有丝竹管弦之悦耳，除案牍文山之劳形，岂不快哉！

最后再来观赏后面墙壁上悬挂的书法。这是书法家俊生先生书写的苏轼的名词——《定风波》。整体观之，行草兼用，如行云流水，清秀飘逸，刚柔并济。此词的上阕是："莫听穿林打叶声，何妨吟啸且徐行。竹杖芒鞋轻胜马，谁怕？一蓑烟雨任平生。"词的下阕是："料峭春风吹酒醒。微冷，山头斜照却相迎。回首向来萧瑟处，归去，也无风雨也无晴。"这首词是苏东坡在他的谪居地，即当今的湖北黄冈所作。其情节本来是出行途中遇雨这样一件小事，作者却写出了人生哲学的大境界，令人感叹叫绝。苏轼一生坎坷，虽才高八斗，学富五车，但终不能摆脱屡次被贬的厄运。好在他有极高的人生修炼，面对人间冷暖，皆能泰然处之。当仕途进取欲以牺牲人格和尊严为代价时，他宁可选择放弃。这首词就充分展示了作者乐观、无畏、洒脱、淡定的人生境界。我喜欢这首词，并把它挂在墙上作为我的座右铭。我喜欢此词中那种诗化了的人生境界。每观赏一次都能获得一次审美愉悦，都能得到一次理性提升。我暗自感叹：生活中可以没有伟大，但不能没有平凡；生活中可以没有沉重，但不可以没有飘逸。

一个人若有了《定风波》中那样一种人生境界，就能做到宠辱不惊，自若从容。但何其难也，这需要长期修炼。新年前，农业银行总行股改办的几位负责人来办公室看望我。他们请著名书法家专门为我写了一幅书法，最后四个字是"逸清乐仕"，让我非常感动。他们称这是认真总结了我在农业银行时的工作，经反复斟酌达成的共识。他们说，这四个大字至少有三层含意：一是自然洒脱，二是清正做人，三是快乐为官。扪心自问，评价过高，自不敢当。但我喜欢这四个字，愿意追求这样一种境界。它将和苏轼的《定风波》一样成为我的座右铭。前不久，农业银行总行会计部的几位老同志来看我并送来一尊山东特产——泰山石。我精心地把这尊袖珍型泰山石摆放在我的办公桌上，每当凝望之，一种沉静稳重之感油然而生。我认为，稳如泰山的最高境界不是一个人的职位，而是一个人的心灵。仰泰山让人心灵崇高，正如杜甫诗云："会当凌绝顶，一览众山小。"我时常在想，要努力做好一个岗位人、社会人的同时做好一个自然人。希望自己能拥有这样一种境界和情怀：乐观中有一点忧患，无畏中有一点悲壮，成功中有一点缺憾，生活中有一点风雅，淡定中有一点怡然。总之，使自己幸福快乐的同时，为工作注入一种激情，为社会增加一份和谐。

重要的是活好现在

(2008年10月28日)

在人生的过程中,所有能感觉到的苦与乐,都表现于现在。或者说,人生的所有快乐和幸福都享受于现在,人生所有的苦难也都承受于现在。什么是现在?现在就是感知到的存在,就是法国哲学家迪卡尔的名言:"我思故我在。"已经感知完了的现在即成为过去。因为过去的已被感知,所以可为我们提供宝贵的经验,可形成物质和知识财富,以及文化遗产。没有感知到的是未来。对于未来我们只能预测展望,只能憧憬企盼。过去的永远不会回到现在,未来的只有通过现在才能获得。由此可见,人生重要的是活好现在。这里所说的活好,不是及时行乐,消沉颓废,放纵人生,而是直面应对现实所发生的一切,善于驱逐随时而来的烦恼与困苦,勇于战胜突然降临的不幸与磨难,活得心态稳健,劳逸适度,自然洒脱,善于创造快乐的现在和幸福的境界。

人生的自然历程是短暂的,人生自我完善的修炼历程又是漫长的。佛教禅宗的修炼心得说:"日日是好日,当下即是,明心见性,刹那证永恒。"我们这些入世的凡人,虽难以修到禅宗的境界,但"日日是好日,当下即是",是非常值得修行和树立的理念,当下即是,就是活好现在,才有天天好日子。活好现在说起来容易,做起来艰难,这是由人的本性所决定的。简而言之,就是人的欲望是无限的,而生存环境能够满足人的欲望的东西是有限的。一般来说,能够得到的满足是快乐,不能够得到的满足是痛苦。人生所有的修炼和人格的完善,都是对欲望的修正与控制。谁修正得好、控制得好，谁的快乐就多，痛苦就少。对如何修正与控制欲望，古今中外，有许多宗教的或哲学的法门。如佛家的灭谛——放弃贪欲，断决苦恼；道家的清静无为，柔弱胜刚；儒家的修身、齐家、治国平天下。我认为，圣贤的思想，对人格的完善和身心健康的作用是无可非议的。但要让一般世俗中的人接受这些方法，就必须将这些学说和法门平民化、通俗化、舒适化，让他们感觉到好用、适用。如在心绪受到干扰的时候，读读经，唱唱偈语，烧烧香，拜拜佛，至少可使人在这一时间内心安勿躁，宁静思考，排除干扰。这不应被指责为一种迷信活动。我初到欧州访问时，看到那么多用重金建起来的辉煌而庄严的教堂感到不可理解，后来终于明白了它对安定人们精神生活的巨大作用。人们在物质生活得到保证之后，精神生活的充实是最大的挑战。许多人在物质生活的挑战中是优胜者，而在精神生活的挑战中却是失败者。这是因为人生最难的事是战胜自我，而不是自己的对手。能够战胜自我者理应是我们的楷模，而圣贤则是最高楷模，他们让人类顶礼膜拜，并从中获得最大的精神慰藉。学会自觉对圣贤和神灵的敬畏，可使人不敢妄想妄为，这应是净化和安定心灵的重要法门。有的人在家里设佛堂或佛龛，有人身边经常放一本《心经》《圣经》，或《易经》《道德经》，有的人在家里或办公场所摆放吉祥物、崇拜物、避邪物等，这些做法，都是为了让它起到一种心理暗示或慰藉心灵的作用，都是活好现在、憧憬未来的理智选择，不能简单将其归为迷信心理，更不能简单将其归为逃避现实、不思进取。

　　人，有生必然有死，这是不可抗拒的自然规律。其中最大的区别就是，生的过程不同，死的结果相同。这里讲的生与死是自然的，而不是宗教的或理念的。就是说，再伟大的人物和再卑微的人物，其生命的最终结果都是一样的，那就是死亡。死亡对谁都是平等的，不平等的或不一样的是生命的过程。生命的过程虽然短暂，却时时处处都有烦恼、痛苦相伴，而快乐的时光总是那么短暂，甚至转瞬即逝。人生不如意十有八九。何为不如意？往往是你想要的却偏偏得不到，你不想要的却总来干扰；已经得到的却不知道珍惜，失去后才追悔莫急；人生有时会变得无奈、无助，甚至无望，从而也导致了一些人间悲剧的产生。正因如此，才会有那么多人为之苦苦修炼，以摆脱生命中太多的欲望和烦恼，达到快乐的彼岸，灵魂的永恒。作为凡人，可能永远修炼不到圣贤那种境界，但却可以在烦恼和痛苦中创造快乐幸福的生活。那就是始终坚持同心魔作斗争的勇气，始终坚持有益的修炼方法和理念。

作为入世中的人，有欲望不仅是合理的，而且也是必需的，因为欲望是生存和前进的动力。一个没有欲望的世界是一个沉寂而停滞的世界，这样的世界只能使人类退化而不能带来任何福祉。问题的实质不在于有欲望，而在于对欲望的适度控制。过度的欲望是烦恼、痛苦和罪恶的根源。控制人的欲望除外部法规的强制约束之外，自我修炼、自我约束是至关重要的。最好的理念就是知足常乐，见好就收，绝不贪婪，学会放弃，中庸和谐。这些道理几乎人人皆知，但问题是能够做到的不多。联想到近期被炒得沸沸扬扬的全球金融危机，就是华尔街上那些金融精英们对金钱欲望的过度追求所导致的恶果。我曾见过其中一些叱咤风云的金融大腕，他们给我留下的印象可用六个字概括：真牛、真神、真贪。真牛，因为他们财大气粗；真神，因为他们玩钱的技艺高超；真贪，因为他们逐利无度，铤而走险。由于太贪，最终他们不能在这场金融危机中化险为夷，或被炒鱿鱼，或身败名裂。类似的悲剧，人类总是在不断地、重复地上演，古今中外，不可胜数。可见，金钱这把"双刃剑"是何等的锋利！如果把它作为幸福的源泉，它可比得上爱情；如果把它作为痛苦的源泉，它可比得上死亡！一个人欲望无度，甚至贪得无厌，就会刻意现在，透支现在，活得很累很苦，这时的金钱、名誉、地位，给他带来的更多是痛苦而不是快乐，甚至化作昙花，风光一瞬。

要活好现在就必须正视现在、适应现在、创造现在。正视和适应现在，就是要尊重客观规律，构建与外部环境的和谐；创造现在，就是要

发挥自己的主观能动性，努力改变生存的不利因素，创造良好的生活条件，构建自身的和谐。如果不正视和适应现在，对什么都无所谓，对什么都不在乎，今朝有酒今朝醉，过完一天算一天，这不是活好现在，而是糟蹋现在。如果不努力创造现在，生活就缺少生机活力，现在就变得苍白沉闷。树立积极乐观的人生态度，是活好现在的关键。当快乐的时光到来时，我们要尽情享受，只要不走极端，就不会乐极生悲；只要理性把握，就会达到幸福的境界，并留下美好的回味。当烦恼和痛苦袭来时，你可以郁闷、可以忧伤、可以愤慨，毕竟人是有血有肉的感情动物，孰能无动于衷？这些并不可怕，可怕的是退缩、逃避，甚至陷入其中而不能自拔。据说当今得精神抑郁症的人增多，且主要发生在有知识、有地位、有财产的阶层。因为他们的思想敏感而复杂，相互攀比而不平，欲望难达而抑郁。他们不缺少知识、财富和地位，缺少的是对心灵的养护。古罗马皇帝哲学家马可·奥勒留在他的《沉思录》中有这样一段精彩的话："一个人退到任何一个地方都不如退入自己的心灵更为宁静和更少苦恼，特别当他有这种想法的时候。"可见，解决问题的最好方法就是修炼现在、养护心灵、活好现在。只有活好现在，才是对自己的真爱，同时也是对你爱的人和爱你的人的真爱。人不可能不犯错误，也不可能没有忏悔，按基督教的原罪说，人生下来就要赎罪，一直到上帝那里为止。一本《圣经》就是告诉你如何宽容别人，如何拯救自我。如果自己难以自救的话，就要主动地勇敢地去寻求援助，换一种新的活法，相信天无绝人之路。当苦难降临时，你可以震惊，也可以恐惧，但不可以倒下。一旦倒下就可能再也站不起来，或者没有了现在，或者总是痛苦的现在。正确的选择就是活好现在，即沉住气、稳住神，从震惊中获得清醒，从恐惧中获得无畏，或狭路相逢勇者胜，或背水一战，置之死地而后生。我们始终要坚信，拨开乌云，晴空万里，风雨过后，阳光明媚。

生活的过程就是不断结束或送走现在的过程。有的人不能认识其中的真谛，活得郁闷沉重，患得患失，忧患有余而安乐不足，既无亏心事又怕鬼叫门，结果不但没有活好现在，而且所有的努力换来的却是一个疲惫和憔悴的现在。有的人甘愿辛苦劳累，有钱吝啬，不舍得消费，或为自己养老，或为儿女积攒财产，整天疲于奔命，结果是既没有活好现在，老来也难以幸福。因为单纯的积蓄未来就难以活好现在，就不能享受好生命的黄金分割律，其结果是得不偿失。为儿女积攒留财产，容易惯养出不思进取、游手好闲的不孝子孙，倒不如把钱投资于人力资本，让子女受最好的教育，知书达理，增长本领，提高创造财富的能力，既可回馈社会，又可回馈父母，尽中国式孝道。有的人有钱有权，或挥霍无度，或仗势欺人，其结果必然引起民愤，终将不得好报。这不是活好现在，这是在为自己制造陷阱，自毁现在。有的人玩世不恭，好吃懒做，将大好年华浪费于现在。这是毫无意义的空虚人生。国学大师梁漱溟老先生说得好："人生无目的，但应有意义。"无意义的人生无异于自然界中的普通动物，自生自灭；有意义的人生，在于活好现在，奋斗现在，创造现在，享受现在。天上永远不会掉下馅饼。没有今天的创造就不会有明天的美好。正如那首古诗所云："明日复明日，明日何其多，我生待明日，万事成蹉跎。"

  总之，我们应该立足现在，规划未来。虽然我们很难看到一个真实的未来，但这个未来一定会到来，成为现在。因此，我们应该有理想，虽然我们无法准确预料这个理想能否实现、何时实现。我历来主张积极的人生，而积极的人生必须要有理想、有规划。有了这种理想和规划，就会产生为之奋斗的现实动力。虽然这种理想和规划常常与现实相去甚远，甚至很少能够实现，但没有它，人生就没有目标和方向，有了它即使不能实现，也会开创出另一番事业，甚至超出原来的理想和规划所设定的目标。这就是常言所说的"有心栽花花不开，无心插柳柳成荫"。由此可见，无论是规划还是理想，都必须从现在做起，努力创造现在，活好现在。送走好的现在，就会留下美好的难忘的过去，并成为创造未来的良好基础。现在是以前的未来，未来是尚未实现的现在。可持续地活好现在，就必然会实现美好的未来。当一个人永远不能感知和思考现在的时候，就是生命的终结。死亡是人生的最后未来，也是最后一次结束现在。当一个人满意地结束了最后一次现在，安详地离开这个世界时，即使他还会有缺憾，那也是幸福而有意义的一生。

千古悲情炼造千古名句

——《琵琶行》名句赏析

（2011年11月23日）

唐代大诗人白居易的《琵琶行》，是一首脍炙人口、千古传诵的长篇叙事感伤诗。她与诗人的另一首长篇叙事感伤诗——《长恨歌》比肩媲美，交相辉映，开创出古典长篇叙事诗的旷世奇观。《长恨歌》将人生情爱之恨写到永远，《琵琶行》将人生厄运之恨写到无尽，二者都令人感极而悲，回味无穷。前不久，我专门写了一篇读《长恨歌》的断想，现在我要写一篇读《琵琶行》的感怀，主要从诗中流传最久最广的名句赏析开始，谈谈人生命运的诗意咏叹。

《琵琶行》全诗88句616字，作者以贬官所特有的悲情心态，运用白描、对比、形容、夸张等艺术手法，将琵琶女的精湛技艺、人生经历和坎坷命运，描绘得出神入化，惟妙惟肖，感人肺腑，催人泪下，同时将自己被贬官的厄运倾情于诗中，使读者产生了强烈的共鸣。我在想，如果作者没有这种被贬官的经历，如何能写出这篇千古不朽之作呢？！

"千呼万唤始出来，犹抱琵琶半遮面。"这两句诗，千百年来被不断引用、不断发挥，不断地被赋以新意。其实，在一千多年前白居易写这首诗的那个夜晚，正是一种枫叶荻花、秋风萧瑟的凄凉景色，当他在自己的流放地浔阳江头，即今天的江西九江地区，送他的客人上船时，忽闻从另一艘船上传来悦耳的琵琶声，主人闻此琴声忘记了回归，客人也不肯起身。于是反复呼唤着邀请琵琶女来客人船上弹奏，本来已经结束的酒宴又重新开始。"千呼万唤始出来"，一方面说明主人和客人都是有身份的名士，都是喜欢欣赏琵琶弹唱的文化人，同时也因为他们身处偏僻之地，常年听不到琵琶这种雅乐，一旦闻之，便赏之急切，如饥似渴，所以才会"千呼万唤"；另一方面说明琵琶女不是一般的歌伎，闻其声韵，肯定是登过大雅之堂、见过世面的名角，要是在今天，起码也是享受国家津贴的一级演员，怎么可能随便一唤就出来呢？再者说明琵琶女早已告别舞台，今宵独自弹奏也是身处凄凉寂寞之地的一种自我排遣。自感风华已逝的琵琶女，此时虽羞于出场又盛情难却，所以行动显得迟缓、勉强和矜持。但当琵琶女向他们缓缓走来时，诗人一定被她的风姿绰约惊呆了——好一个"犹抱琵琶半遮面"！诗人以素描的手法，把这位幽情楚楚、风韵犹存、优雅含蓄、多情羞涩的艺术美人，写得栩栩如生，风采怡人。总之，这两句诗真是神来之笔。诗人把欣赏者的急切心情描绘得淋漓尽致，把本来处于社会底层的歌伎描绘得气华典雅，翩翩曼妙，这是作者对艺术和艺人人格的最大尊重，这对于一个封建士大夫来说是十分难能可贵的。这两句诗的更美妙之处就是给人留下了多角度的想象空间和无限的情感寄托。如今天的人们在讲述或论证一个道理的时候，总会引用这两句诗来概括表述。中国文化一个重要特点就是文哲不分，文史不分，好多哲理都在诗词中表达。如某项改革方案艰难出台又不彻底的时候，或期盼已久的事终于到来又未尽人意的时候，人们就会说："千呼万唤始出来，犹抱琵琶半遮面。"这就是中国人的独特思维方式，既形象含蓄，又不受局限；既海纳百川，又留有余地。

"别有幽愁暗恨生，此时无声胜有声。"琵琶女用自己娴熟的指法，精湛的技艺，倾情弹奏，每一弦都在叹息，每一声都在沉思，好像在诉说不得意的身世，当曲调进入高潮时，粗弦嘈嘈，好像是疾风骤雨；细弦切切，好像是儿女私语。嘈嘈切切，错杂成一片，好似大珠小珠落满了玉盘。"银瓶乍破水浆迸,铁骑突出刀枪鸣。"就在乐曲激昂高潮时,突然收拨,四弦一声如裂帛。此时此刻,述说伤心的往事欲尽还休,悲情至极,声音也暂时停止了,冰下的泉水好像突然变得幽幽咽咽——流得那么艰难!流水冻结了,也冻结了琵琶弦子。一种潜藏在内心深处的愁恨,这时候没有声音,却比有声音更撼人心弦,催人泪下,令人凝思。琵琶女究竟有怎样的别愁暗恨呢?我认为,她愁的是韶华已逝,青春不再,前景黯然;她恨的是命运不济,人生无常,太多缺憾。千百年来,这两句诗被国人经常引用,特别是后一句,几乎是人人耳熟能详,信手拈来。一句诗竟有如此旺盛的生命力,就是因为她达到了艺术美和理性美的和谐统一,达到了一种澄怀观道的大境界。正如《道德经》上所言:"大音希声,大象无形。"

"今年欢笑复明年,秋月春风等闲度。"这是琵琶女对自己青春时光的回顾和眷恋。她向诗人讲述了自己从艺的经历。她13岁就学会了弹奏琵琶的技艺,由于天资聪慧,技艺超群,美艳窈窕,风情万种,一登台便光彩照人,曲惊四座,既赢得了老师的赞赏,观众的青睐,同时也引起同行美女艺人的妒忌。随着名气的增大,每次演出都引来众多的粉丝和追星族,他们争先恐后地赠送礼品,一支曲子结束,就会得到无数匹吴绫蜀锦。在陪客人的酒宴席上,开心地嬉戏,尽情地欢笑,有时闹酒泼脏了美丽的血色罗裙。这对于一个天真无邪的少女来说,是何等浪漫美妙的时光啊!她热烈追求,以为这美好的时光永远属于自己。今年欢笑啊,明年欢笑,不知不觉地轻松地悠闲地度过了多少个秋夜春天。对此,有的评论认为,这是琵琶女轻浮放纵的表现。我认为,这不是轻浮放纵,这是她所从事的职业和当时的社会环境所决定的。艺人吃的是青春饭,对于一个从艺少女来说,这应是她职业生涯中最好的时光。因年少天真,只知欢笑,不知吝惜,也不知积蓄,更不知寻觅和托付一个知己,再加上顽固的社会偏见,低下的社会地位,随着年龄的增长,等待她的命运便可想而知了。

"门前冷落鞍马稀，老大嫁作商人妇。"琵琶女青春年少时，只知"今年欢笑复明年，秋月春风等闲度"，哪里知道会有"门前冷落鞍马稀，老大嫁作商人妇"的结局呢？俗话说得好，好花不常开，好景不常在，人生命运亦如此。随着岁月流逝，青春不再，年长色衰，演出的机会少了，门前的车马也越来越稀疏了，粉丝和追星族也都散去了，同行的姐妹嫁给了从军者，阿姨也辞别了人世。她在无奈之下嫁给了商人，结束了自己的艺术生命。由于商人只看重利益，不在乎别离，上个月又到浮梁做茶叶生意至今未归，留下她在江口，独守这空荡荡的船仓，绕船的月光白得像霜，江水也那么寒凉。深夜里忽然梦见少年时代的往事，满脸泪水，哭醒来更加悲伤。诗人对琵琶女这段跌宕起伏的人生经历满怀同情，描绘细腻，发人深省。在中国漫长的封建社会里，琵琶女的命运就是所有艺人歌伎的命运，他（她）们被压在社会最底层，没有独立的经济地位，也没有独立的人格尊严，年老色衰便是艺术生命的结束。

　　"同是天涯沦落人，相逢何必曾相识。"诗人听完这哀婉的琵琶曲和琵琶女的倾诉，深深叹息，深有同感，深感同情，不禁发出了"同是天涯沦落人，相逢何必曾相识"的绝唱。诗人与琵琶女虽不属于同一阶层，一个是落魄的艺人，一个是被贬的官员，但他（她）们却在失意的情感上产生了共鸣，遇到了知音。千百年来，这两句诗不知给多少失意者以精神上的慰藉，不知给多少文人墨客以创作灵感，不知给多少困苦中的同路人以携手共渡难关的勇气和力量。诗人自述道，自从辞别繁华的京城，贬官到浔阳后，一直在卧病。浔阳这个地方荒凉偏僻，哪有音乐，一年到头也听不到管弦奏鸣。诗人居住在湓江附近，低洼潮湿，院子周围长满了黄芦苦竹。早上晚间，在这儿听见的都是什么？除了杜鹃的哀鸣，就只有猿猴的悲哭。春江花晨和秋季的月夜，拿出酒来却往往自酌自饮。虽然也有山歌，也有村笛，但那声音实在难听。今晚听了你用琵琶弹奏的乐曲，就像听了天上的仙乐，耳朵也顿时清明。诗人述说到此，恳求琵琶女再弹一曲，并承诺为她谱写歌词，题目就叫《琵琶行》。最后这次演奏，琵琶女拨弦更加急促，音韵更加凄切，满座听众，都忍不住哭泣。其中哭得最悲伤的就是江州司马白居易，泪水湿透了他的衣衫。哀婉凄切的琴声，把聆听者带入了一个悲情的艺术世界。在场的每个人都会以自己所处的身世来感受和想象琵琶曲忧伤旋律中的凄美意境。这是一次心灵的对话，也是一次同上界的交流，更是一次"此时无声胜有声"的人生咏叹。诗人的泪水既是对自己贬官厄运的极度感伤，也是悲天悯人情怀的极度释放。琵琶女的精湛技艺和全身心投入，不仅道尽了自己的内心凄苦，而且将这种凄苦化作强大的艺术感染力，让她的听众在泪水中享受忧伤之美。此时此刻她已完全超越了自我，由一个落魄的琵琶女变成了一个光彩照人的琵琶女神！

　　《琵琶行》诞生至今已经一千多年了。在这漫长的历史长廊中，有数不清的帝王将相，英雄豪杰，才子佳人，还有那些浩如烟海的诗书典籍，请问，今天还会有多少人记得呢？但以上所述《琵琶行》中的著名诗句至今却仍然鲜活，在人们的日常交流中仍然被经常引用吟咏，这就是《琵琶行》超越时空的魅力。

　　白居易是中国封建社会科举取仕的标准官吏，同时又是敢于直谏而冒犯朝廷的标准贬官。在中国两千多年的封建历史中，同白居易出身相同的贬官不胜枚举。他们的共同特点是，都有深厚的文学功底，既是官员、政治家，又是诗人、学者。他们一旦被贬官流放，就会产生一种浓厚的悲情意识，这种悲情意识一旦同他们的深厚学养相碰撞，就会产生强烈的思想火花，发出超越时空的千古绝唱。历史上著名的唐宋文学八大家，他们当中大多数人都有过被贬官流放的经历，如苏东坡、欧阳修、柳宗元、王安石、韩愈等，正是这种经历和浓厚的悲情意识，才无意成就了他们伟大诗人和文学巨匠的历史地位。这种文学影响力远远超过了他们在仕途上的功名。如果没有《琵琶行》和《长恨歌》；如果没有《念奴娇·赤壁怀古》和《水调歌头·明月几时有》，等等，即使他

们当年的官做得再大，今天也不会有多少人还记得白居易和苏东坡的大名。

　　从历史上看，贬官们从中央权力的高层被流放到社会中下层后，这种人生的巨大反差，以及闲暇时间的增多，使他们对社会和人生有了更深刻的洞悉，对民间疾苦有了更深入的了解和同情。这种人生的强烈反差又使他们产生了特有的人生悲情。正是这种悲情才催生出如此伟大的作品。正如王国维在他的《人间词话》中所言：欢愉之辞难工，愁苦之言易巧。悲情下创作的诗篇最能揭示人性，触及灵魂，反思人生，抑恶扬善。在中国历史上，几千年来，已经形成了以悲情为核心的贬官文化，这种文化已成为民族不可或缺的脊梁精神。无论时代如何变迁，这种精神都与国家、国人的生活休戚与共，须臾不能分离。历史雄辩地证明，千古以来的贬官悲情，炼造了无数哲理深邃，世代传咏的诗赋名句。《琵琶行》是少有的描写艺人生活的经典之作，感受诗句中的深刻哲理、哀怨忧伤之悲情，让人久久不能释怀，给人以特殊的审美愉悦。英国大诗人雪莱说得好："最甜美的诗歌就是那些诉说最忧伤的思想的，最美妙的曲调总不免带有一些忧郁。"当我们在吟咏和品味《琵琶行》时，难道不是在忧伤中享受甜美吗？！

我对莫言获诺贝尔文学奖之管见

（2012年10月12日）

北京时间10月11日19时，瑞典诺贝尔文学委员会宣布2012年诺贝尔文学奖获得者为中国作家莫言。这是中国第一位获得诺贝尔文学奖的本土作家。这一消息震惊了中国文坛，莫言成为举世瞩目的焦点。

我虽然不是文艺界圈里人，也不懂小说创作，但对中国作家获奖还是十分的欣慰。我本无写此文的意愿，但因一位友人发来的一个短信段子，触发了我的思考。这个短信段子是这样写的："上下五千，文人泱泱，诗经离骚，唐诗宋词，西游三国，红楼梦残，人生苦短，元曲哀婉。茅盾鲁迅，子夜呐喊！千言万语，不如莫言。"我读了这个段子后，即兴作了一首打油诗，用短信回复了我的这位友人。诗是这样写的："莫言莫无言，一鸣惊文坛。笔端生魔幻，入道法自然。"这既是我对莫言获奖的贺赞，也是对他获奖原因做一点肤浅的探索。下面就我这首打油诗的寓意，拓展开来，谈谈我对莫言获奖的感受和对诺贝尔文学奖的看法。

其一，这些年我很少读小说，读一点也主要是世界名著，读中国作家的小说，印象深一点的是陈忠实的作品——《白鹿原》。对莫言的作品并不很熟悉，只是有人推荐和赠送他的作品时，粗略浏览过，并未留下太深的印象。这次得知莫言获奖，我便认真选读了他的一些作品，如《丰乳肥臀》《蛙》《红高粱》，还有他的部分散文等。认真读和过去粗略读的最大不同是，对他的作品进行了一点理性思考，其动力还是来

自莫言的这次获奖。莫言是作者的笔名,他原名叫管谟业。这个笔名起得很玄学,很幽韵,好似一位熟读老子《道德经》的长者字号。名曰莫言,实则万万言,"莫言莫无言"也!他成功地实现了老子倡导的"无为而无不为"的大智境界。我不知道作者在起这个笔名时是不是想到了这些,如未想这些,那就是一种耦合,或是冥冥之中的一种安排。如果他从写作那天起就想拿诺贝尔文学奖的话,恐怕今天的获奖者就不是他了。诺贝尔评委会称赞莫言高超的创作技巧是"将魔幻现实主义与民间故事、历史与现代社会融合在一起"。可见,"笔端生魔幻",正是莫言独创风格的诗意概括。我读莫言作品后认为,这种魔幻不是虚幻,它是一种艺术手法,不是虚构存在,而是在存在中虚构可以存在的真实,这就是莫言小说的艺术魅力。如《红高粱》中的许多情节就是成功明证。莫言的作品大多是以自己家乡农村为创作背景,十足的草根味,十足的野芳香。有人说是十足的"土",是丑化了我们的农村和农民,是专揭阴暗面,诺贝尔奖给他是"黄鼠狼给鸡拜年——没安好心"。这种偏重民族情感的解读,是一种非理性的思考,如果以开放的胸襟、全球的视角来看这个问题,就会得出截然不同的结论。莫言说:"作家还是要敢于写灵魂深处最痛的地方。"这句概括得非常精辟,也非常同国际接轨。世界上所有文学名著,如果要总结共同特点的话,那就是对灵魂的无情拷问,对人性的无情解剖。只有这样才能给人以震撼和反思。我认为,这既是莫言作品的成功之处,同时也是不足之处。他的作品最大特点不是一般的"土",而是"返朴升华""道法自然"。他的返朴不是一种白描,而是一种强烈的渲染,达到对朴的一种升华。如已拍成电影的《红高粱》,本来是十分的"土",经他创作升华后,达到了十二分的"土",成为一种"大朴",实现了"入道法自然"的创作自在!另悉,近日电视台专访莫言时,其中有这样两个问答:记者问——你幸福吗?莫言立马回答——我不知道。记者问——你现在最想做的是什么?莫言又立马回答——结束采访。我们一看便知,什么叫平庸与非凡。问者"弄巧成拙"，答者"大智若愚"。真有点"道可道，非常道"的味道。这才叫真正的莫言。

其二，读莫言的作品，还有一个突出的特点，就是独特的民族性。越是民族的，就越是世界的。文学作品最能体现这个观点。这也是莫言获诺贝尔文学奖的一个重要原因。莫言的民族性视角是独特的。无论多大的主题，他都把视角定位在生养自己的故乡——山东高密东北乡（高密市版图东北方向的几个乡镇）。如今的高密东北乡，成了世界文坛一个重要的存在，已经铭刻在了许多人的记忆里。中国是一个拥有五千年文明的古国，农耕文明是她的最大特点。如今我们虽然处在快速工业化的进程中，但还是一个农业大国，重中之重的问题是农村、农民、农业。从大的视角看，高密东北乡的乡情就是中国的国情，中国的特有国情又充分反映出其特有的民族性。由于莫言生长在高密东北乡，他对故乡有其特殊的爱与恨。从作品中可看出，故乡的贫穷和丑陋，让他产生了刻骨的恨；故乡的养育和母爱，让他产生了深情的爱。因为爱得深，所以恨得切。这是任何力量也难以割舍的故乡情结。这个情结造就了莫言特有的创作风格，这个情结已成为莫言从事创作的不竭动力和源泉。高密东北乡是个小地方，但对莫言来说却是施展创作才能的大舞台。他可以把发生在中国大地上的故事集中到这里来讲述，并从这里走向世界。如代表作《蛙》，以新中国60年波澜起伏的农村生育史为背景，通过讲述从事妇产科工作50年的乡村医生姑姑的人生经历，在形象描述国家为了控制人口剧烈增长、实行计划生育国策所走过的艰巨而复杂的历史过程。同时成功塑造出生动鲜明、感人至深的妇科医生姑姑形象，写出姑姑一手托起生命，又一手消灭生命的矛盾行动和心理，也剖析了以叙述人蝌蚪为代表的知识分子卑微、尴尬、纠结、矛盾的精神世界。记得法国大文豪巴尔扎克说过这样一句话："小说是一个民族的秘史。"从莫言的小说中，我们看到了那些不为人知或人们明知而耻于暴露的秘密。莫言在以《蛙》为代表的小说中，以超越阶级、政治以及意识形态的勇气，将人性丑陋的一面无情地揭露在读者面前，同时对人性美善的一面给予了深情的弘扬。扬善易，抑恶难。莫言用其独特的艺术手法，笔锋直刺人性的弱点，民族的劣根，读来让人灵魂震痛，如喝下一服苦药，虽然让人难受，但却利于病患的解除。人类的善恶大多是共同的，所以"越是民族的就越是世界的"。

其三，莫言获得诺贝尔文学奖后，人气冲天，赞美如潮，身价倍增，但也不乏贬低和批评之声。俗话说："人怕出名猪怕壮"。现在我对莫言有两个担心：一是被追星族搞得身心疲惫，二是再也写不出类似获奖之前的优秀作品。因为这方面的例子并不少见。看莫言对媒体采访时的表态，很谦虚，很低调，再攀高峰的意志不减，就凭这一点，我们对他仍应抱有信心和期待。其实，世界上获诺贝尔文学奖的人，不等于世界第一。我认为，可同获奖者媲美的作家大有人在，比获奖者优秀的作家也不乏其人。因为诺贝尔文学奖的标准是有局限的，各民族的语言差异是难以消除的，还有评委的偏好，以及特定的机缘等，都会对评奖的公平公正产生影响。所以不应将此奖看得太重，不应为获奖所累。我一直认为，诺贝尔奖评委会早已背离了诺贝尔奖设立的初衷，当时设立的奖项只有物理、化学等自然科学奖项。20世纪90年代末，我到瑞典参观诺贝尔博物馆时，曾向导游提问，诺贝尔奖不断扩充，为什么没有数学奖？导游说，当年诺贝尔的初恋情人被一位很有名气的数学家娶走了，诺贝尔一气之下，作出了永不设立数学奖项的决定。不管怎么说，在众多的奖项中没有数学，实在是令人遗憾。当然，也有人认为，诺贝尔奖设立文学、经济学、和平等社会科学奖项意义不大，作用有限，搞不好还会走向反面，这样的事已经发生过，而且还会有。因为这些奖项无法作出统一的标准，更无法科学量化，易引发争议和纠纷。

总之，莫言的获奖是好事喜事，但也不必人为炒作，夸大其意义和作用。如本文开始引用的那则手机短信，虽然带有调侃性，但毕竟还是道出了一点国人不适应的心态。莫言的作品怎么能和中国的四大名著、《诗经》《离骚》、唐诗宋词相比呢？世界上许多诺贝尔文学奖获得者又怎么能和莎士比亚、列夫·托尔斯泰、巴尔扎克、雨果相比呢？！

张若虚的空灵境界

——读《春江花月夜》遐想

（2011年2月13日）

唐代诗人张若虚的《春江花月夜》，被近代诗人闻一多先生誉为"诗中的诗，顶峰上的顶峰。"一千多年来，此诗被广泛传诵，对其赏析和评论也是盛赞连连，好评如潮。我每每读罢此诗，总有一种挥之不去的空灵遐想。我认为，这首诗好就好在就像作者的名字"若虚"一样深邃。"若虚"既是一种道家的太虚空灵，也是一种佛家的空灵禅境，表现的都是宇宙人生的大美境界！

——江天明月之美。《春江花月夜》开篇就展示出一个宏大的场景："春江潮水连海平，海上明月共潮生。滟滟随波千万里，何处春江无月明？江流宛转绕芳甸，月照花林皆似霰。空里流霜不觉飞，汀上白沙看不见。"一轮明月喷薄而出，随潮而生，既活泼壮美又幽美恬静。此时陶醉在良辰美景之中的诗人，不禁发出了"何处春江无月明"的设问感叹！这种感叹既是对江天明月的赞美，也是对茫茫宇宙的由衷敬畏。月亮在宇宙中不过是一粒粟，人在宇宙中不过是一粒微尘。"江天一色无纤尘，皎皎空中孤月轮。"可见，夜色是何等清静，天地是何等澄明。面对一轮孤月，仰首浩瀚无垠的宇宙，我想，诗人肯定会感到一点料峭孤单，甚至有一点渺小自怜。我每读到此时，这种感觉就会油然而生。我觉得，无论是孤单还是自怜，只要处在欣赏天地大美之中，就会使孤单变得美妙、自怜变得可爱、敬畏变得崇高。人生需要自然大美的关爱与呵护，人生更应追求天人合一的境界，特别是置身在这春江花月之夜，有谁不愿把酒临风，醉于江天明月之中呢？！

——人生哲思之美。面对一轮孤月和奔流的江水，一种淡淡的乡愁，悠悠的思念，深深的冥想，伴随着浓浓的青春气息，让诗人进入了无尽的哲思之中。他在追问："江畔何人初见月？江月何年初照人？"其实，这是一个自古以来哲人和思想家们苦苦求索的终极课题。是先有鸡还是先有蛋？这和人类先哲们把人生的终极问题归纳为我是谁、我从哪里来、我要到哪里去的追问有异曲同工之妙。为了寻求人生终极问题的答案，人类为此产生了宗教和众多的哲学大师。如佛教的创始人释迦牟尼，作为古印度的一个贵族王子，能够弃繁华出家返朴，就是为了远离烦恼和痛苦，获得人生的自在与永恒。经过多年苦苦修行，终于在菩提树下修成正果，悟到了自己是谁、从哪里来、到哪里去。其学说的核心思想就是"缘起性空，究竟涅槃"。通俗点说就是，我从"缘"中来，要到"空"中去，涅槃是我的永恒和极乐彼岸。基督教的《圣经》告诉我们，是上帝创造了人类，我们从上帝那里来，最后再回到上帝安排的地方去，善者上天堂，恶者下地狱。中国道家鼻祖老子曰："天下万物生于有，有生于无。"就是说我们从"有"那里来，最后回到"无"那里去。德国近代大哲学家康德创立了"超验论"，认为上帝是超验的。当他接着论证上帝是从哪里来时，再也找不到答案，于是他创立了著名的"不可知论"。可以说我从"不可知"那里来，最后到"不可知"那里去。看来我是谁、我从哪里来、我要到哪里去的终极问题至今还没有找到公认的答案，就好似先有鸡还是先有蛋的问题一样，再过一万年可能还是辩不清楚。好在我们的诗人张若虚先生，早在一千多年前就看到了这一点，主动回避，另辟蹊径。用当今时髦的话说就是"不争论""发展才是硬道理"。诗人在提出追问后，接着吟咏道："人生代代无穷已，江月年年只相似。不知江月待何人，但见长江送流水。"这是诗人自己作了一个既现实又令人冥思遐想的回答。此时

诗人感慨人生短暂，宇宙永恒，却一改古人对生命短暂的哀叹，而是叹而不哀，忧而不伤。这是因为"人生代代无穷已"，可以同"江月年年只相似"的明月永远共存。就是说个人的生命是短暂的，而人类的存在则是绵延久长的。"不知江月待何人"是一种拟人，实则是在表达一种孤单和思念的情感。江月虽美却孤身一个，她期待知音相伴，却又难以如愿，只能是"但见长江送流水"。月有阴晴圆缺，何况人生呢？你期待的人可能如期而至，也可能永远期待，或"但见长江送流水"，或"恰似一江春水向东流"！

——幽情感伤之美。青光之下，诗人面对一个静谧空灵的宇宙，浮想联翩，幽情难抑，不禁咏叹道："白云一片去悠悠，青枫浦上不胜愁。谁家今夜扁舟子？何处相思明月楼？"此时诗人自然地把笔触由上半篇的大自然景色转到了人间图像，引出下半篇男女相思的离愁别恨。"白云"和"青枫浦"是常用的感别景物，意在托物寓情。天上的明月虽然美好，但明月之下的人间却是千姿百态，各有不同。正像一首古诗所云："月儿弯弯照九州，几家欢乐几家愁。几家夫妇同罗帐，几个飘零在外头？""谁家今夜扁舟子？"诗人为什么要提出这样的问题？因为不止一家、一处有离愁别恨。一种相思，牵出两地离愁，一往一复，诗情荡漾，曲折有致。特别对"扁舟"这一漂流工具给予艺术升华，将其作为一种象征，成为诗人的心灵寄托。在中国的诗词艺术中，扁舟是一个不应忽视的象征。唐代大诗人李白在人生漂泊中曾咏出这样豪放的诗句："人生在世不称意，明朝散发弄扁舟。"还有一首同李白诗意相似的古词咏道："人生贵极是王候，浮名浮利不自由。争得似，一扁舟，弄月吟风归去休。"唐代大诗人白居易在一首思乡诗中咏道："苦竹林边芦苇丛，停舟一望思无穷。"宋代文学家范仲淹描写江上渔人艰辛的名句："君看一叶舟，出没风波里。"《春江花月夜》中扁舟的象征寓意，更多地体现为思妇与游子的两地思念之情，并将其升华为人间至爱之情。那些乘扁舟的人在月光下是怎样地思家念妇，家中人又是怎样地思念在外的亲人呢？诗中吟道："可怜楼上月徘徊，应照离人妆镜台。玉户帘中卷不去，捣衣砧上拂还来。此时相望不相闻，愿逐月华流照君。鸿雁长飞光不度，鱼龙潜跃水成文。昨夜闲潭梦落花，可怜春半不还家。"以上十句，诗人用月光"徘徊""卷不去""拂还来""光不度""梦落花""不还家"来烘托相思之情，"扁舟子"连做梦也念念归家，生动表现出相思的惆怅、凄苦和迷惘。诗人觉得还不够，接着进一步渲染时光的飞逝，相思的孤寂，吟道："江水流春去欲尽，江潭落月复西斜。斜月沉沉藏海雾，碣石潇湘无限路。"天各一方，道路遥远，只好依托明月遥寄相思之情。当诗人的情思高潮即将结束的时候，他满怀幽情和感伤地咏叹道："不知乘月几人归？落月摇情满江树。"在这月明宁静的夜晚，不知能有几人乘着月亮回家团圆？看着月亮徐徐下落，诗人的思情摇荡，随月光洒满了江边树，在春风里摇曳生姿。这既是对相思的艺术总结，也是对人生的艺术总结。人生如一叶扁舟，无论是在职场漂游，还是在官场漂游，虽有风平浪静，但更多的是起伏颠簸，我们所学的一切本领都是为了不被狂风恶浪吞没。人生最终的期盼是回归，只有回归了才是到达了宁静的港湾。

　　《春江花月夜》全诗三十六句，将情、景、理交融于一体，整首诗篇仿佛笼罩在一片空灵而迷茫的夜色里。诗人以高超的艺术手法，对景物的描写寓意了深奥的哲理，给读者留下了无尽的遐想，吸引着读者去探索其中的奥秘和美的真谛。在三十六句诗中，至少有二十句是写思妇和相思的情感，并将这种情感同月色融为一体，同哲思融为一体。我在想，诗人为什么用这么大的篇幅来写这种情感？因为，全诗可以说是一篇艺术化的人生哲学。诗人对景色的描写和对宇宙的探寻，都是为了服务于人生这个主题。什么是人生呢？孔老夫子一言以蔽之："饮食男女，人之大欲存焉。"通俗点说，就是吃饭和男女之情。没有男女之情就没有人生，缺乏男女之情的人生是没有活力的人生。有了这种情就会"人生代代无穷已，江月年年只相似"。有情的月夜才明媚，乘月回归最幽美！

重读《长恨歌》断想

（2011年10月20日）

众所周知，唐代大诗人白居易的《长恨歌》，是一首千古传唱、脍炙人口的长篇叙事诗。好多年前，我曾倾心读过这首长诗，并为之倾倒、为之陶醉。当时咏之对心灵的震撼，更多的是来自审美直觉所产生的美妙意象，至于这首诗的重要意义和艺术价值，并未做深入的理性思考。千百年来，世人对《长恨歌》的赏析和评价，可谓仁者见仁，智者见智，色彩纷呈，汗牛充栋。近日，一友人发来短信，讨论《长恨歌》的审美意境和艺术价值，受其影响，重新捧读，倍感亲切，新的感悟油然而生。

自古以来，许多评论家认为，《长恨歌》形象地叙述了唐玄宗与杨贵妃的爱情悲剧，而造成这一悲剧的根源是唐玄宗重色轻国，不爱江山爱美人。这个观点极易为多数人所接受，因为"女人是祸水"的古老偏见，在国人的心里几乎是根深蒂固的。如果去掉感情色彩，理性地思考这一问题，就会得出截然不同的结论。

首先，唐玄宗是中国古代一位"爱江山亦爱美人"的伟丈夫。联想到近代英国国王爱德华八世，正值国难当头的"二战"期间，他继位不久就急切地演绎出为娶异国佳人而主动让出王位的故事，那才是响当当的"不爱江山爱美人"的情种，"重色轻国"的典范。形成天壤之别的是，中国唐代的玄宗皇帝继位不久便励精图治，大治天下。他刚柔并济，气宇轩昂，风流倜傥。虽然后宫三千，佳丽如云，但他并未沉湎于后宫之中，花天酒地，荒于国政。他所喜欢的后妃反而成为他重振帝国伟业的阳光雨露，滋润他更加生机勃发，开创出至今让后人所乐道的"开元盛世"。唐玄宗在位44年，其"开元盛世"持续了19年。如果说唐太宗的"贞观之治"奠定了大唐帝国的基础，后来他的儿媳妇——女皇武则天又加固和发展了这个基础，那么，唐玄宗就是在这个基础上把大唐帝国发展到鼎盛时期。"开元盛世"的19年，政局稳定，经济繁荣，国力富强，文化昌盛，万邦来朝。谈到文化昌盛，便使我不禁想起了大诗人李白、杜甫，大书法家颜真卿、怀素等，他们都是"开元盛世"的文化明星。他们留下的文化影响力至今我们还能领略到，经过千百年来的锤炼，盛唐文化已转化为民族精神不可或缺的基因。

其次，唐玄宗是中国戏曲艺术当之无愧的奠基者和开山鼻祖。"开元盛世"期间，文学艺术也发展到了一个鼎盛阶段。这与唐玄宗大力倡导和身体力行有直接关系。他精通音律，亲自创作了大型歌舞——《霓裳羽衣曲》，有三百多人参加演出，场面宏大，气势壮观，久演不衰。《长恨歌》中有几处描绘这首曲牌，至今还有部分残留曲谱被借鉴保留在云南丽江的《纳西古乐》中。我于2005年去丽江时曾听过类似的曲牌，气势确实不凡，令人深受震撼。记得观后我还作了一首诗加以赞美。《霓裳羽衣曲》由唐玄宗作曲，杨贵妃编舞并领舞，唐玄宗为总导演。为了排练好这场大型歌舞，唐玄宗作出一个重大决定，就是把一座大型皇家花园——梨园拿出来作为练习场地。后来梨园成为唐代训练乐工和艺人的专门机构，相当于今天的中央音乐学院。唐玄宗应是梨园——中国首家音乐学院的首任院长。唐玄宗和杨贵妃的爱情破灭后，梨园曾一度荒芜，正如诗中所描绘的那样："梨园弟子白发新，椒房阿监青蛾老。"唐代以后历代王朝均按此类模式传承和发展戏曲艺术。直至今天，戏曲界仍被称为梨园界或梨园行，并将戏曲演员称为梨园弟子，表明是真正的科班出身。一个决定影响中国戏曲艺术上千年，实属罕见，这应是当年的唐玄宗所始料不到的。应该说，这个历史性贡献，杨贵妃娘娘也功不可没，是她的曼妙舞姿和"回眸一笑百媚生，六宫粉黛无颜色"的巨大魅力，给了唐玄宗以巨大的激情与创作灵感，帮助他确立了在中国戏曲艺术领域的奠基者地位，艺术成为他们爱情的不竭魅力来源和永恒礼赞！

再次，物壮则老，盛极则衰。"开元盛世"持续了19年后开始走下坡路，其根本原因是社会制度机体出了毛病，而不是唐玄宗重色轻国、沉湎酒色的表象所致。在杨贵妃来到唐玄宗身边之前衰落的迹象就开始了，只不过唐玄宗与杨贵妃结合后不像以往那样勤政，使这种衰落迹象加速罢了。这也是千百年来封建社会王朝更替的一种铁律，与统治者个人品行没有必然联系。历史的经验反复证明，一个让统治者享受终身制又缺乏制衡的制度安排，不仅对人民是一种摧残，而且对统治者本身也是一种摧残。当了44年皇帝的唐玄宗，后期对履职已无激情，甚至怠倦，最终回到了温柔乡里度时光。就如现今的一句时髦歌词所唱的那样："你太累了，也该歇歇了。"假如没有杨贵妃，也一定会有一位贵妃来完成这个重要使命。这种疲劳症是人性的共同弱点，难以摆脱。如果换一种制度安排，在他累了或者不能胜任的时候，让其自动退下来休息，无论对人民还是对他自己都是一件幸事。中国历史上出了那么多贪恋酒色的无道昏君，给国家和人民造成那么多灾难，难道都是他们自己愿意的吗？都是他们的个人品德造成的吗？

其实，唐玄宗和杨贵妃的爱情不完全是悲剧，而是一出悲喜剧，由喜开幕，由悲闭幕。《长恨歌》把这种悲喜情感演绎得淋漓尽致，读来让人荡气回肠，久久不能释怀。《长恨歌》的主题是恨，究竟恨些什么呢？我认为，这里的恨不是仇恨，而是无限的痛惜、无尽的遗憾。一是恨欢愉的时光太短而不能长相依。诗中这样生动描绘："春宵苦短日高起，从此君王不早朝""缓歌慢舞凝丝竹，尽日君王看不足。"这样欢愉的场面，表现出浓厚的喜剧色彩。但过于浓厚便导致乐极生悲，即诗中所云："渔阳鼙鼓动地来，惊破霓裳羽衣曲。"从此一种浓厚悲剧色彩的旋律开始了。二是恨自己不能相救。当杨贵妃即将香消玉殒那一刻，身为一言九鼎的大唐皇帝却束手无策，无能为力。唐玄宗明白，"安史之乱"这场大祸怎么能让一个弱女子埋单呢？杨贵妃是无辜的，正如诗中所云："君王掩面救不得，回看血泪相和流。"可见，此时的唐玄宗内疚至极，羞愧至极，有名的恨和莫名的恨交织激荡，这种伤痛将永远伴随他、折磨他。正如诗的最后所云："天长地久有时尽，此恨绵绵无绝期。"因为爱得深，所以恨得长。三是恨不能让她起死回生。诗中描绘唐玄宗请道士寻觅贵妃娘娘的景象，给人以梦幻般的飘逸感和寂寥中凄美的灿烂。正如诗中所云："风吹仙袂飘飘举，犹似霓裳羽衣舞""玉容寂寞泪阑干，梨花一枝春带雨""含情凝睇谢君王，一别音容两渺茫。昭阳殿里恩爱绝，蓬莱宫中日月长""惟将旧物表深情，钿合金钗寄将去""但教心似金钿坚，天上人间会相见""七月七日长生殿，夜半无人私语时。在天愿作比翼鸟，在地愿为连理枝"。此种恨，表达了无望中的期望，无助中的求助，无奈中的寄托。总之，无论有多少恨，都是因爱而生，因情而长。诗人以高超的艺术手法，将帝王之爱寓人之常情之中，且不断升华，使之脱俗入雅，超凡绝伦。男女主人公都是痴情的种子，他们如胶似漆，无贵贱高低之分，都愿为对方付出和牺牲，都为自己的选择无怨无悔，都能超越功利的束缚，这是何等美丽的比翼鸟，这是何等坚韧的连理枝啊！这样的爱情故事经过诗人的艺术升华，怎能不成为千古绝唱呢？！

最后，创意高远，审美回味悠长。《长恨歌》中除唐玄宗和杨贵妃缠绵悱恻的爱情故事令人感动外，更富有价值的是诗人对这桩爱情故事的大胆升华和高超的艺术创作。他以优美的旋律、感伤的基调、梦幻般的意境，完美地创作出这首举世公认的千古绝唱，其艺术价值高于故事本身。其主要特点可概括为：一是错用史实，明知故犯，意在升华。如诗中将唐皇重色写成汉皇重色；史实并没有记载道士施法寻觅玉环一说，史实也没有记载唐玄宗逃难入蜀经过剑门关，等等。如此明知故犯，意在渲染"长恨"的意境。诗人通过借代、比喻、夸张等艺术手法，将虚幻写得栩栩如生，亲切感人，给人以无尽的审美回味。二是真爱无敌，超越伦理。唐玄宗和杨贵妃的爱情故事在历史上争议颇多，诟病不少，其主要原因是娶了自己儿媳做妃子，违背了国人的伦理，就这一点受到谴责似乎也是应该的。但在当时的唐代宫庭，李氏家族有着北方少数民族的血统，不受中原正统伦理的约束也是可以理解的。且在诗人的笔下，真爱的力量超越了传统伦理，真爱的力量超越了谴责，真爱的力量得到了理解和宽恕，真爱的力量铸就了千古绝唱。三是雅俗交融，清新流畅。全诗从表面上看，通俗直白，但直白中蕴藏着美妙幽情，给人带来的却是超越直白的雅俗交融、美感与快感交融的审美意象。正如诗中所云："春寒赐浴华清池，温泉水滑洗凝脂。侍儿扶起娇无力，始是新承恩泽时。云鬓花颜金步摇，芙蓉帐暖度春宵。"以上诸句同最后两句——"天长地久有时尽，此恨绵绵无绝期"，形成强烈的对比。这种悲喜交融、爱之深恨之长的咏叹调，细细品味，真是妙不可言。特别是诗人把唐玄宗与杨贵妃那种缠绵缱绻的宫闱之欢，云雨之韵，描绘得含蓄典雅，飘然欲仙，瞬间变永恒。对诗的欣赏者来说，这既是精神盛宴，也是审美的高峰体验。这种体验犹如《红楼梦》中贾宝玉的爱欲审美境界——"惟心会而不可口传，可神通而不可语达。"这就是《长恨歌》的魅力，这就是大诗人的神来之笔！

业无怠

项目评估与客户监管的难点和对策

(2002年1月)

项目评估与客户监管是国有独资商业银行信贷经营管理中的一个薄弱环节，也是长期未能得到解决的一道难题。由于多年来受专业银行体制的影响，各级决策者对解决这个问题，在思想上重视不够，在行动上缺乏动力。当前，在向商业银行转轨的重要时期，同业竞争日趋激烈，各级决策者已经认识到解决这个问题的重要性和迫切性。现就如何分析和解决这个问题，谈谈自己的看法。

一、中长期项目贷款和客户监管所面临的形势

近年来，在中央实行积极的财政政策条件下，各大国有商业银行都把中长期项目作为信贷投向的重点。由于总供给大于总需求，特别是有效需求不足，导致信贷客户选择难。之所以都把中长期项目作为重点，一是项目的风险在即期不会暴露，且预期比较收益好于其他领域。二是决策者可在短期内取得经营业绩。因为建设期利息已打入概算，以贷收息为合理合规。但从经营战略考虑，尚有许多隐患。从外部看，项目能否被未来市场所接受；从内部看，贷款期限的长期错配，必然导致流动性风险。因此，审慎选择项目，同时加强对客户的监管是我们面临的一个亟待解决的经营课题。

（一）商业银行对中长期项目贷款的偏好，导致同业竞争理性下降。一方面，国家宏观经济运行体制等方面的原因，导致地方上项目

热,加上信贷的有效需求不足,银行对中长期项目贷款有特殊偏好。我国经过二十多年的改革开放,综合国力大大加强,但是上个世纪的末期在国民经济发展的问题上,表现最突出的是宏观上出现了总供给大于总需求的局面,而且出现了通货紧缩的趋势。这就引起大部分加工业的不景气,或者说一个周期过去,进入下一个周期时产业的转换与升级不可能一蹴而就。因此党中央国务院作出重大决策,采取两项措施:积极的财政政策和充分发挥货币政策的作用。积极的财政政策要有货币政策的配合,大搞基础设施建设,其目的一是拉动内需,二是战略选择上为下一轮的产业升级提供基础,为下一轮的经济腾飞修一条跑道,所以项目贷款接踵而至,而且贷款额度大,期限长。由于地方区域盲目上项目,客观上把银行逼上一条单一信贷选择之路,导致信贷投入向基础产业进军,向基础设施进军。另一方面,更为重要的是银行不能保持一种市场竞争理性,而陷入项目贷款的陷阱。不该商业银行拿钱修的路,我们修了;不该商业银行办的大型公益项目,我们也办了。这是一个误区。为争夺客户,不计成本,不进行科学评估,这种银行间的恶性竞争,遭受损失的必将是银行自身。

（二）银行客户特别是优良客户难以监管。首先,优良客户成为各家商业银行营销的重点对象。优良客户透明度高,由于银行金融产品和竞争手段的趋同,导致同业竞争不规范,形成一种靠关系、靠情感维系客户的格局,而且各商业银行并没有从这种格局中彻底地走出来。其次,优良客户"很骄气"。由于银行同业的恶性竞争,人为地把客户的期望值大大抬高,造成客户利用信息不对称炒作银行,致使银行无法保持经营的理性。最后,优良客户"管不得,碰不得"。商业银行对优良客户不敢监管,也无法监管。对客户缺乏监管约束,就难以了解客户的真实情况,导致银行过分让利给客户,时间一长便把优良客户"宠坏"。经济学上有一个"自由现金"理论,一个企业的现金流量越大越容易投资没有效益的项目,特别是银行盲目跟进,不断为其提供流动性，更助其头脑发热，乱上项目，最终导致银行掉进"套牢"的陷阱，不能自拔。由此可见，对银行客户特别是优良客户的监管是我们面临的一个需要迫切解决的严峻问题。

（三）信用环境恶化，一些企业信誉沦丧，逃废债严重。近两年企业逃废债愈演愈烈，特别是资产管理公司成立以后，企业竭尽全力剥离不良资产。这种攀比效应也影响到许多新兴的民营企业中。"只要借到钱，不在乎高利率，因为借时就没想还"。四川省的平和集团、盛世集团，就是这样的典型。平和集团投资十多亿元，盲目搞电解铝项目，致使贷款无法归还，被迫划转到资产管理公司，可称之为"平和不和平"。盛世集团，曾名耀一时，因经营管理不善等原因而陷入困境，数亿资产难以归还，形成巨大风险。可称之为"盛世不太平"。集团总裁被评过杰出青年，他就是利用这种光环作为借贷的资本，无节制自我膨胀，终于转不下去了。为了制止其逃废债务，银行还要付出一笔成本做资产保全。这样的例子还有很多。

（四）未成熟的企业家阶层和非现代企业管理模式的影响。我们在项目评估和客户监管时，往往对这种非财务因素的影响重视不够，对客户资金营运的监督乏力，不能主动参与公司的治理，从客观上助长了客户盲目的冲动和管理的滞后。现在，我用几个案例来阐释这个问题。

案例一："秦池醉倒"。1996年全国许多企业家在中央电视台梅地亚酒店争夺当年的"标王"，最后是一个农民企业家登台以3.2亿元中标，创造了当年中央电视台的第一，夺标者是山东省秦池酒厂厂长。而3.2亿元的资金是企业当年赢利的6.4倍。企业不惜血本，不惜巨资买光环，买名气。如此盲目的行为也成为它自己的掘墓人，最终企业衰落。其主要原因就是盲目增加无形资产投资；同时，由于经营上政企不分，厂长是潍坊地区的某县县长助理兼任，缺乏市场约束，也缺乏股东约束，不按经济规律办事。此外，在企业初期的原始积累和后期不断的投资冲动过程中，银行资金也曾推波助澜，结果银行同样遭受损失。

案例二："幸福不幸"。幸福集团曾是湖北省的第一村，上市公司，在江汉一带鼎鼎有名，也曾是农行的贷款大户，倒闭前的贷款余额约有3亿元。倒闭的原因是：幸福集团在企业发展形势很好的情况下，头脑发热，投资15亿元上电解铝项目。由于盲目贷款，且多头贷款，负债累累，加上流动性受阻，无力归还贷款而倒闭。

案例三："太阳神落山"。太阳神集团是广东省生产保健品的企业，曾经名扬一时，但现在已经杳无音讯。失败的原因有两条：一是市场问题，保健品市场混乱和竞争的不规范；二是企业领导者问题，领导者比较年轻，血气方刚，有进取的一面，但也存在"青春期错觉"。企业经营最好时销售额达到13亿元，然而企业没有深化保健品的研究与开发，而是在一年之内投入3.4亿元投资上了近20个项目，包括石油、化工、房地产、电脑、边贸、化妆品、酒店等，结果是泥牛入海，从此企业受到重创。加上不规范的市场竞争，使企业锐气大减，元气大伤，结果"太阳神落山"。

案例四："小霸王别姬"。20世纪90年代后期，"小霸王学习机"家喻户晓，市场占有率在很短时间内攀升到80%。该公司总裁是浙江人，当事业发展到巅峰时，特别是销售额达到9亿元时，受到公司非现代企业管理模式的压制，感到自我价值的实现受到很大局限，结果愤然出走。在他临走前，曾提出将公司重组市场化运作，却遭到董事会拒绝。总裁被逼跳槽，"小霸王"从此衰落。

这种案例还很多，足以让银行深刻反思。当前的中国尚未形成成熟的企业家阶层，企业的组织架构和运行机制也不符合现代企业制度的要求。通过这些案例，说明当前项目评估和客户监管的形势不容乐观，同时也要求我们银行工作者不断提高分析问题、解决问题的能力，提高洞察能力和业务技能，才能少跟风、不跟风，规避风险，提高经营效率。

二、项目评估与客户监管的主要难点

当前项目评估与客户监管中存在着评估质量差、效率低、客户监管难的问题，分析其主要根源在于受到外部环境及内部管理滞后的制约。第一，外部环境的制约，造成基础数据虚假、采集与运用基础数据有片面性；第二，银行内部管理滞后，主要体现在经验不足，项目评估知识老化，不能跟上现代化发展的步伐，因而导致评估水平低、辨别数据真伪的能力差，客户监管工作不到位；第三，缺乏制度的自我约束。无论是银行，还是企业，内外都缺乏应有的自我约束。因而，项目评估与客户监管的主要难点表现在以下六个方面。

一是获取真实的财务信息难。基础数据虚假，采集并运用这种虚假的基础数据会误导信贷决策。过去说信贷员素质差，不会看会计报表，不过现在看来，这不是个突出问题。现在企业可以主动提供报表，企业有几套账：一套账是给银行的，一套账是给税务的，还有一套账是给上级主管部门的，真正那套账是自己内部的，另外还有账外账。企业的财会人员总结出一套经验，即：向银行贷款的时候，一定要夸大资产，特别是净资产，以此来掩盖不良资产；向税务局申报纳税时，要隐瞒利润；向上级报经营业绩时，一定要向数字里面注水；到企业改制时，改账转资产，把净资产、利润变为负数，变为不良资产做债转股。银行据此获得的基础数据必然误导我们的决策。而我们据此决策所产生的后果也是可想而知的。

由于企业做假账的手段多样，会计财务信息严重失真，导致借贷双方信息不对称，决策依据虚假，同时客户管理水平偏低，加上评估机构不规范，中介机构道德水平偏低，识别能力差，基础数据由可行性报告变成可批性报告，从而导致项目评估失实，银行决策失误。

二是确定适当的折现率难。其根本原因在于外部企业不规范，信息不真实，原始资料难以选择，而且有些信息已经过时。作为技术参数的折现率指标在项目评估中非常重要。基于货币时间价值观念之上的机会成本、折现率等因素是影响评估结果准确和质量的关键因素,折现率的确定应与客观实际结合起来。正确选择机会成本,确定折现率,是科学、安全、准确地进行项目评估的基础。在项目评估中,应科学预测产品的市场价格、产品的规模效益,正确运用国民经济评价指标,确定合理的参数,力求逐步与国际同行业接轨,进一步缩小差距。现列出下面公式,从几个方面加以具体阐述:

$$FV=PV(1+i)^n$$

这个基础公式在项目评估中会经常遇到,FV代表终值,PV代表现值,i代表折现率,n代表年数。通过这个公式可推导出折现率和项目动态投资回收期。

1. 项目评估中应当引入货币时间价值的理念。

有个概念很重要,叫做"货币的时间价值"。用一句话表述就是:当前所持有的一定量货币比未来获得的等量货币具有更高的价值。这个概念要求我们所有理念都应是动态的,而不应是静止的。只要有时间的变化和运动,货币都在产生动态的价值。如果我的100块钱不存银行,我损失的是货币的时间价值,放一年就损失一年的利息,放两年就还要损失利息的利息,即复利。我们之所以要做货币的动态评估,原因就在于此,因为货币是具有时间价值的。

2. 折现率的科学确定。

什么叫折现率呢?讲起来比较繁琐,举例来说,搞一个水电项目,首先从它的投资年到它的报废年,或者叫它的寿命周期,比如说10年,那么在10年内凡是流进的现金,要找一个折现率折现后,看现在值多少钱;同时把所有流出的现金折现,看折回多少钱;二者的差额就是净现值。净现值大于零时,这个项目可行;净现值等于零时,项目的收益水平等于计算该净现值时所选取的折现率,或者叫贴现率;小于零时,项目不可行。如此看来,上面这个公式是多么重要。公式中涉及的终值是把到最后那年发生的所有利息（包含利滚利），与本金加起来得到的金额，即本利和总额，变成终值（FV），通过一个折现率把终值折回成现在的钱，即现值（PV）。通过上面公式的推导，进行逆运算，就可得出现值。

现行的折现率如何来确定？第一种说法，折现率的评定根据1993年国家计委公布的标准。用这样过时的基准收益率、行业的平均收益水平来作为现在的折现率不科学。我认为一个中间值并不是个先进值，比如将高速公路的项目基准收益率6%确定为折现率，也是不可行的，因为目前中长期贷款的利率已经达到6.21%，以此为折现率显然不能归还贷款。第二种说法，用银行当期最高的贷款利率作为折现率，我也不很赞成。这样选取，也就是说，如果企业在最高额负债时，企业投入项目的回报只是银行贷款利息。这种做法只能说是可行，但不是最优选择。总的来说，国内采用的折现率，没有与国际上同行业参照的折现率接轨。我国已经加入世贸组织，用什么来做折现率更科学？如果说用1993年的行业基准收益率来做折现率已过时了，那么我们应在那个基础上据实重新计算，可能要加上几个点，这样评估出的项目才有抗风险能力，才有将来支付借款的能力。因此，计算折现率、计算净现值并不难，难的是怎样将它与客观实际结合起来。

3. 机会成本的科学选取。

什么叫机会成本呢？机会成本就是说人们在投资的时候，可选择的机会很多，抓住一个投资项目，就要放弃另一个项目。那么，被放弃项目的收益就是被选定项目的机会成本。应该选择机会成本最低的、收益最高的项目。目前，在项目评估中，折现率（i）一般采用机会成本。折现率的确定一般选择行业的基准收益率或者贷款利率其中之一来作为机会成本。我认为应该在此基础上适度上浮。加入世贸组织以后我们要深入研究折现率，这样计算出来的净现值才是安全可靠的。

折现率在技术评估指标中是最关键的问题。如果折现率选择不好，而项目年限又长，比如说30年，折现率或者机会成本的选择如果有1%差额，波动就相当大。此外，其影响的因素还有产品的市场价格和规模效益。在项目评估时要注意这三个变量。在现金流出流入过程中影响最大的是产品的价格和销售量。我们谨慎支持小水电的道理也就在于此：小水电虽然好，但没有规模效益。如果规模、价格数据达不到，用折现率来调节，将折现率变小，则机会成本小，成本小则收入高，计算出的净现值肯定大，从而误导决策。因此在评估时应同时考虑价格、销量、折现率的依据、行业指标等问题。

4. 净现值法则具有普遍意义。

除折现率指标外，还有两个参照指标，一个叫动态投资回收期，一个叫内部报酬率。这三个指标在项目评估中是常用的。在基础数据真实的情况下，我认为净现值法则是具有普遍意义的，是最科学的。动态投资回收期和内部报酬率是参考指标，不太可靠。

传统的回收期是静态的，我认为应当引入货币的时间价值概念，使回收期成为动态的，动态投资回收期需要用上面的公式进行推导。当净现值等于零时的年限（n），就是动态投资回收期。通过推导第一个公式，可得出动态投资回收期，即：

$$n=\frac{(1nFV-1nPV)}{1n(1+i)}$$

内部收益率，也叫内部报酬率或内涵收益率，是指净现值为零时的折现率，这时的折现率是机会成本。诵讨推导第一个公式，可得出内部收益率（i），即：

$$i=(FV/PV)^{\frac{1}{n}}-1$$

如果使净现值为零的贴现率（内部收益率）高于资金成本时，以资金的机会成本折算的净现值一定是正数。之所以能够得出这样结论，是因为内部收益率法则只接受那些投资回报率大于资金机会成本的项目。因此内部报酬率具有狭隘性，不能整体反映项目的收益和整个项目的规模。比如投资一个五星级酒店和投资一个小饭店相比，也许内部收益率相同，或许小饭店的内部收益率还要高一些，但不能反映出项目规模。有人认为，若项目的内部报酬率大于贷款利率6.21%，则项目可行。这个提法有道理但不科学。准确的提法应当是内部报酬率大于机会成本，即折现率。我们不能只将贷款利率选择为折现率，而应该在此基础上附加一点风险折扣，即内部收益率不仅要大于贷款利率，而且要大于机会成本或者折现率，这样，项目才是可行的。

在知道以上这些指标后，我们就能分析评估报告的可靠性。从这个意义上讲，计算并不重要，如何科学地确定、运用这些指标才是最关键的。我曾经否决过一个项目，项目报告称内部收益率达到50%。现在能够达到50%收益率的项目，能有多大的可能性？这就是为了让项目通过，狠狠地造假指标。记得马克思在《资本论》中讲过精彩的一段话：资本家在追求利润时，如利润达到20%，他就要跳起来；达到30%时，他要铤而走险；50%时，他要踏破人间一切法律；300%时，上绞刑架也再所不惜。在经济转型的特殊时期，一些企业为了取得银行贷款，就像追逐高额利润一样，置法规于不顾，编造假数据，千方百计索取贷款。对此，我们要提高洞察分析能力和辨别能力。

三是市场预测难。首先是历史真实数据难寻求，历史资料不完整，缺乏对历史资料的客观分析。我们没有这些历史资料，是完全靠经验分析，而且数据采集效率低、信息滞后。其次是在市场发展过程中，特别是在市场经济发展初期，银行对企业制度、政策法规的变化难以预测。落后的手段难以适应高速运转的现代经济，加速了信息的不对称，严重的信息不对称影响到贷款决策的准确。比如有的企业，银行刚刚发放贷款，企业就重组，政策法规也难以预料。这需要我们进一步增加信息的真实性和提高信息采集的效率，不仅要从硬件上而且还要从软件上更新信息采集的手段。如果没有大量可靠的数据作为依据，就不能做好市场预测，也就难以实现有效的决策。

四是合作竞争难。过去相当长的一段时间，各个商业银行是竞争大于合作，甚至出现破坏性竞争，彼此间的业务往来很少。随着面对的市场越来越大，给人们带来的市场不确定因素也越来越多。在这种情况下，大家都感觉没有安全感，必然想到竞争的同时要求合作。金融市场的激烈竞争更加剧了合作的趋势，银行这种合作趋势现已经初见端倪。面对当前合作大于竞争的形势，我们要处理好合作与竞争的辩证关系，要多思考，放开我们的胸怀，敢于牵头做大项目，与其他商业银行加强合作，共担风险，共享利益。

五是银行独立评估难。目前银行自身缺乏评估人才。受传统信贷思维方式的限制，银行自身评估能力较低。师傅带徒弟的文化惯性很大。因此观念要更新，要总结项目评估工作经验，加大客户部门自身评估能力的培养，同时引进项目评估专业人才。在当前的情况下，我主张加强客户部门评估能力的培养，有的项目可以不再找中介机构，有些中介公司存在费用高、业务水平低、道德素质差的问题，也存在评估公司抄袭可行性报告的现象，导致当前某些评估公司的评估报告难以辨别真伪。中介机构的规范化需要相当长的时间。因此，我们应积累自己的人才资源，提高自身的评估能力。

六是树立和保持市场理性难。由于受外部环境的影响，有些企业失去理性，有些企业产权不明晰，市场缺乏理性培养，前面的一些案例说明了恶劣环境导致决策的不理性。经济学家萨缪尔森曾经讲过"当整个世界都发疯的时候，谁保持清醒头脑，他一定是个傻瓜！"这非常形象地说明恶劣的、不规范的环境会导致整个市场失去理性。所以，银行要力求保持冷静头脑，培养我们自身的理性，警惕企业过度扩张的倾向，审慎对待项目，将信贷风险降到最低，这将需要一个培育和锻炼的艰难过程。

我国加入世贸组织已成事实，这六大难点尚未解决。这些重大课题的解决需要艰苦的实践过程。要在实践中解决这些重大的课题，必须更

新观念,提升项目评估与客户监管的意识。这是我们在项目贷款评估和监管中必须转变的重要观念,新观念的接受是相对容易的,淘汰旧观念比接受新观念要难得多。

三、项目评估与客户监管的基本对策

第一,要强化项目评估与客户监管的科学理念。面对当前客户难于监管、市场缺乏制度约束的现状,银行自身还缺乏对客户监管的技能与艺术。监管不仅是技术,也是艺术。当前,在客户开发中,既有服务不到位的问题,也有监管不到位的问题。二者比较,监管不到位的问题更突出。在对客户的项目评估中,还存在力量薄弱和某些干扰,科学的评估理念尚未真正树立起来。一个理念的树立,需要在学习和实际操作中去培育。当前,应重点解决以下几个问题:一是充实评估人员。二是加大对评估技能的培训。特别是对辨别原始数据的真伪和独立思考能力的培养。三是抓紧研究行业标准,特别是从总行的角度研究行业的经济数据标准,从宏观上、系统上充分占有资料,重点对偿债能力指标、行业指标、财务指标、资金运营能力、发展的潜力等指标进行研究,并努力将指标定性化转为定量化,通过各种参数比较形成科学决策的依据。四是规范现行评估公司运作,在规避或降低评估公司道德风险和能力风险的同时,增强我行自身的评估能力。客户部门要把工作的重点转到客户开发和监管上来。

第二,要强化对企业资本金的约束能力。目前,对资本金理解仍不明确。资本金比例不能低于国家颁布的最低标准,这是一般原则。银行加强对企业资本金的约束,对自身是一种保护,对企业是一种约束。资本金比例的高低应当由项目自身风险决定,风险高的项目,资本金比例可上浮;风险低的项目,资本金比例可以适当下浮。资本金比例上浮的问题是目前的主要矛盾,具有普遍意义,下浮不具有普遍意义。应正确认识融资资金与资本金的区别,特别要对上市公司资本金真实性进行认

定,并真正做好风险评定。

第三,要强化项目贷款第二还款来源的保障。要认真解决某些担保和抵押具备形式上的合理性而实质上的虚拟性的问题,真正落实项目贷款第二还款来源。根据以往的经验,由于项目贷款期限长,有些贷款的担保和抵押形式上是合理的,实质上却是虚拟的,根本无法实现。因此,抓住某些根本性的第二还款来源,要比第一还款来源更具有实际意义。

第四,正确理解和科学把握国家产业政策。在计划经济的体制下,产业政策曾经是银行贷款的第一依据,而在市场经济情况下,国家的产业政策已成为宏观调整的手段。所以,我们必须坚持的首要一点是产业政策禁止的项目,银行一律不能支持,因预期风险很高;第二点是国家产业政策鼓励的项目要有选择的支持,争取支持效益最好的、风险最低的项目;第三点是要警惕产业政策崇拜现象,有些国家产业政策鼓励的项目反而效益不好。

第五,密切关注贷款企业的法人治理结构,要重点分析上市公司。在特殊的历史环境下,包装上市的企业多,现在出问题的也多。主要原因在于企业已经转制,但法人治理结构调整未到位。代理成本理论认为,当企业股权为100%,即负债为零时,企业经理对资产的自由支配权最小,经理的积极性最低,权益资本的代理费用最高。因此,负债的适度引入不但会通过代理人的监督改善公司的治理,债权人还可以直接介入公司治理,保护自己的权益。这是一种双赢的选择。当前,银行作为债权人对上市公司的约束软化,介入治理监管不到位。银行应适当介入上市公司的治理,特别是提供中长期项目贷款时,应签署保护性限制条款。

银行介入上市公司的治理有两种形式:一种是控制导向型,一种是保持距离型。银行作为债权人,使用控制导向型信贷策略符合我国现行上市公司的实际情况。介入公司治理,特别是商业银行提供中长期项目贷款时，应与企业签订保护性限制条款，其内容包括：（1）银行介入企业治理，明确贷款企业已抵押或质押的资产不能为其他企业进行担保；（2）企业的营运资本必须占全部总资产的一定比例，其目的是保持上市公司流动性；（3）严格限制企业以现金或债券进行普通股票的回购，目的是增强企业流动性；（4）对资本支出进行限制，限制企业对固定资产的投资不能超过其固定资产折旧费的比例；（5）其他限制：企业不得发生其他长期负债以防止其他债权人享有优先偿债权；（6）特殊限制：严格限定贷款用途。对上述保护性条款要做好落实工作。目前银行与企业只是情感约束，而不是法律约束。银行应通过法律约束的形式，进入企业的决策机构。我们应当尝试对客户的监管由距离型监管转变为导向控制型监管，这虽然很难，但应该迈出这一步。否则，类似银广厦的问题还会发生。在客户选择上不能凡是上市公司就必争必夺，对有些上市公司应当引起警觉，审慎决策。

第六，要关注法人代表和经理层的综合素质。前面我讲的几个案例说明，法人代表综合素质有欠缺的地方，有的是"靠英雄独闯天下"，有的是经理阶层能力差，但主要是法人代表的问题，因为"将帅无能累死三军"，"强将手下无弱兵"。这充分说明关注法人代表综合素质的重要性。有两种错误倾向：一是注重企业法人代表的光环效应。看到法人代表是全国青年文明号获得者、五一奖章获得者，或者是政协委员、人大代表，就认为企业好。有些时候法人代表在光环下难以辨别，这正需要我们保持清醒。我并不认为这些光环是坏的，但对银行来讲，要采取审慎态度。二是对企业法人代表的片面认识。有些企业法人有开拓进取精神，胆子大、思路新，有创意的一面，但也有头脑发热的一面。牟其中就是个例子，他声称：把喜玛拉雅山炸一个口子，把印度洋的暖空气引进来，把西藏变成祖国的江南，在满洲里再造一个深圳。结果银行投入巨额贷款，遭受损失。因此，银行不能轻信，盲目跟风。

第七，充分利用和发挥专家咨询的作用。由于我们自身的知识、经验、理性有限,所以项目评估要借助外部智力支持,而专家咨询是最好的形式之一,同时这也是信贷管理新规则的制度安排。我们不可能在农行系统外调入各种技术专家,那是对人力资源的巨大浪费,但应当有行外的专家,并与他们加强联系,建立友谊,并支付专家费。咨询方式可以多样,既可以邀请专家直接参与评估,也可以银行事先评估,然后由专家进行论证。

第八,努力把学到的评估知识转化为决策的智慧。我们进行评估培训和专项业务经验交流,在课堂上更新知识并不难,难的是能否在实践中更好地运用这些知识,并在此基础上加以提升,使之成为决策的智慧。在实践中,我们要力戒照抄照搬,人云亦云,机械地运用知识,要学会独立思考,创造性地工作。只有将所掌握的广博知识及丰富的信息转化成为现实的生产力,才是我们学习和运用知识的根本目的。这也是我们培训及学习项目评估和客户监管知识所要达到的理想境界。

总之,项目评估是贷款决策的重要依据,但不是唯一依据。决策是一门科学,同时也是一门艺术。对客户的服务是重要的,对客户的监管同样也是重要的。从特定意义上说,对客户的监管也是服务,而且是更高层次的服务。

雷曼危机的根源与警示

（2008年9月）

2008年9月15日晚，我从中央电视台新闻联播中惊悉，世界第四大投资银行——雷曼兄弟公司申请破产保护。此前，对雷曼公司在次贷危机中难逃一劫的消息已有耳闻，但我一直不相信雷曼公司会落到这种地步。众所周知，雷曼公司曾是华尔街一家非常优秀的投资银行。我对雷曼公司也一直怀有好感，在我任中国农业银行行长期间，同雷曼公司有过许多接触与合作，特别是公司董事长富德先生的精明与睿智，给我留下了深刻的印象。这次次贷危机发生后，我一直相信他所领导的团队能够走出困境，转危为安，最终消除次级债给公司造成的严重影响。但现实就是这样残酷无情，我不敢相信的事还是发生了。

症结并不在雷曼本身

作为金融界同行，我在震惊之余，便陷入了痛苦的沉思：为什么一家拥有158年历史的著名投资银行，在市场搏击中，顷刻之间便"樯橹灰飞烟灭"？为什么精明睿智的富德董事长，在经历一番拼杀之后，仍无力扭转战局？为什么美国政府和华尔街上的阔佬们"见死不救"？为什么富德董事长不能忍痛割爱，将公司廉价出售，以逃倒闭之劫？我认为，症结并不在雷曼公司本身，而是在美国金融体系和金融监管的不健全、不完善。

一是金融创新过度。创新本身并没有什么不好，不创新反而会失去

动力和灵魂，但创新过度了就会走向反面，甚至带来严重的破坏性后果。这次美国的次级债风险引发的多米诺骨牌效应，就是金融创新过度、滥用和透支金融资源带来的恶果。其中更令人失望的是各种创新的定价模型、风险管理系统以及各种预测工具，几乎全部失灵，没有发出任何警示。试想一下，给那些无力还贷的低收入阶层放宽条件借贷购房，而且无限制地扩大，其结果必然是一发不可收拾，此时无论用什么样的避险工具都无济于事，因为是源头出了问题。正如那两句古诗所云："问渠那得清如许，为有源头活水来。""源清则流清，源浊则流浊。"当放贷公司继续扩大规模而缺乏流动性时，就由投资银行创新出资产证券化产品，接着又衍生创新出多种复杂的次级债，向全球销售。1.3万亿美元的次贷，通过金融衍生品的助推，很快吹起了一场席卷全球的资产泡沫，其中仅信用违约互换（CDS）的市场规模就达到次贷的48倍，相当于美国GDP的4倍。资产泡沫的轰然破灭，不亚于美国1929年开始的那场举世震惊的大萧条，因为它蔓延到了世界，打击了全球经济。对类似事件，马克思早在150多年前就有一段精彩的论述，其大意是，商品价值的实现是一次惊险的跳跃，如果不成功，摔坏的不是商品，而是商品生产者和经营者。这场金融风暴，在全球众多的投资者遭受损失的同时，也摧垮了像美林、雷曼、贝尔斯登等著名投资银行，以及一批华尔街的大牌银行家，如花旗前董事长兼首席执行官普林斯、美联银行前首席执行官汤普森、美林公司前董事长兼首席执行官奥尼尔、瑞银前首席执行官乌夫利、雷曼董事长兼首席执行官富德、新世纪金融公司首席执行官莫里斯、贝尔斯登前首席执行官凯恩，等等。这些曾经的风云人物，多数我都会见过，有的不止一次，并建立了良好的合作关系。作为同行，写到此，我的心情更加沉重，百感交集。当今人们羡慕甚至崇拜那些精英银行家，以为他们是财富的化身，似乎是永远的胜利者。然而，美国的次贷危机却打破了这个神话，精英不但会失败，而且会败得很惨——他们失败所造成的损失往往大于常人，他们给社会带来的灾难也大于常人，他们所承受的压力更超过常人。美国次贷危机中一个突出的现象，就是一大批金融精英饮恨败北，个中滋味，实在耐人寻味。依我看来，随着风险的蔓延和危机的加深，可能还会有大牌的银行家中箭落马，但愿越少越好，但愿不再发生。

二是金融监管缺失。当我们正在热衷效法美国监管模式的时候，也正是美国监管缺失开始暴露端倪的时候，只不过没有引起我们足够的重视罢了。美国1929年开始的大萧条，就是从金融系统开始的，最终导致大批银行倒闭，股市崩盘，经济衰退。那场风暴的教训之一就是金融混业经营起到了破坏性作用。从此美国开始立法，1933年通过著名的《格拉斯—斯蒂格尔法》，正式实行分业经营、分业监管，直到20世纪末，美国保持了金融稳定繁荣近70年。到了20世纪80年代后期，随着层出不穷的金融创新，原有分业经营的格局渐被突破。对此，1998年美国开始重新立法，通过了《格莱姆—林奇法》，全面实行混业经营，并维持原有的分业监管格局。就在这个法案实行到第八个年头的时候，美国爆发了次贷危机，随之引发的金融风暴迅速席卷全球。我认为，从监管层面总结，至少有三个方面的缺失：首先，对创新的金融监管不力，鼓励多，监管少。美国的许多金融创新都是从规避监管开始的。其次，监管体制改革滞后。在混业经营已经向纵深发展的时候，仍保持原来的分业监管体制，各监管部门之间缺乏足够的沟通与合作，留下许多监管真空，直到次贷危机爆发后，美国财政部长保尔森才提出一套监管体制改革方案，但因分歧太大而被束之高阁。最后，对中介机构的监管乏力。此次次贷危机爆发前，一些中介机构的不法行为已开始暴露，最典型的当属安然的假账丑闻，但更为严重的是一些信用评级机构作假行为助推次贷危机愈演愈烈。

三是公司治理不完善。当我国的金融企业股份制改革正在热衷于效法美国公司治理模式，并引入美国战略投资者的时候，美国金融企业公司治理的某些弊端正在开始显现。这些弊端归结为根本的一点，就是法人治理结构老化，已不能适应现代金融服务对风险控制的要求。现在美国著名的大银行一般都是百年老店，有自己独特的品牌和企业文化。它们在具备这些独特的竞争优势的同时，却也容易故步自封，特别是在公司治理上不能与时俱进。经过上百年的演进，这些公司的家族色彩已经淡去，逐步由职业经理人来主导公司经营活动。这本是时代的进步，但问题在于，对职业经理人在董事会中作用的发挥和约束所作的制度安排并不完善。它们通行的做法是，职业经理人既是董事长又兼首席执行官，集决策与执行于一身。这种做法有利的一面是，可以充分发挥个人的能力和智慧，执行力强，效率高；不利的一面是，容易导致独断专行，不能充分发挥董事会的集体力量和智慧。雷曼董事长兼首席执行官富德在雷曼工作40多年，人脉好，能力强，可谓一言九鼎。在雷曼，人们对他形成了一种精英崇拜，大家都相信他有能力使雷曼走出困境，结果却助长了他的专断和自负，在危机早期该撤账的时候没有及时处理，待风险全面暴露时，又舍不得将公司廉价出售。由于错过了两次机会，最终导致了雷曼申请破产保护。这种精英崇拜，不仅存在于雷曼，而且风行整个华尔街。资料表明，华尔街的精英显贵们，一般都有良好的教育背景，同时具有超群的实战本领和显赫的业绩。这些耀眼的光环，形成了人们对这些精英们的崇拜，进而夸大了精英的作用，弱化了制度对防控风险的基础保障作用，其教训是极为深刻的。

警示可资借鉴

通过以上分析，本人已有一种不寒而栗的感觉，同时也深感国之幸运。这次金融风暴，虽然对我国经济造成了较大影响，但不会造成毁灭性打击。幸运的是，我们没有照搬美国的金融体制，更幸运的是，金融风暴给我们及时敲响了警钟，让我们的头脑清醒起来，不再重蹈他人覆辙。

我认为有以下几点警示可资借鉴。

第一，金融创新必须适度。当前，金融创新的呼声很高，做法也花样翻新，特别是一些理财创新产品已酿成风险，客户投诉不断增加；也有些"换汤不换药"的所谓的产品创新，误导销售，造成了恶劣影响；还有些所谓管理创新，或"穿新鞋走老路"，或以所谓合法的形式，拿着高薪，中饱私囊。目前，监管部门也是提倡和鼓励创新多，严格监管少，对那些所谓创新的东西，监管起来理不直、气不壮，总有怕人家说保守或不与国际接轨之嫌。当然，也有监管人才缺乏、素质不高、不能识别风险隐患之故。因此，对创新的监管要重新认识，严把准入关。对正在营运中的衍生品，一旦出现风险苗头或风险隐患，必须立即纠正，防患于未然；对弄虚作假、销售误导等问题，一经查实，严格追究，公开处理，以儆效尤。

第二，对现有的监管资源必须进行有效整合。中国目前的监管体制，基本是仿效美国的模式，尚处在不成熟的探索期。银行、证券、保险分业监管，再加上中央银行的部分监管职能，可谓分工明确，目标明确，便于操作。这种模式适合对严格的分业经营进行监管。实际上，当今中国的银行业、证券业、保险业的界限已经模糊，混业经营已初露端倪，并呈加快推进态势，虽然这没有得到法律许可，且主要是通过间接的方式实现的。在这样一种情况下，保持现在这种严格的分业监管模式，已不能适应有效监管的要求，故应当加以整合，使有限的监管资源发挥出最大的监管效力。若资源不加以整合，势必会造成某些监管真空；若不作出相应的制度安排，单靠各监管部门之间自觉协调合作是不现实的，甚至还会起到反作用，进而形成多驾马车，各拉各的套、各唱各的调，相互牵制、权力争夺的局面。

第三，金融混业经营应当缓行。这次金融风暴，美国出学费，为我们上了生动的一课。虽然混业经营是现代金融服务的发展趋势，但对中国来说，全面实行混业经营的条件还远未成熟。我们还清晰记得，我国20世纪80年代末90年代初那场混业经营，最终走向了混乱经营，那些利率大战、存款大战，乱放款、乱拆借、乱集资的场面，至今仍历历在目。后来我们学习和借鉴美国的经验，1995年开始立法，实行严格的分业经营，至今已走过了十多年，保证和推动了中国金融业的稳定与繁荣。在这样一种良好的环境下，我们学习借鉴美国金融创新和混业经营的经验，是必要的，实践证明也是有益的，但不能照抄照搬，也不能超前推进。当前，国内外要求我们实行混业经营的呼声很高，似乎有加快推进的可能，但就目前我国市场经济的发展现状和金融业的发展水平而言，我认为混业经营应当缓行。在当前全球金融震荡的形势下，要集中精力培育市场、稳定市场，完善政策法规，理顺监管关系，完善监管体系。现在来统一这方面的认识比较容易，同时对业已存在的混业经营项目，逐一进行检查、总结、完善、提高，确保风险可控。

第四，进一步完善法人治理结构。目前中国几大银行和保险公司已改制上市，成为公众公司。当前，在法人治理结构上，受到指责较多的就是形似神不似。我认为，解决这个问题需要有一个过程，学习借鉴美国的机制可以，但照搬美国的组织架构不可行，应当有中国自己的特色。现在的难点是如何处理好党委会、董事会、监事会的关系。现行董事长和党委书记由一人担任，好处是减少扯皮，有利于提高决策效率，不利的是容易形成个人专断。对此应作出一种"三会"制衡的制度安排，实行民主决策，避免所谓能人治理、精英治理、权威治理，从而避免使法人治理和民主决策流于形式。如党委会的人事安排、董事会的投资决策，均应实行票决制。又如目前"三会"中监事会不能实行有效的监督，其主要原因是监事长在党委书记领导下工作、工资由董事会决定的制度安排，使得监事长监督职能的发挥缺乏独立性和权威性。为此，建议国有控股公司的监事长不进党委会，不任党委副书记，只列席党委会，使其超脱出来，专司监督与制衡，并只对国务院或隶属国务院的监管部门负责。

以上的几点看法，也是我从事金融工作的切身感受。总之，金融业是高风险行业，无论是金融家还是一般投资者，他们既是利益获取者，同时也是风险承担者。商场如战场，战场上没有常胜将军，商场上也同样没有常胜将军。失败了不可怕，可怕的是不能变失败为成功之母；跌倒了不可怕，可怕的是再也爬不起来；牺牲了也不可怕，怕的是不能死得其所。我奉劝那些正在商场上拼杀的精英金融家们，在自己能够杀出一条血路得以脱身的同时，也别忘了给别人一条生路，把所有的钱都装进自己的口袋，不是福而是祸。要善于活用"物极必反"的辩证哲学，修炼一种赚钱的境界，这就是见钱会赚，见好就收，适可而止，决不赚尽；或持盈保泰，或退一步进两步，或休养生息，以图东山再起。上帝在造人的同时，也把磨难降给了人间，我们无须回避，也无法回避。正确的选择是：勇敢面对，坚韧不拔，战胜严冬，迎接春天！

华尔街上的沉思

（2009年9月）

在纽约华尔街这条全长仅有500多米、街面非常狭窄的小马路上，竟然容纳了10多万名金融骄子，也云集着包括纽约证券交易所、联邦储备银行在内的众多机构。正是这些呼风唤雨的知名机构，才使它成为国际金融界的"神经中枢"。华尔街这个响亮的名字，如今因从这里肇始的一场全球性金融危机，也被推向了金融海啸的风口浪尖，成为举世瞩目的焦点、议论的热点和指责的重点。

金融海啸吞没了华尔街上的五大投行，今后还会有投行吗?金融海啸扫荡了美国人的财富，今后美国人还会有超前、超额消费吗？金融海啸摧毁了美国尖端的金融衍生品——酿成此次金融危机的大规模"杀伤性武器"，今后还会有日新月异的金融创新吗？金融海啸重创了美国的金融监管制度，今后还会有法律的重建和监管体制的重新整合吗？带着与此有关的一系列问题，在正值金融危机一周年的九月，我带领中国保监会一行六人考察团，访问和考察了华尔街。

作为改革开放后成长起来的中国银行家，对于华尔街我并不陌生。在我任中国农业银行行长期间，曾多次访问过华尔街，同这里的各大投行，以及各大商业银行董事长、首席执行官有过商务会谈。那时的华尔街一片繁荣，行走在华尔街上的那些踌躇满志的白领们，总是能引来一片羡慕的目光；那些拿着高额薪水的金融巨头们，更是气度非凡，举手投足间便可使全球金融市场阴晴变幻，随之便引来无数追随者推波助澜。然而，华尔街的繁荣并不是永恒的，就是那些无穷无尽的贪婪，最终引发了一场百年一遇的金融海啸。

此次访问华尔街，我的心情很沉重。金融市场这个没有硝烟的战场，竟是这般残酷。我所熟悉的金融巨头们纷纷落马，再也看不到他们主导游戏规则的身影；美国中产阶级的金融资产在一夜之间大幅缩水，他们多年积累的财富转瞬之间付诸东流。一百多年来，华尔街上演了无数次危机与繁荣的"伟大博弈"，如今这场空前的"伟大博弈"，短期内还难见分晓。全世界都在翘首以待，企盼着一个新的繁荣春天的到来。

华尔街一年来发生了明显变化

此次访问华尔街，我原本怀着一种压抑的心理，但近距离接触以后，感觉却比来前想象的要好得多。我们看到，一年来在美国政府的强力干预下，华尔街已悄悄地发生了明显的变化。在投资银行方面，2008年9月雷曼兄弟公司破产引发的多米诺骨牌效应，导致华尔街主要投资银行在两周内或被收购、或被转型为银行控股集团。危机过后，美国金融机构纷纷开始强化风险管控，实施去杠杆化。随着一些对手的消失，在投资银行领域，高盛集团的领先优势进一步扩大。与此同时，美国原有几大商业银行的排序也发生了巨大变化。在金融危机中遭受冲击较小的摩根大通银行先后收购贝尔斯登和美林证券之后，成为美国最有实力的商业银行。美国银行和富国银行在分别收购美国全国金融公司、美联银行之后，成为美国房贷市场上最重要的两家金融机构。花旗集团因金融危机的冲击，已从全球市值第一的位置上跌下来，其业务的分拆、重组仍在进行中。

我们看到，为了应对这场百年一遇的金融危机，美国政府对金融业的干预也达到了空前的规模。虽然关于政府干预市场的争论始终没有停止，但是美国政府在市场机制休克状态下的果断做法在很大程度上缓解了危机对全球金融体系的冲击。曾经是全球最大保险公司的美国国际集团以及房利美和房地美两大房贷集团先后被美国政府接管，美国政府对花旗集团的救助最终使得政府成为其最大股东。今后政府如何从这些金融机构中退出、向纳税人交代还是个未知数。不过，由此引发的"道德风险"，以及如何解决大型金融机构太大而不能倒闭问题，将是奥巴马政府面临的最棘手问题之一。

我们看到，已公布的2009年第二季度财报显示，美国金融企业已经走出了危机最糟糕的阶段。这既跟会计规则的调整有关，也受益于市场回暖和市场信心的恢复。随着房地产价格的回升，美国金融系统的"有毒资产"可能转化为账面利润。但是鉴于美国房地产仍存在风险以及居高不下的失业率导致信用卡坏账的增加，与贷款业务相关的金融机构业绩的全面恢复还需要时间。

我们看到，如何平衡监管与创新的关系是美国当前面临的最紧迫问题之一。华尔街金融危机暴露了美国监管系统的漏洞，世界金融史上最大的"庞氏"骗局麦道夫案曝光更让投资者对华尔街监管部门的信任大打折扣。为了防止金融危机再度重演，奥巴马政府计划强化金融监管，扩大美国联邦储备委员会的权力以保护投资者的利益，强化信息披露。但是，随着金融市场的回暖，来自金融业以及政府内部的反对声也在增加。政府与金融企业的博弈中，如何平衡监管与创新，维护美国在全球金融业的领先地位等问题将是奥巴马政府面临的严峻挑战。在前不久被媒体炒得沸沸扬扬的华尔街"高薪门事件"中，奥巴马愤怒谴责那些用政府救助的钱发高薪的金融高管们，但这也只能是道义谴责，因为他们并不触犯美国的现行法律和监管规定。美国民众谴责他们发高薪并不是出于嫉妒，而是因为他们动用了民众的纳税钱。高薪已是华尔街金融创新和市场繁荣的推动力，已成为华尔街的"薪酬伦理"。今后只要不是用纳税人的钱，美国民众就不会再谴责，美国政府也不会取消高薪，只能从税收等方面予以适当调节。联想到中国金融业的"高管高薪"问

题,与美国有根本的不同。美国金融企业高管的产生是由市场选择聘任,高薪是市场竞争产生的职业经理价格。中国国有控股金融企业高管的产生是由政府选择任命,如按市场价格定高薪,就难以服众,就会引起攀比,产生弊端,留下隐患。即使是那些所谓的民营股份制金融企业,大多也不是真正的市场选择,况且有的人身上本来就带有市场"原罪基因",他们给自己发高薪,当然要遭到公众的强烈谴责。对此,我们应借鉴美国的经验,深化改革,完善制度,培育和造就职业金融家和职业经理阶层,真正通过市场化的路径来根治这个公众关注的不合理的高薪问题。

我们看到,经历了这场"金融海啸"后,美国的金融业正处于修复重整的过程中,这个过程取决于金融业自身,但最终还是要靠实体经济复苏的支持。在美联储定量宽松货币政策的背景下,如何解除流动性过剩和通货膨胀的威胁,将是美国金融业演变的下一个看点。我们在同美国国际集团、大都会保险公司等大型金融机构高管座谈时,他们对化解危机都表现出坚定的信心和乐观的情绪,这使我大感意外。我想这可能就是德国著名哲学家韦伯所讲的"新教伦理与资本主义精神"的体现吧。

华尔街精神及金融文化底蕴

漫步于华尔街,环视着周围的摩天大厦,我凝神思索着华尔街的变迁,揣测着华尔街的未来。通过对金融危机的实地考察,我感受最深的是华尔街所特有的精神和悠久深厚的金融文化底蕴。这是我以前多次来华尔街所忽略的地方,也可能是我们许多金融界同行所忽略的地方。其实今天的华尔街已超越了它的地理概念。它是美国金融实力的象征,是全球金融中心的代名词,已成为现代金融文化的符号。也有人站在另一个角度,说它是美国金融霸权的象征,是追逐财富的名利场,是冒险家的乐园。我看不管是褒还是贬,都说明它的重要性和不可替代性。

从历史上看，华尔街的成功，是资本主义精神和市场机制相结合的产物。早在17世纪中叶，荷兰人统治时期，这里是新阿姆斯特丹总督的驻地。为了方便警卫通行，总督下令用木头做围墙，筑起一条街，就地取名"街墙"，这就是最早的华尔街（Wall Street）。华尔街在荷兰人手里，建成了一套比较完整的金融体系，包括银行、证券、保险等。尽管资本主义的早期萌芽是从文艺复兴时期的意大利开始，但是，真正意义上的资本主义，是到了17世纪中叶在荷兰首先完成的。而这个弹丸之地的小国，也一度成为世界强国，是荷兰人首先将资本主义的商业精神带到了华尔街。1664年，华尔街被英国人攻陷夺得后，继续保持了荷兰人热爱商业、崇尚金钱的文化，并一直延续至今。其中最有趣的故事是，在18世纪，有24个商人代表聚集在华尔街的一棵梧桐树下，签订了"梧桐树协议"，规定在他们之间可以进行证券交易。这就是纽约证券交易所的前身。这种个人自发、市场主导的机制，具有先天扩张的优势。从此华尔街便成为美国银行业的象征。只要一提起股票，人们便会联想到华尔街。从"梧桐树协议"签订至今300年来，华尔街已是沧桑巨变，享尽荣辱。今天在占地只有3700平方英尺的纽约证券交易所交易大厅里，每天的股票交易高达25亿股，每笔交易只需不到一分钟的时间。华尔街不断制造着一夜暴富的神话，但也不乏令人心酸的回忆。1929年10月24日，美国许多家最有名望的企业股票突然急剧下跌，失去控制，股市崩盘，最终导致数百万人破产，引发了那场举世震惊的经济大萧条。80年后的今天，又一场举世震惊的金融海啸从这里爆发了，它很快便演变成一场全球性金融危机。危机爆发初期，许多人哀叹华尔街完了，许多人愤怒地指责华尔街贪婪、冷酷、欺诈，是搞乱世界金融秩序的罪魁祸首。我认为这种指责是可以理解的，虽然有些尖锐，但却也一语中的，值得认真反思和忏悔。

好在几百年来，华尔街就是在这种荣与辱、善与恶的博弈中不断发展壮大起来的，是在周而复始的反思和纠错中逐渐走向成熟的。我暗自

发问，是什么力量能使它在以往若干重大博弈中胜出，在无数次风险浪尖上化险为夷、转危为安呢？思来想去，以下几点可能是重要的原因。

一是自由市场的力量。几百年来，是谁在指挥华尔街股市潮起潮落，牛市与熊市定期更替？经济学的鼻祖亚当·斯密早在18世纪就给出了答案，这就是市场这只巨大的"看不见的手"。它犹如大自然般有使春、夏、秋、冬四季更替的威力。毋庸讳言，早期的华尔街，市场坐庄、上市公司欺诈、商业贿赂、政府官员腐败等层出不穷，正如马克思在《资本论》中所指出的："如果有百分之百的利润，资本家就会铤而走险；如果有百分之二百的利润，资本家就会藐视法律；如果有百分之三百的利润，资本家就不怕上绞刑架，敢于践踏世间的一切。"他们每次给市场带来灾难的同时也受到了市场的严厉惩罚。华尔街最终能够成长为一个成熟的金融市场，并最终成为全球最大的金融中心，最重要的原因就在于它遵循了市场发展的规律，通过"看不见的手"，不断修正金融市场巨大的游戏博弈规则，淘汰不遵守游戏规则的游戏者，也通过金融市场影响到经济社会中的每一个人，并逐步改善金融市场的外部环境。

二是政府干预的力量。美国20世纪30年代的大萧条使华尔街乃至美国社会都弥漫着恐慌与绝望的情绪。市场虽有自我修复的强大功能，但由于此次危机的严重性，不可能在短期内完成。就像一个人得了重病，除了自身注意调理，还要看医生，两者有效结合才有利于早日康复。这个医治创伤、消除恐慌、恢复信心的任务，就自然落到了政府的肩上。"时势造英雄"，英国的著名经济学家凯恩斯为拯救资本主义世界开出一剂药方——政府干预，即实施扩张的财政政策和货币政策。同时美国人用理性的选票选出一位能有效实施这一政策的总统——罗斯福。罗斯福在就职演说中说过这样一句非常精辟的话："我们唯一恐惧的就是恐惧本身。"罗斯福总统请凯恩斯来美国讲学，到国会讲解他的观点。凯恩斯的"药方"得到了罗斯福政府的拥护和采纳，最终取得了显著的成效。罗斯福在任期间完成了两个壮举，一是带领美国人民快速走出大萧条，步入新的繁荣；二是打赢并结束了第二次世界大战，从此使美国成为世界上最强大的国家。有人说结束大萧条的不是凯恩斯的"药方"，而是第二次世界大战。我认为这种观点有些偏激，战争只是一个因素，不是唯一的因素。一个重病患者的康复需要多种因素和条件的促成。后来的实践证明，凯恩斯的"药方"是有效的，也是不可或缺的。当今华尔街在这场金融危机中之所以没有倒下，也正是由于政府这只"有形的手"进行有效干预的结果。纵观人类300多年来市场经济发展的经验，经济周期的出现，如同自然界的春、夏、秋、冬，是不以人的意志为转移的客观规律。政府对市场经济的适当干预，有利于延缓经济周期的到来，有利于抑制经济发展大起大落，有利于降低经济周期的负面影响。

　　三是金融文化的力量。这种市场机制外的特殊的软实力，只有经过长期的培育和积累才能形成。起初是由荷兰人带来，后由英国人、美国人，以及来自全球的金融精英们的继承和发展，才形成了今天这种独特的华尔街文化。这种文化的基本内涵就是：勇于创新、敢于冒险、讲求诚信、实现自我。这种文化之所以可持续，是因为它来自三种精神的支撑：一是资本主义精神——为了利润最大化，敢于冒任何风险；二是"亚当·斯密"精神——自觉为自己，不自觉为大家；三是新教伦理精神——以赚钱报效上帝为天职，为了死后升入天堂。我在想，有信仰、有终极关怀的文化，才能不断创新和发展，才能生生不息。虽然华尔街在每次危机中都曝出丑闻，虽然华尔街无法消除贪婪和冷酷，但这并非是华尔街的主流文化。正是这些反市场因素的存在，正是这些人性弱点的存在，才有监管的必要，才有政府干预的必要，才有法制的必要。我想康复后的华尔街仍将是一个充满生机活力的华尔街，其自私、贪婪也仍将如出一辙，这就是矛盾的两重性，这就是富有活力的华尔街金融生态。

严冬终将过去

在当前的国际金融危机面前,联想到国内的一些舆论,令人为之忧虑。有的舆论认为,华尔街从此将结束它主导世界金融的历史,美国从此将走向衰退,美国将成为第二个罗马帝国,而似乎中国一夜之间就会称雄世界。我认为,这种求富求强的赶超心理是可以理解的。但仔细一想,这种舆论是弊多利少,不但容易误导民众,而且容易给那些制造"中国威胁论"的人以口实。美国早已是一个实现了城乡一体化的国家,而我们只要以天安门广场为中心向任何一个方向走出30千米后就会看到明显的城乡差距。以此类推到中等城市再向下延伸的话,那就是巨大的城乡差别。我们的硬实力才刚刚崛起,还只是若干个点,并没有形成广泛的面。我们的软实力还没有上轨道,同发达国家相比既是最大的不足也是最大的隐患。其实,从这次国际金融危机就可以看出,美国并没有丧失其核心力量,它所拥有的现代市场经济体制的内生能力是不会因为一场金融危机而衰败下去的。从过去的无数次危机结果看,浴火重生后的华尔街,更能焕发出勃勃生机,而华尔街的生机就是美国繁荣的标志。至于有人担心美国通过美元贬值来废债,这是可以理解的。我认为,下一步美元的贬值是肯定的,也将是温和的。如果是剧烈的,那么顷刻就会在全球掀起一场抛售美元的狂潮,美国很快就会成为第二个罗马帝国。我相信美国政府绝不会作出这种愚蠢的选择。

还有一种舆论认为,现在全世界都是凯恩斯主义,国有化救市已成趋势,亚当·斯密的理论似乎过时了。通过此次访问我亲眼看到,根本不是那么回事。在美国无论是民主党上台还是共和党上台,都不会改变自由市场经济的执政理念。在此次危机中,美国政府是用纳税人的钱救市,而不是搞什么国有化。就像医生给一个住院患者看病,康复后患者出院继续干他的本职工作。一个企业一旦被救活,政府就会收回投资,让其回归市场,继续让市场主导其发展。我在访问中看到,美国政府拿出1800多亿美元巨资救助全球最大的保险集团——美国国际集团，政府采取的是直接注资、间接调控的办法。就是说集团高管人员不由政府直接任命，一律通过市场竞聘产生，公司运作由市场主导。我认为，无论是亚当·斯密主义还是凯恩斯主义，都不能包治百病。只要搞市场经济，"看不见的手"就将永远起主导作用；只要有经济周期或危机存在，政府干预这只"看得见的手"就会永远有所作为——扶助经济复苏和市场规范发展。在此问题上，一旦从一个极端走向另一个极端，就会出现严重的后果。

也有舆论认为，当前的这场金融危机，都是前美联储主席格林斯潘长期奉行低息货币政策的结果。我并不这样看。在格林斯潘任职期间，美国金融业保持了连续十多年的繁荣，格林斯潘也因此被捧上了"神坛"，其作用被人为夸大。如今又有人开始贬低他的作用，甚至否定他的功绩，我认为这不是历史唯物主义的态度。世界上任何伟大的人物，都不会超越当时历史所给予他们的局限，我们应更多地理解他们所处的历史环境，而不是过多地指责他们，否则这个世界上就很难有伟大人物的存在。美国的金融监管缺失、金融创新过度已是不争的事实。但受历史的局限，在当时不可能得到及时的纠正。正是这场危机的爆发为解决和纠正这些多年累积的问题提供了机遇和可能，这就是历史的逻辑，这就是不以人的意志为转移的客观规律。

中国有句老话："道高一尺，魔高一丈。"即使像美国这样成熟的市场经济体制，金融监管对道德风险和高科技金融衍生品的风险也是防不胜防，监管者和被监管者不可能在信息完全对称的条件下博弈。我认为，弥补金融监管缺失和金融创新过度的唯一办法就是，设定监管防线，如杠杆比例、资本金比例等。无论是在顺周期还是在逆周期，任何理由都不得突破。只有坚持这种无情的监管，才能达到有情的和谐发展。如果做到了这一点，即使是经济周期来临、危机发生，也不会出现毁灭性的灾难。

我的预感是，在后华尔街时代，美国的监管制度必然会作出重大的变革，美国的金融创新和投行业务会进入一个理性的发展阶段。我们在向美国学习的同时，必须根据中国的国情，适时采取有效的对策。如美国在混业经营中的教训，我们必须认真吸取。我在访问华尔街时，无论是同监管机构还是同金融企业交流，它们的实践都证明，美国金融的混业经营目前尚无成功的先例。如花旗银行在1998年通过与旅行者保险公司合并成为集商业银行、投资银行及保险公司为一体的综合性金融服务集团。但时隔6年之后，花旗集团就将旅行者保险公司等保险业务出售。2009年初，花旗集团又宣布将公司一分为二，一个是专注传统银行业务的花旗公司，另一个是持有该集团较高风险资产的花旗控股。至此，花旗十多年前所组建的"金融超市"宣告解体，又重新回到1998年时的分业经营框架。在考察中我们还了解到，全球最大的保险公司AIG发生危机的原因之一就是并购一家银行，而此次酿成AIG危机导火索的CDS实质上就是异化为银行衍生品性质的金融工具。事实证明，在混业经营体制下，各项金融业务界限模糊。由于缺乏有效的防火墙，金融创新过度、杠杆操作过度产生的风险不断从传统的商业银行和保险领域向资本市场领域转移和集中，进而导致系统性风险出现。此外，金融机构丧失对主业的关注，纷纷利用其有限的资源涉足非其专长的辅业，力图成为提供"一站式服务"的大型金融集团，最终导致辅业拖累了主业，得不偿失。例如，AIG危机源于辅业，而AIG的主营业务，即保险业务在危机中的良好表现从某种程度上拯救了AIG。联想到当前中国金融混业冲动日益升温的态势，可看出我们对华尔街危机的教训和经验并未引起真正的重视和认真的借鉴。我认为目前中国的混业经营应暂缓推行，不可"摸着石头过河"。首先要健全法制，抓紧修订有关法律，而当务之急是制定金融控股公司法。因为中国目前的混业经营是以控股公司形式出现的，有的规模已经很大，内部交易缺乏法律约束，给监管带来很大的不便，其风险隐患堪忧。其次是深化金融体制、机制改革，重点是真正形成以市场为主导的现代金融服务体系。如果这种体系不能建立，就难以造就大批现代金融优秀人才。即使从海外招聘进来，其作用也难以发挥，或留不住，或被老体制同化。

　　我们访问华尔街的最后一站是与华尔街铜牛合影留念。这座身长5米、体重6300千克的铜牛塑像是华尔街的标志，是"力量和勇气"的象征。以前每次来华尔街时都与铜牛合影留念，这一次当然不能放过，而且更有意义。我原以为铜牛前已是"门前冷落车马稀"呢，想不到仍旧是门庭若市，很多游人争着排队留影。我们排了好长一段时间才如愿以偿。我在想，华尔街真是神圣啊。今天，虽然"牛气冲天"的风光已经不在，但到这里来的人们，不管是哪个国籍，大家都有一个共同的期盼，就是结束危机，重现芳华。在经济金融日益全球化的今天，一个重新繁荣的华尔街，不仅造福于美国，而且也将对世界经济稳定担当起应有的重任。华尔街的严冬终将过去，华尔街的春天终将到来！

重温阿姆斯特朗调查对我国保险业发展和监管的启示

——中美跨世纪保险业比较

（2009年）

一、阿姆斯特朗调查及其意义

在19世纪的美国，保险业高速发展，但保险市场较为混乱。当时有不少寿险公司在推销人寿保单时误导宣传，忽视保单持有人的权益；采取"割喉式"的竞争模式，许诺投保人高额的佣金回扣；投资纪律松懈，关联交易和利益输送盛行；甚至动用巨资影响立法机关对保险业的立法。其间，也有很多人身保险公司由于管理不善而被迫宣布破产。对此，美国公众一直颇多微词。20世纪初，数个大型寿险公司相继曝出丑闻，更是激起了美国社会的强烈不满。

鉴于上述问题的严重性，1905年纽约州成立了由参议员阿姆斯特朗（Armstrong）为首的委员会，开展对保险业的调查。1906年该委员会完成了调查，公布了著名的《阿姆斯特朗调查报告》。调查的结果令人吃惊，许多人身保险公司的不合理现象被揭露出来，如公司办公费用浪费惊人；保单持有人利益被忽视；相互保险公司的保单持有人对公司事务根本无法控制；代理人的佣金和公司官员的薪水太高等。纽约州议会根据这一报告通过了阿姆斯特朗法案，主要内容有：（1）所有大型相互制寿险公司重新进行董事选举；（2）禁止所有保险公司投资股票；

(3）限制大型人寿保险公司规模，促进中小保险公司增长；（4）禁止保险公司进行政治性捐款，限制保险公司对立法的游说活动；（5）统一保险代理佣金水平，限制保险公司的营销费用水平；（6）禁止唐提式保单，确保保单持有人能每年获得分红；（7）寿险保单标准化；（8）强化保险公司的报告和信息披露义务；（9）严惩保单回扣等扰乱保险市场秩序的行为。

纽约州通过阿姆斯特朗法案后，各州均予仿效。纽约州对保险资金运用的从严监管，极大地保证了保险企业的财务稳定性，甚至在1929—1933年的世界性经济大危机期间，纽约州也没有一家寿险公司破产。

阿姆斯特朗调查是美国乃至世界保险史上具有划时代意义的重要事件，确立了保险专业化经营、保险资金运用管制等一系列现代保险发展的重要原则，强化了以保护保单持有人权益为核心目标的保险监管的地位和作用，影响极为深远。今天重温这一案例，对我们深刻认识当前中国的保险市场有重要的启示。

二、中美保险市场跨世纪对比

19世纪的美国保险市场与我国当代保险市场，虽然间隔百年，但仔细比较，却有诸多相似之处。

（一）保险业都处于高速发展时期

19世纪后半叶，在第二次科技革命的推动下，美国完成了近代工业化，迅速崛起为世界强国。1860年美国工业生产在世界所占的比重为17%，位居英国（36%）之后；到1890年这个数字改写为31%，超过英国（22%）上升到第一位，取代英国成为"世界工厂"。1865年，美国铁路线长仅3.5万英里；1900年，全部铁路线长度达26万英里，超过欧洲铁路线总长度。这种发展速度和不断超越的感觉与当今中国非常相似。

在此背景下，美国保险业也出现了大发展。19世纪中期到晚期，经过30多年的发展，美国寿险业从当初的几家公司发展到1869年底的110家。在纽约州经营的保险公司数量就由14家增加到了69家。在此期间，美国寿险业的认可资产从1860年的0.17亿美元迅速增长到1900年的17.42亿美元，接下来的10年更加迅猛，截至1910年已经翻番，达到38.76亿美元。

以当时规模较大的一家——宪章橡树保险公司（Charter Oak Life Insurance Company）为例，1863—1872年是其高速发展的时期。公司的代理人队伍非常精干，保证了公司的客户基础。1863年底，宪章橡树的有效保单为3047张、保额590万美元，公司总资产约为65.74万美元。在公司承保业务达到顶峰的1869年，一年之内公司销售的保单就超过7200张、保额超过1800万美元。到1875年，该公司资产总额已经高达1350万美元。1870年，纽约保险业监理专员指出，"寿险业已经成为美国最具商业利益的业务之一"。

可供参照的是，2002—2009年的7年，我国保险公司数量从42家增加到131家，保费收入增长2.6倍，达1.1万亿元人民币，保险公司总资产增长6倍多，达到4.8万亿元人民币，保险业资本金增加11倍超过4000亿元人民币，保费收入跃居世界第7位，比2000年上升9位。这是非常了不起的成绩，因此相当一部分工商企业跃跃欲试想进入保险业。保险业成为投资者追逐的重点和热点。

（二）保险的社会认知度较低

尽管19世纪美国保险业增长强劲，但在当时许多批评家却公然谴责它是对生命的亵渎。他们认为保险把人们的生命变成了一件"商品"，并把死亡抚恤金视作"血腥钱"。人寿保险公司不得不大规模地进行广告宣传，以消除人们的这些观念。直到相当长时间以后，美国公众对保险公司产品的态度才逐渐由反对开始转为接受和支持。

当前中国民众对中国保险业的认知程度有待提高。恒安标准寿险认知指数显示人们对寿险本身接受度在逐步上升。但是，人们对寿险的财务规划能力及意识还远未成熟,中国人的"险商"仍不合格。目前我国购买保险的人数比例仍很低,对风险存"侥幸心理"是主要原因之一。调查显示,人们比较关心日常生活的消费,追逐较高的生活品质,但较少考虑未来的储备和财务规划。很多消费者虽然了解并认可寿险的作用,却没有购买行为。

(三)经营困境

19世纪美国保险公司破产率较高,有些公司成立目的明确,就是将寿险视为一个快速盈利模式,都想成立公司、快速盈利,这就导致很多公司无力履行对投保人的长期承诺。许多保险公司的经营者不仅不熟悉业务,而且创立动机不纯,要么一味跟风投机,要么沦为大股东资本运作的棋子。尤其是出现了各界名流纷纷在寿险公司董事会中挂名,却从不实际关注公司业务的怪现象。由于运气不好或者管理不善,恶果很快显现出来,在1873年爆发全面的经济危机之前,已经有30家寿险公司消失了。经济危机正式爆发以后,在遍布各行各业的倒闭潮中,寿险公司的崩溃持续加速。危机中破产的全美最大一家寿险公司是康涅狄格州的宪章橡树寿险公司,倒闭的主要原因是投资失误,集中体现在三个投资规模上百万美元的项目上,致使不良资产超过了公司总资产的20%。

当前中国也有一些善意的企业家出资控股或参股保险公司,但经营目标似乎尚不明确,在业务规模、市场份额与经济效益之间摇摆不定。在唯"保单数量、保费规模"是图的价值导向下,许多保险公司仍是外延式发展方式占主导,一直没有摆脱对保费的崇拜,具有强烈的"数量扩张"冲动,很难说真正秉持了理性经营的原则。部分保险公司常年经营亏损,综合成本率连年高企,偿付能力不足,只能依靠股东持续增资维持生存。

(四)尴尬的社会形象

1848年美国一位保险公司经理说:"保险行业的名声正在逐渐恶

化。公众需要的是安全的、可以让人高枕无忧的保险业务。因此，在保险行业能够提供此类保障之前，业务拓展和普遍繁荣是不会出现的。"

在我国，10年前社会公众对保险、银行和证券等金融行业普遍有些偏激言论。如今，针对银行、证券的基本不再有，但对保险的偏激言论还不少，保险业的尴尬社会形象严重影响了自身的健康发展。其主要表现为：一是投保容易理赔难，保险不讲信誉，服务过程出现断层，投保前后两副面孔；二是误导现象较为突出，任意扩大险种的责任范围、不介绍责任免除和犹豫期的情况、阻止客户对保险标的如实告知、以回扣招揽客户，承诺高收益率或以此做演示、与银行定期存款同期的投资收益做不正当的比较等；三是"五假"行为时有发生，假保费、假赔案、假利润、假账本、假报表等导致整个行业的信誉度降低；四是保险供应与消费需求脱节，同质的产品多，差异性、个性化的产品少，开发的产品卖不出去，需要的产品买不着，保险条款普遍冗长晦涩。据中国保监会对5000名北京市民的调查显示，在不买保险的人群中，有30%的人是因为理赔难，20%的人是因为没有合适的保险产品。中国景气监测中心曾经会同中央电视台对北京、上海、广州7000多位有消费能力的居民进行的调查结果显示，17.3%的被调查对象认为我国保险公司诚信度差，76.5%的被调查对象认为一般，仅有6.2%的被调查对象认为国内保险公司的诚信度好[①]。

（五）混乱的市场竞争

19世纪后半期，美国保险代理人通常会向客户支付保费佣金"回扣"，且回扣比例不断攀升；恶意诋毁竞争对手的现象时常出现；为了争取更多的客户，诱导转保、销售误导等恶意竞争手段屡见不鲜。

在我国，随着保险业的发展，保险公司之间的竞争日趋激烈，市场上的不正当竞争行为也日益增多，保险市场秩序混乱，割喉式的高手续

---

① 唐逊.浅谈如何提高保险业的社会形象[J].保险职业学院学报，2009（6）.

费和佣金竞争便是其中之一。在实际经营中，许多公司利用不入账、作假账等违规手段支付代理手续费在同业中争揽业务。除此之外，不执行已在保险监管部门备案的商业保险合同条款费率、交强险不按照基础费率承保、宣传保险产品时有欺诈和误导消费者的行为（夸大投资性保险产品收益、不履行明确说明义务、不经投保人同意代签保险合同等）、阴阳保单、阴阳发票、撕单埋单、虚挂应收、虚假批退、通过中介机构虚开发票套取费用、虚列资金项目、虚列费用等造假行为也屡禁不止。

（六）对保单持有人权益的侵害

19世纪的美国保险业存在许多损害保单持有人权益的现象，试举例如下：

1. 诱导转保：19世纪美国人寿保险公司代理人经常诱使其他公司的客户退保，转而向自己所属的保险公司购买保单。由于这些保单往往已经投保多年，退保使得保单持有人损失惨重，引起了相关权益人的强烈愤慨。

2. 唐提式保单：1868年，公平人寿在美国寿险市场上首先推出唐提式保险（tontine insurance）。在该保险中，保费的一部分用于购买普通终身寿险，余下的部分存入由保险公司管理的投资基金。属于保单持有人的投资收益和分红在保险期限内（通常是20年）都置于这个基金中不作分配。如果某一保单持有人在保险期间内死亡，受益人仅能得到指定死亡保险金（specified death benefit），而不能得到该基金的分红和盈余。全部的分红和盈余将于保单到期日在生存的保单持有人中进行分配。由于预期回报很高且能迎合人们的赌博心理，此类保单对投保人有很大的诱惑力。到20世纪初，唐提式保险已经成为美国最主要的寿险产品。1905年，唐提式保险业务占到美国整个寿险业务量的2/3。唐提式保单对于消费者权益的侵害主要表现在两个方面：一是如果投保人在保单期间内死亡或未按时缴纳保费，就会丧失分红和投资收益的分配权，这是带有赌博性质的不公平条款；二是保险期间内不分红，这很容易导致红利被保险公司挪用或侵占。同时唐提式保单的高收益宣传也涉嫌欺诈，很多客户抱怨，从唐提式保单中获得的收益没有达到保险公司预估的回报率。

在中国当前的保险市场，一些不法机构和个人的行为也对保险消费者的权益产生侵害，试举例如下：

1. 假机构、假保单和假赔案等。利用保险产品进行诈骗已经成为保险业一个久治不愈的顽疾，直接侵害了消费者的利益。保监会的统计数据显示，自2009年7月保监会决定开展打击保险业"三假"专项工作至2010年5月末，全行业共发现和查处各类假冒保险机构案件32起，各类假冒保单20余万份，各类虚假赔案超过1.6万件。全行业向公安机关移交并已立案侦查的"三假"案件达149起。

2. 销售误导。主要表现为寿险产品销售过程中的不实宣传，绝大部分集中于投资理财型产品和银行邮政渠道，存单变保单的客户投诉时有发生。中国保监会统计数据显示[①]，2009年，保监会收到的反映欺诈误导等不诚信问题的信访投诉件1516件，占违法违规类信访投诉总量的32.37%，在各类违法违规信访投诉件中占比最大，并且呈现出逐年增长的态势。

3. 理赔难。消费者普遍反映投保容易、索赔难。保险销售人员在销售产品时往往不愿向潜在的投保人披露不利的信息，在介绍产品的过程中，有些营销员把可获得的保险理赔说得"天花乱坠"，但却对保险公司的免责条款含含糊糊，造成消费者对索赔要求不明确，在实际理赔时发生困难。

（七）公司内控失灵

阿姆斯特朗调查报告显示，19世纪美国保险业高管在公司内行使权力不受任何限制，高管薪酬普遍较高，成为社会舆论议论谴责的焦点。美国公平人寿副总裁举办的一场化装舞会花费10万美元（按2000年物价

---

① 中国保监会2009年信访投诉统计数据。本文所指保监会均在银保监会设立前。

水平折合200万美元），全部由公司负担；部分公司高管的仆人工资也由公司支付；有的公司还用高于市价2倍以上的价格购买银行股票。公司内部控制虚设，法人治理混乱。

同样的现象在目前我国的保险市场上也有出现。以瑞福德健康保险股份有限公司为例，2008年12月15日，保监会稽查局根据举报和各方面报表反映，对存在严重问题的瑞福德实施综合检查。检查报告反映了瑞福德健康保险公司经营存在五方面的问题：（1）隐瞒股东信息，骗取行政许可，严重违反法律；（2）内控混乱，关联交易盛行；（3）违规开展业务，财务数据虚假；（4）投资决策管理混乱，损失巨大；（5）准备金严重不足。保监会审慎决策，认定瑞福德经营困境难以为继，果断处置要求更换股东单位，撤换董事长，并对一批高管予以行政警告。瑞福德案例在中国保险市场具有里程碑意义，这是中国保险业市场迄今为止第一家被监管部门勒令重组和股权转让的公司，显示了监管者治理市场乱象的决心。

（八）灰色关联交易

阿姆斯特朗调查揭露，19世纪许多美国人寿保险公司都控制着信托公司，而保险公司董事往往兼任信托公司董事，并有权以成本价从信托公司购买证券。阿姆斯特朗调查认为，保险公司许多投资行为"削弱了公司官员的责任感，通过使用公司资金直接或间接地增加了管理人员和董事们的获利机会，并为了提高个体私利轻率地行使公司赋予管理人员的酌情权"。

在我国当前的保险市场上，部分保险公司通过复杂的股权架构，操控保险公司与关联企业进行交易，实施利益输送，并不按规定向监管机构报告。灰色的关联交易不仅会损害保险公司股东的权益，也可能对保单持有人的权益造成伤害。保险业如何规范关联交易行为，这既是监管者面临的挑战，也是整个保险行业亟须解决的课题。

三、对我国保险业发展和监管的启示

通过上述对比分析,不难发现我国现阶段保险市场与19世纪美国保险市场非常相似。"他山之石,可以攻玉",认真学习百年前美国保险业的治理经验,并对我国当前保险市场进行系统反思,必将有助于我国保险业的规范和发展。

(一)正视发展阶段,避免重蹈覆辙

改革开放特别是党的十六大以来,中国保险业改革发展取得了明显成绩,发展形势很好。但我们要深刻认识到,由于我国保险业起步晚、基础薄弱、覆盖面不宽,功能和作用发挥不充分,目前还仍处于发展初级阶段的初始时期,其基本特征表现为:一是保险市场不成熟,保险市场体系不够健全,产品结构比较单一,市场秩序不够规范,服务水平有待提高;二是保险经营主体不成熟,高投入、高成本、高消耗和低产出的"三高一低"现象较普遍,增长方式粗放,不适应科学发展的需要;三是保险监管者不成熟,我国保险监管机构设立时间不长,监管经验有待积累,监管制度有待完善,监管的专业化水平有待提高;四是保险消费者不成熟,人民群众风险和保险意识不强,对保险了解程度不深,整个社会的诚信也有待提高。

基于以上判断,我们进一步认识到:首先,近期的国际金融危机之所以没有对我国保险市场造成巨大冲击,不是因为我们成熟,而恰恰是因为我们还没有发展到与欧美保险市场同等的阶段。我国保险市场既有初级阶段的无序混乱,又蕴含金融混业等新兴的发展风险,因此我国的保险经营应当更加审慎,保险监管应当更为严格。培育市场可以加快,但不能超越所处的发展阶段。其次,我们应该正视当前保险业发展的阶段性特征,充分考虑初级阶段与成熟市场的发展差距,着重向同等发展阶段的历史经验学习和借鉴,不能盲目照搬照抄当前成熟市场的做法,避免"橘生淮南则为橘,橘生淮北则为枳"。最后,我们应充分发挥

"看不见的手"和行政监管调控这两个手段的作用，一方面依靠市场竞争实现优胜劣汰，通过市场价格和消费者选择来充分调动市场资源；另一方面也要努力用好行政监管调控这只"看得见的手"，以维护被保险人利益为核心，不断加强和改善监管，通过监管形成约束规范公司行为的"倒逼机制"，营造依法合规经营的环境，从而推进市场秩序的持续好转，确保市场安全、稳健运行。

（二）健全法规，正本清源

法律制度的不断健全是规范保险市场、保护保单持有人的根本手段。与美国相比，我国部门立法体制存在局限性。一味地将保险业问题的解决寄希望于《保险法》的不断修订，显然是不现实的。当前要充分发挥行政规章的作用，如对于《保险法》仅作原则性规定的问题，可以通过制定保险规章和实施细则来解决。对于保险法律适用中存在相对突出的、普遍性的问题，可以通过提请相关部门制定立法解释或者司法解释来解决。

新《保险法》修订后，我国保险法律法规体系已经初步建立，但仍有部分重要制度亟待研究制定，如保险营销体制、保险机构市场退出机制、保险业信息披露制度、保险社团与自律机构的地位和作用等。保险业界应当加强保险法律、法规的适用研究，促使各类保险法律关系的主体正确适用相关法律，并及时发现和总结在法律适用中比较普遍的、争议较大的现象以及新生的保险现象，及时与有关机构沟通，促进保险法制的相对完善。

我国保险法律体系中最大的缺陷是执行不力，法制观念淡薄，有法不依，执法不严。应以新《保险法》为基础，积极完善各类规章制度，保证新《保险法》的贯彻实施；完善监管执法制度和监管责任制度，进一步明确保险监管执法的具体适用程序和准则，探索建立一套明晰的监管责任制度；健全监管规章制度的定期清理机制和跟踪考评机制，提高制度建设质量。

要加快有关金融混业的立法工作。在我国,金融混业已经是一个事实。形式多样的金融集团大量涌现,传统的分业监管体制暴露出很多问题,如果这些问题得不到解决,金融集团将有可能利用规则漏洞进行监管套利,从而削弱金融监管的有效性。可借鉴中国台湾地区、日本、韩国等的相关立法经验,如中国台湾地区的"金融控股公司法"(2001)、日本的《金融控股公司整备法》(1997)等,抓紧研究制定符合我国国情的金融控股公司法,设立防火墙,实施并表监管,促进相关监管部门互动配合。

(三)正确认识监管与被监管的关系

在阿姆斯特朗调查之前,纽约州政府也存在两种顾虑,一方面担心这种广泛深入的调查会损害保险业的公众形象,另一方面担心如果放任不管保险业会越来越乱。而阿姆斯特朗调查及其后续成果充分证明,有效的监管是促进被监管者持续健康发展的利器。阿姆斯特朗调查及整改措施恢复了美国公众对保险的信心,各州纷纷效仿。1904年阿姆斯特朗调查前,全美有106家寿险公司,而在1905—1914年的十年中,就有288家寿险公司设立,出现了一个19世纪60年代以来未曾有过的公司设立高潮。与此同时,美国寿险公司业绩明显增长。整个寿险业的有效保额从调查时的200亿美元迅速增长到"一战"结束时的近460亿美元。

我们学习阿姆斯特朗调查的经验,就是要充分认识监管和发展的辩证关系,认识到严格有效的监管是保障行业健康发展的必要途径,并在此基础上扎扎实实做好监管工作。具体说来有以下几点:①监管要逆周期。在对近期全球金融危机的反思过程中,各国政府和监管部门普遍认为,应加强金融逆周期监管,从而有效地防范化解金融风险。需要明确的是,逆周期监管不是在市场行情不好的时候采取的阶段性措施,而是一个动态的持续的过程,尤其是在景气阶段更应注重严格监管,以避免狂热的市场投机气氛累积风险。逆周期监管政策的实施应当持之以恒,不应随着经济周期的波动而忽紧忽松。20世纪末美国颁布《金融现代化法案》，对金融业全面松绑，鼓励和推动金融创新，虽然有其积极意义，但立法者却对由此引发的投机和过度创新活动估计不足，金融衍生品交易泛滥且缺乏监管，最终酿成全球危机，应当引以为戒。落实到中国市场，可以列举的是，近年来一些保险公司依赖发行次级债补充偿付能力，实现扩张经营，应当说这是不可持续的，而且容易在金融机构间引发系统性风险，应当引起我们的警惕。②监管要遵循市场规律。中国三十年改革开放的历史，就是探索中国市场经济道路的历程。中国保险业的发展和监管都必须植根于市场经济的规律和原则，不能回到计划经济和行政指导的老路上去。具体地讲，《保险法》修改以后，保险业投资渠道全面放宽，保险产品投资利率已经市场化了；近期保险会计制度和准则修改以后，准备金评估利率实现了市场化，保险公司资产负债表的资产端也已经市场化了。那么下阶段我们就要逐步实现保险费率的市场化，让保险公司资产负债表的负债端也全面市场化。这实质上也是公平对待保险消费者、维护保单持有人合法权益的客观要求。只有实现费率市场化，才能真正提高市场效率，将那些没有竞争力的劣质产品和公司淘汰出局，净化市场环境，形成良性的市场退出机制。③监管应当着力在法人机构。这些年保险业一些违法违规行为屡查屡犯、屡禁不止，一个重要原因在于对保险法人机构的监管不足。法人机构是经营决策的核心，是激励和约束机制的源头，而基层经营单位仅仅是执行机构。不从源头上予以查处并追究责任，势必导致"头痛医头、脚痛医脚"，不能从根本上解决问题。因此，下一步监管的重心应当锁定保险法人机构。

（四）把握保险本质，绝不偏离主业

保险发展到今天，其内涵和外延都在不断深化和拓展。正确认识现代保险与传统保险的关系，关键是把握保险本质，既要继承和发挥传统优势，又要避免退回到传统狭窄的保险领域里去；既要发挥现代保险多功能、宽领域的优势，又要避免偏离保险主业。保险的本质是风险补偿，现代保险产品创新要注重以保险需求为中心，可以附带投资功能，但不能喧宾夺主，不能偏离主业。在资金运用方面，保险也与证券和银行有很大区别，应当体现保险资金运用特征，保持稳健，遵循安全性原则。

常言道，"术业有专攻"。金融系统三大支柱行业各有其特殊的功能和盈利模式。投资银行是资本市场的金融中介，靠高杠杆率经营，追求高收益，偏好高风险，是一种"猎人文化"；商业银行是买卖货币、受授信用的特殊企业，主要依靠利差收入的盈利模式，受资本充足率约束，风险偏好趋中，是一种"农耕文化"；保险起源于相互制，是一种"一人为众、众人为一"的社会共济机制，依赖大数法则和精算原理，受偿付能力约束，主要靠承保获取利润，偏好低风险，是一种"互助文化"。此次全球金融危机，保险业凡没有偏离主业的机构都没有受到重创，凡是偏离主业的机构都陷入了严重的危机，如AIG就是令世界震惊的典型。

当前国内有关保险业的盈利模式问题存在争议。一些人坚持认为"以投资盈利弥补承保亏损"是发达国家保险市场的惯例，是放之四海而皆准的普遍规律。在近一个时期，我国多数保险公司也的确都以投资盈利来弥补承保亏损。但我们认为，这一现象并不是保险经营规律决定的，而是我国保险业发展模式粗放的体现。依赖投资的盈利模式实际放大了保险业所承担的风险。资本市场云谲波诡，瞬息万变，要实现我国保险业的可持续发展，就必须要强调承保和投资共同盈利，两个轮子协调运转。我国保险行业应当自觉抵御来自资本市场的诱惑，产险、寿险都必须要求承保利润，以防止因为资本市场震荡引发业绩巨幅波动。

根据新会计准则，保险公司的混合合同收入要经过拆分和重大风险测试以确定是否属于保费。从长远看，保险公司任何一种提供给消费者的保险产品都必须经过上述测试以确定其保险属性。不能通过测试的就不能算作保险产品，而是其他金融产品，此类产品应由其他金融机构提供，比如某些披着保险外衣的理财、证券类产品就应当由商业银行或证券公司经营，并接受其他相关监管部门的监管。如果保险公司有能力且有意愿经营其他金融产品，应当采取金融控股公司等综合经营的模式进行，接受相关监管机构的监管，以避免监管真空和风险跨行业传递，酿成系统性金融灾难。

（五）增强竞争合作，实现竞争多赢

目前，割喉式竞争是困扰我国保险市场的一个难题。这种保险市场的非理性竞争呈现的是一种"纳什均衡"（非合作博弈）情景，似乎大家都处于"囚徒困境"的两难选择之中。欲走出这种困境，就必须增强集体理性，冲破"纳什均衡"的困扰。

对此我们提倡行业内的竞争合作，因为根据纳什均衡理论，合作是最有效的"利己策略"。合作博弈（正和博弈）是"双赢博弈"，双方利益都得到增加，或者至少一方利益增加，而另一方不受损害。保险市场无序竞争甚至破坏性竞争的现实告诉我们，虽然"纳什均衡"是亚当·斯密"看不见的手"的悖论，它有利于增强竞争理性，但它还不能替代"看不见的手"在市场经济中的主导地位。根据孟德斯鸠"法的精神"理论，"看不见的手"可被视为蕴含着自然法的精神，不能促成反"纳什均衡"的合作博弈。我们应当看到，合作博弈靠竞争主体的理性自觉是难以做到的，即使一时做到了也难以持久。破解这一难题主要还应依靠"人为法"来约束，同时辅之以"行业自律"。所谓"人为法"，就是指法律和规章等外部监管，使竞争主体不敢"闯红灯"。此外，由于法规也不是万能的，因此还需要行业自律组织，促使市场主体形成公约，共同遵守市场纪律。需要指出的是，监管部门既要支持行业自律组织的活动，又要保持对其监管，特别是防范各市场主体通过非法的共谋或滥用市场支配地位形成行业垄断，侵害消费者权益。

关于金融综合经营的分析与思考

(2016年9月)

金融综合经营,是指金融各行业跨业经营的制度安排。在该制度下,一个金融机构能够提供至少两个以上种类的金融业服务,或者同时拥有两个以上金融业务的子公司。虽然在当前的金融市场上综合经营已经成为主流的经济形态,但综观其发展历程却颇为曲折,呈现出"否定之否定"的螺旋式发展路径。

一、金融综合经营在境内外的实践

(一)欧美的经验

20世纪30年代以前,各国的法律和金融监管规制中均没有对综合经营的限制。随着当时美国证券市场的繁荣和膨胀,投机活动空前活跃,美国的商业银行凭借雄厚的资金实力大量地向证券行业扩张业务,将短期负债的信贷资金用于长期的风险性投资,在创造了大量财富的同时积累了巨量的风险,这便是国际金融业最初的跨业经营。1929年金融危机爆发,美国因此破产的银行达10500家,占全国银行总数的49%。到危机末期的1933年7月,美国股票市值跌去了740亿美元,损失了5/6的市值。整个美国的金融信贷体系陷于崩溃。为了应对金融危机,美国于1933年颁布了《格拉斯—斯蒂格尔法案》,确立了将商业银行业务和投资银行业务分开的原则,并严格限定了美国商业银行与投资银行的业务范围。该法案影响深远,全球主要经济体竞相效仿,最终形成了全球范围内六十多年的金融分业经营格局。这便是金融综合经营历史上的第一次"否定"。

然而金融业套利的本质属性使得行业间的渗透从未停止过,随着业界与监管的不断博弈,有关禁止金融综合经营的法律逐渐出现松动。英国于1971年实行了竞争与信用控制政策,鼓励银行业在更广泛的领域内展开竞争。20世纪80年代,英国撒切尔政府实行金融大变革,颁布了《金融服务法》,允许银行直接进入证券交易所进行交易。1996年底,日本政府推出名为"大爆炸"的金融改革计划,准许商业银行从事投资银行业务,大力促进日本银行实施全能银行体制,实现银行、证券、保险的综合经营。欧洲和日本综合经营的发展和金融企业竞争能力的提高,对美国金融业触动很大,在美国国内形成了强大的金融自由化浪潮,要求废止20世纪30年代有关分业经营法律的呼声越来越高涨。美国终于在1999年颁布了《金融服务现代化法案》,允许以金融控股公司形式下设银行、证券公司和保险公司来开展金融综合经营,这也宣告了发达经济体国家有关金融综合经营限制的最终废止。据统计,截至2013年初,美国已有479家金融控股公司。这便是国际金融综合经营历史上的"否定之否定"。

2008年国际金融危机的爆发并没有改变全球金融业综合经营化的趋势。主流观点认为金融危机源于对投资行为风险控制的失当,而非综合经营。出于弥补监管漏洞的考虑,各国出台了一系列诸如"沃克尔规制"的监管措施,对银行开展自营交易和投资对冲基金、私募股权基金的行为进行了限制,但这对金融综合化经营并没有实质性的影响。

总体而言,欧美金融综合经营的演进不是简单的钟摆式回归,而是有实质性的改进和提升。与20世纪在一个金融机构内简单混乱的跨业经营相比,当前的金融综合经营有严密的风险隔离和防火墙设计,除德国模式外,一般采取同一集团框架下不同法人从事不同金融业务的安排,做到了相对的风险可控。

目前欧美的金融综合经营主要有两种模式。第一种是以美国为代表的金融控股公司（集团）模式，该模式呈伞状结构，顶端是金融控股公司，其下有若干层级的子公司分别经营各类金融业务，彼此间由股权纽带相连接。处于顶端的金融控股公司的职能也有所差别。有的只是纯粹地从事股权投资和管控，有的则在从事股权控制的同时还开展具体的金融业务，有的则本身就是从事非金融的实业主体，以"产融结合"的模式下控金融机构。第二种是以德国为代表的全能银行模式，即将商业银行业务和投资银行业务纳入同一个法人实体运营，这和英美早期的综合经营模式有类似之处，是德国特定经济社会条件下的产物，在全球不具有普遍性。目前各国金融综合经营多采用金融控股公司模式。

（二）国内的实践

与国际的经验类似，国内的金融综合经营实践也是一波三折。我国所有的金融机构和金融业务都脱胎于银行，保险、证券和信托都从银行分离出来。早期由于缺乏相应的法律和监管，金融业务的边界和机构的职能不清晰，金融市场处于原始的混沌状态，应当算是最初的综合经营阶段。1993年国务院颁布《关于金融体制改革的决定》，明确提出了严格的金融分业原则，并在随后几年陆续颁布了《人民银行法》《商业银行法》《保险法》和《证券法》，设立了证监会、保监会和银监会，自此确立了中国金融业分业经营、分业监管的格局。

21世纪以来，随着中国对外开放程度的加深以及与国际金融市场的不断融合，国内金融市场分业经营的格局悄然改变，走出了一条在不断试点基础上逐步深化的金融综合经营之路。2002年国务院特批中信集团、光大集团和平安集团作为综合金融控股集团的试点，拉开了中国金融综合经营的大幕。此后《保险法》《商业银行法》《证券法》分别修订，为金融综合经营预留法律空间。2006—2011年，国家"十一五""十二五"规划相继提出"稳步"和"积极稳妥"推进金融业综合经营试点。与此同时，在监管层的默许和推动下，一大批金融机构开展了广泛深入的金融综合经营实践。据统计，到2014年初，已有9家商业银行设立了基金管理公司，7家商业银行投资了保险公司，4家资产管理公司投资控股了银行业、证券业和保险业机构，4家保险集团投资控股了商业银行、信托公司、证券和基金公司等。这些机构都采用了金融控股公司模式。虽然相关的法律规范还不明晰，但中国金融业综合经营已经呈现出事实上的蓬勃发展态势。与国际实践比较可见，国内金融市场综合经营的发展基本上遵循了国际经验的轨迹，但表现出明显的滞后性。

二、金融综合经营的利弊分析

全球范围内的盛行说明金融综合经营绝非偶发性的经济现象，其背后有深刻的行为动机和经济逻辑。但是，任何硬币都有两面，金融综合经营必然有自身的缺陷，并会给金融市场带来新的风险。

（一）金融综合经营的优点

首先，金融综合经营能给金融企业带来范围经济效益（economies of scope）[①]。不同的金融业务在流程上有相似性，比如以销售渠道为核心的前台、以产品整合为中心的中台和以风险控制为核心的后台。金融综合经营可以将多个金融业务的流程整合归并，使资金、信息、人才等金融生产要素在更为广泛的业务领域内优化配置，从而有效地降低经营成本，提高经营效率。据对2010年《财富》全球500强上榜的115家金融企业的分析，其中在银行、证券、保险三种业务中跨界至少两项的金融综合经营机构有56家，占比48.7%。而在该榜单上排名前20的金融企业中有16家为金融综合经营机构，占比高达80%。

其次，金融综合经营能够有效地满足客户"一站式"的服务需求。

---

① 范围经济（Economies of scope）指由企业经营的范围而非规模带来的经济，当同时生产两种产品的费用低于分别生产每种产品所需成本的总和时，企业所处的生产状况就被称为范围经济。

随着科技水平的进步和互联网经济的熏陶，客户体验已成为检验金融机构服务水平的主要标准。当前居民对个人金融资产的配置习惯正在从以储蓄为主转向储蓄、投资、保险等形式的全方位理财。以一个账户满足客户多种金融服务需求的模式能够有效提升客户的体验水平，增强客户对金融企业的忠诚度，提高客户黏性，使金融机构在激烈的市场竞争中占据先机。

最后，金融综合经营能有效地发挥不同金融行业的协同效应。银行业有遍及乡镇的机构网络，有良好的品牌和巨大的客户资源；保险业有灵活的销售机制和庞大的市场化流动销售队伍；证券业有交投活跃的证券市场和丰富的投资产品设计。每个金融行业都有自身的优势，但出于自身利益的考虑，行业间往往不能有效协同。金融综合经营能够在企业集团内部搭建有效的利益共享机制，激发合作潜能，充分发挥不同金融行业之间互补互利的效果。

（二）金融综合经营的风险

首先，金融综合经营可能导致风险跨行业传递。金融市场有相对清晰的界限，不同的金融交易往往蕴含各自风险，在一般情况下不会出现跨行业的风险传递或共振。例如，A银行的挤兑风险并不必然导致B保险公司的偿付能力危机，而B保险公司的巨灾风险一般也不会诱发C券商的市场风险。然而金融综合经营将A银行、B保险公司和C券商整合到一个金融控股集团内，原本互不相干的风险就产生了关联。如果A银行、B保险公司和C券商在各自的行业都属于有重大影响的公司，那么风险传递就可能超越企业的范畴，进而引发行业间的风险。2008年美国国际集团（AIG）出现危机，起因就是旗下一个投资公司的风险蔓延到了集团层面，危及了原本健康的保险业务，进而引发全球金融市场的连锁性反应。

其次，金融综合经营可能诱发监管套利和对客户利益的侵占。所谓监管套利是指金融市场主体利用监管制度间的差异性，通过各种途径从监管要求较高的市场转移到监管要求较低的市场,从而全部或者部分地规避监管、牟取超额利益的行为。金融综合经营让一个企业能同时参与多个金融市场,监管套利的成本大大降低,逐利的本性往往驱使企业利用制度的漏洞实施监管套利,进而降低市场监管的有效性,破坏市场的公平竞争秩序。此外,综合经营的金融机构还可能以业务融合为名侵害客户的利益,如非法占有客户信息、捆绑销售、实施利益输送等。与强势和专业的金融机构相比,客户完全缺乏防范的意识和能力。

最后,在特定条件下金融综合经营可能会增加企业的经营负担。银行业和保险业本质上都属于重资产行业,为了确保企业对客户的给付责任,法律对企业的资本充足率和偿付能力有明确的要求。如果整合了银行和保险,也就意味着金融控股公司必须同时满足双边的资本监管规定。在企业经营得力、市场向好的时候,金融企业的利润能够满足业务所需的资本补充要求。而一旦市场进入软周期,金融控股公司就可能背负过重的负担,或者面临资本回报下滑的局面。在国际金融市场不乏综合经营的反例。2002年花旗银行剥离4年前高调并入的旅行者保险集团,1999年瑞银集团中止与瑞士人寿的合作,2001年德意志银行出售旗下保险业务,这些都被视为金融综合化经营不成功的案例。

三、意见和建议

虽然对金融综合经营的研究尚无定论,但我国金融综合经营蓬勃发展的现状却是大势所趋。为了更好地培育和完善这个新兴的金融业态,防范相应的金融风险,提出以下几点意见和建议。

(一)修订现有金融监管立法,并强化其执行

由于我国采用部门立法体制,主管或监管部门在推动相关立法时不免掺杂行业或部门利益,维护既有的利益格局,因此在面对创新层出不穷的金融市场时,立法往往表现得滞后和不适应。以金融监管立法为例,目前我国的监管法律体系仍然坚持"分业经营、分业监管"的旧思

维。《证券法》《保险法》等法律都有"保险业和银行业、证券业、信托业实行分业经营、分业管理,保险公司与银行、证券、信托业务机构分别设立"等规定,对金融综合经营作出禁止或限制。这与当前金融市场广泛而深入的金融综合经营实践完全脱节,应当说我国的监管立法已经远远滞后于金融实践。同时,几乎所有的监管立法中都有这样的条款,"国家另有规定的除外"。虽然有应对特殊情况的需要,但实践中却赋予了政府和监管部门过大的自由裁量权,也给部分企业的政府公关留下了空间。在法律限制绝大多数金融企业的同时,少数金融企业获得了超常规发展的政策红利,客观上造成了金融市场发展的不均衡和不公平。因此有必要从金融市场实际出发、从全局着眼修订现有的金融监管法律,并强化行政执法的严肃性和公正性,维护金融市场的健康稳定。

(二)尽快制定有关金融控股公司的立法

金融控股公司是金融综合经营的核心。目前世界上金融市场成熟的国家和地区大都颁布实施了《金融控股公司法》。以与大陆社会文化相似的台湾地区为例,"台湾金控公司法"颁布不过十余年,但纲举目张,立法和实践结合紧密,业界和监管互动良好,台湾的金融综合经营发展很平稳顺利。2010年底我在保监会时曾率团赴台考察,并向国务院呈报了《有关台湾金融控股公司的简报》,引起了国务院领导同志的重视和批示。与成熟的金融市场相比,我国大陆的金融发展还在相当程度上处于非理性阶段,对于新兴事物的发展容易一哄而上,常常缺乏审慎的判断和考量。金融控股公司是非常复杂的事物,对社会经济生活的影响巨大,国家不应在缺乏明晰法律框架的情况下放任企业过度的自我创新和发展,否则未来的纠错成本必然高昂。我2015年会见了提议美国《金融现代化法案》的格莱姆议员,他表示金融综合经营并没有错,但过度创新和监管缺失是导致近期全球金融风暴的重要原因。在与花旗、高盛、美国梅隆银行等公司高管的交流中,我也进一步体会到全球范围内金融综合经营产生了大量的试错成本。金融风暴后,很多机构纷纷调整了综合经营的战略，出售了部分非主营业务，转而强调专业化发展的重要性。因此在宏观意义上，有关金融综合经营的立法，特别是金融控股公司立法，对我国金融市场发展有重要的导向和规范意义。现阶段拖延立法产生的风险要远高于立法不完善的风险，加快金融控股公司立法刻不容缓。

（三）统筹协调现有监管资源，改善和加强监管

目前有关金融控股公司监管模式的选择并无定论。无论是美国的多头监管，还是其他国家的一元化监管，业界和学界均褒贬不一。但有一点却是共识，即应当充分运用监管资源，避免监管真空，防范监管套利。我国现行的分业监管体制主要着眼于机构监管，与金融综合经营的业务模式并不匹配，对金融业务的交叉环节和集团整体可能出现监管盲点，容易产生资本重复计算、杠杆率高、不当关联交易和风险集中度过高等问题。同时，互联网金融的蓬勃发展使得现代金融行业的边界变得更加模糊，也在客观上产生了新的金融风险积聚，因此有必要从金融体系整体而非单个金融行业的角度考虑，将金融综合经营纳入统一的监管，既鼓励和包容创新，也对潜在的风险做前瞻性的准备。

（四）严格市场准入和退出，规避"大而不能倒"风险

金融综合经营的一个后果是产生规模庞大的金融机构。由于这些机构对社会经济生活影响力巨大，对政府具有极强的游说能力，且缺乏有效的退出机制，在出现危机时政府只能维持其运行，因此容易形成过度保护和不公平竞争，降低市场整体效率。这次全球金融风暴中美国政府在救市中的被动和狼狈就是个很明显的例子。对于我国发展金融控股公司，我有几点具体建议：一是对现有的国有金融综合经营集团进行改革和调整，鼓励它们以市场化为发展方向，以混合所有制为手段，适度引入民营资本参股，真正确立市场的体制和机制，提升经营管理能力和绩效水平。二是对金融综合经营的边界和范围作出界定，鼓励和引导国有金融企业做大做强主业，对非主业金融业务的发展要适当控制，要以能

和主业产生协同效应为前提，远离主业的应予禁止。今后也不宜再过多批设新的国有金融控股公司。三是对"产业资本办金融"的现象进行清理整顿。在产业集团内自办金融不适合现阶段我国特色市场经济发展的要求。据我们了解，许多大型国有产业集团和一些民营产业集团纷纷涉足金融行业，通过以子公司形式设立专门的金融版块，如电力、石化、房地产等系统的某些大型公司已经取得了多类金融牌照。我们认为，这与资源专业化分工和配置的原则是相矛盾的，不仅会分散产业资本的精力，冲淡实体经济的主业，而且会对金融市场产生干扰，甚至产生跨行业的系统性风险。当前特别值得重视的是大量资金不能顺畅流入实体经济，而是在金融系统内自我循环，自娱自乐。四是鼓励和扶持民营经济在金融市场的发展，同时引导它们开办正规的金融机构，走专业化经营的道路。近期特别要注意民营企业大量兴办小额贷款公司的倾向。据我们了解，许多民营企业打着为中小企业服务的旗号，把从银行获取的贷款转换为高利息的小额信贷资金，从事套利活动。小额贷款单笔金额小，但总量庞大，目前主要由各地的金融办管理，缺乏有效金融监管，长期看可能积聚较大金融风险。五是对金融综合经营进行严格的执法检查和评估，建立市场退出机制，坚决勒令不符合条件的金融综合经营企业退出相关金融领域。

漫谈供给与需求

（2009 年 12 月）

记得诺贝尔经济学奖获得者萨缪尔森有一句幽默的话："你可以将一只鹦鹉训练成经济学家，因为它所需要学习的只有两个词：供给与需求。"此话似乎有些戏言，甚至夸张，但仔细一想，倒也言之有理，且内涵深刻，颇有举重若轻之感。他道出了学会供给与需求的重要性，道出了解决好供给与需求的艰巨性，道出了经济学家的重要使命。

（一）

我在长期的学习和实践中发现，凡是经济生活中出现的矛盾和问题，乃至危机，不是源于供给就是源于需求，或二者兼而有之。自亚当·斯密创立古典经济学以来，在如何解决供给与需求的问题上，各种观点一直争论不休，流派纷呈。早在资本主义迅速上升的18世纪末19世纪初，法国著名经济学家萨伊提出了被资本主义世界所普遍接受的萨伊法则，亦称萨伊定律，即"供给创造需求"。其大意就是，每个生产者之所以愿意从事生产活动，若不是为了满足自己对该产品的消费欲望，就是为了想将其所生产的物品与他人换取物品或服务，从而形成对其他产品的需求。此外，生产过程中各个生产要素都要取得相应的收入，如工资、利润、利息、地租等，产品的价值就是各种要素收入的总和，这些收入迟早会通过购买消费品或储蓄转化为投资，形成等量的需求。萨伊法则否定生产过剩的存在，认为供给可以创造需求，总供给和总需求

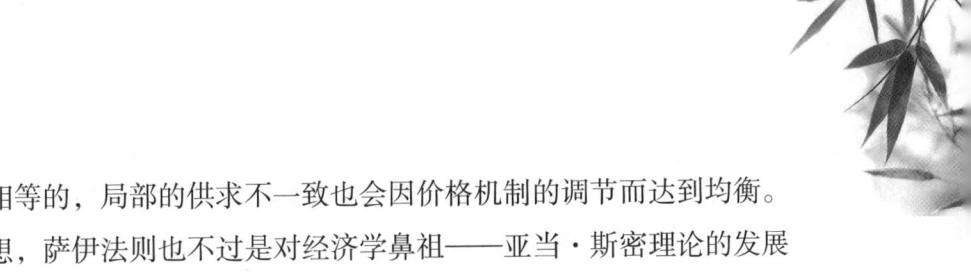

必定是相等的，局部的供求不一致也会因价格机制的调节而达到均衡。仔细一想，萨伊法则也不过是对经济学鼻祖——亚当·斯密理论的发展和通俗化。因为亚当·斯密理论的核心就是，只要实施自由放任的政策，市场自发调节这只"无形的手"，就会使供给与需求之间、生产和消费之间达到自动平衡。

萨伊法则的提出，用现在的眼光看，可能会觉得很平常，甚至有些肤浅。但在当时的历史条件下，它却是对资本主义初期发展产生过重要影响的理论。在当时的欧洲，资本主义原始积累刚刚结束，自由市场经济蓬勃发展，到处都呈现出一派供给创造需求的繁荣景象。这就容易给人一种假象，好像只要供给源源不断，繁荣就不会停止。联想到20世纪中国改革开放后的80年代至90年代中期，也出现过一段供给创造需求的旺盛时期。那时，乡镇企业异军突起，好像生产什么都卖得出去，质量好的或坏的产品都剩不下，因此也出现过"村村点火，户户冒烟"的特殊生产景观。何以如此呢？原因出自长期以来的经济短缺。记得当时很盛行匈牙利经济学家科尔奈的《短缺经济学》，说的都是计划经济中的事。其结论就是，计划经济的结果必然是短缺经济。当时匈牙利和中国都是计划经济国家，我们感受特别深刻。当年吃饭要粮票，穿衣要布票，吃肉要肉票，吃糖要糖票等，名目繁多，不一而足，至今仍历历在目，每每想起，甚至有些不寒而栗。今天我们所享受到的丰富多彩的供给，正是市场经济替代计划经济的结果，这一点不会有人质疑。问题的关键是，社会主义市场经济能否有效解决困扰市场经济的周期性危机。这是在当前世界金融危机面前我们面临的一个严峻挑战。

记得十多年前，我在读西方经济发展史时，了解到在资本主义市场经济发展过程中，供给创造需求的法则并没有带来资本主义社会长期的稳定和可持续发展。相反，伴随着资源掠夺、环境破坏、大气污染、分配不公、劳资冲突等矛盾的加剧，经济危机周期性爆发。如频繁的罢工、工人捣毁机器、"巴黎公社革命"，还有严重污染环境的"伦敦酸雨"等重大事件，都是资本主义工业革命中后期的生动写照。由于工业革命后生产效率的大幅度提高，生产出现过剩，总供给和总需求失衡，贫富差距加剧，大小经济危机周期性出现。最严重的是20世纪30年代的大萧条，彻底宣布了萨伊法则的破灭，同时也验证了市场机制自发调节作用的局限性，以及"自由放任""政府不干预政策"的失灵。最后，经济学领域终于爆发了一场影响深远的"凯恩斯革命。"

（二）

任何有生命力的理论都来自当时的社会实践又指导当时的社会实践。如果说亚当·斯密的《国富论》是发展资本主义市场经济的一服高能兴奋剂的话，那么凯恩斯的《就业、利息和货币通论》就是医治市场因过度兴奋而疲惫的一服良药。如果说萨伊的理论解决的是增加供给提高生产能力的问题，那么凯恩斯理论解决的就是生产过剩条件下有效需求不足的问题。从特定意义上说，萨伊创立了"供给创造需求"的法则，凯恩斯创立了"需求创造供给"的法则。二者针对的主要矛盾不同，所处的发展阶段和历史背景不同，但都带有鲜明的时代特征。

大萧条时期的主要矛盾是生产过剩、有效需求不足，和今日之全球金融危机、经济衰退相比有许多相似之处。有效需求不足的原因何在？凯恩斯认为是由以下三大心理规律所致：一是边际消费倾向递减规律。通俗一点说就是，随着人们收入的增加，在新增收入中用于消费的比重减少，或者说越有钱的人消费越少，储蓄和投资越多。这一点也非常符合当前中国的实际。有钱的人对消费品或高档消费品的需求已经满足，没钱的人想买又买不起，这是典型的有效需求不足。例如，北京的商品房，大多数工薪阶层想买而买不起，许多都变成了有钱人的投资品。日用家电农民买不起，政府只好组织家电下乡，给农民补贴购买。此举虽然解决不了长期的需求问题，但对当前保增长、抗危机还是有一定成效的。二是资本边际效率递减。通俗一点说就是，追逐利润最大化是资本的本性，当人们预期从增加的投资中获得的利润率趋于下降时，即为资本边际效率递减，这时人们就会减少或停止投资。在凯恩斯看来，由于资本边际效率在长期中是递减的，除非利息率可以足够低，否则会导致经济社会中投资需求不足。好在此次危机中我国未普遍发生此类问题。三是流动性偏好规律。通俗一点说就是，人们愿意在手头上保持更多的现金，而不愿意保持更多其他金融资产。何以如此呢？凯恩斯认为这又是由三个因素决定的：首先是交易动机。为了日常生活的方便，人们手中总要持有部分现金，如去自由市场买菜、到商场购物等。其次是谨慎动机。为了应付各种不测，人们手上也愿意持有部分现金。最后是投机动机。凯恩斯讲的投机动机，是指由于利息率的前景不确定，或者是因为眼前的利息率太低，人们愿意持有现金寻找更好的获利机会。市场经济的实践证明，没有投机就没有市场生机，投机赚钱是人的天性。合法的投机行为应予以鼓励和保护。我现在就持有一笔现金（活期存款），待有利时机进行投资。人们越是预期资本的边际效率递减，越是不敢投资，也不敢消费，从而对流动性更加偏好。当一定时期的利率水平降低到不能再低时，人们就会产生未来利率将会上升而债券价格将会下降的预期，货币需求弹性就会变得无限大，即无论增加多少货币，都会被人们储藏起来。这就必然产生"流动性陷阱"，从而导致中央银行货币政策失效。好在我国当前的货币政策和实体经济表现良好，尚不会出现"流动性陷阱"。

我认为，凯恩斯的贡献不仅是提出了影响有效需求不足的三大心理规律，更重要的是开出了医治有效需求不足的重要药方。这个药方概括起来就是：通过政府干预，实行扩张性的财政政策，即扩大政府开支，实行赤字财政，刺激需求，促进经济增长和充分就业。凯恩斯的就业理论是以充分就业为目的，逻辑起点是"有效需求"原理，解决好有效需求不足的问题，才能促进充分就业、经济繁荣、社会稳定。

凯恩斯的"药方"一开出就受到资本主义世界的普遍欢迎，特别是

20世纪初，对医治资本主义世界普遍存在的周期性经济危机发挥了显著的效能。从此凯恩斯经济理论同亚当·斯密经济理论一样被尊为经济学的神圣经典，至今仍有其生命力。特别是面对当前的这场全球金融危机，各国政府普遍地施用了凯恩斯的"药方"。从危机一周年后的疗效看，恶性衰退的势头已得到遏制，复苏的迹象已逐渐显现。表现最好的是中国，扩内需保增长成效显著。我国2009全年GDP增长将超过8%，至少超过全球平均增长率6个百分点，这对化解全球危机是一个重大贡献。从特定意义上说，这个奇迹只有在中国特色社会主义市场经济体制下才能创造出来。

（三）

当前，中国经济企稳回暖的形势还未巩固，一些多年发展中累积的隐患还远未消除。现在有不少人担心增发国债、扩大财政赤字以及过多的信贷投放会导致新一轮通货膨胀危机。这种担心是可以理解的。截至2009年11月末，新增人民币贷款已超过9万亿元，广义货币供应量增长近30%，这是我从事金融工作几十年来所未见过的高增长，也是史无前例的。这种宽松的货币政策在积极拉动经济增长的同时，也带来了局部流动性过剩，容易催生和吹大房市和股市的泡沫。对此，各种指责的声音也多起来，呼吁政府适当控制或实施从紧的政策。最近，美国《新闻周刊》预测2010年中国经济会因股市和房市的泡沫而崩溃。虽然这种耸人听闻的观点并不符合中国当前的实际和特有国情，但可作为对我们的一种警示，未雨绸缪。前不久召开的中央经济工作会议并没有接受适当从紧的观点，而是决定2010年继续实行积极的财政政策和适度宽松的货币政策。我认为，中央的决策是审慎的，也是深思熟虑的，关键是符合现阶段中国的国情。政府宏观调控部门只要注意搞好微调就不会出现大的问题，即使出现轻微的通货膨胀也是利大于弊。如果牺牲保增长来消除通胀，其后果将比出现通胀更严重。这是我多年从事银行工作实践和

历经多次经济周期磨砺的切身体会。

在当前的全球危机应对中,中国和欧美等发达国家的最大不同就是我们尚处在工业化、信息化、城市化的进程之中,经典经济学中反周期的药方,用在中国这样的发展中的大国比发达国家更灵验,成效更明显。我认为,当前的这场全球金融危机,中国虽然不能独善其身,但相比之下,无疑是"风景这边独好"。预计全年GDP增长将超过8%,令世界刮目相看,望尘莫及;同时也令国人信心倍增,共克时艰。但这并不能证明我们比欧美高明,而是由于我们国家的工业化、信息化、城市化还远未完成,许多资产还没有货币化、市场化,经济高增长的历史不会在短期内结束,至少还有10年的持续时间。今天在危机应对中超发的国债、扩大的财政赤字,以及超发的货币、过剩的流动性,只要宏观政策不出大的偏差,就会被经济的高增长所稀释或吸收,不会产生严重的通货膨胀。根据以往经验,即使调控中出点偏差,也无碍大局。即使银行的不良资产有所增加,也可以通过下一轮的发展予以稀释和消化。尤其是我国的银行体制与欧美不同,是以国有控股为主,出现风险国家可以暂时承担起来,通过以后发展予以消化。这也是中国和平崛起的一条重要经验。世界上多数大国的崛起,在资本原始积累时期都有一段对外侵略殖民、对内压迫剥削人民的不光彩历史,中国崛起走的是和平之路,资本原始积累主要靠三条:一是廉价的土地,二是廉价的劳动力(主要是农民工),三是廉价宽松的信贷。现在有人指责当年政府干预造成巨额不良贷款和对土地的超经济征收征用。虽然这种指责有道理,但当时不这样做就难以走出资本原始积累这个必需的阶段,更谈不上和平崛起。今天我国的市场经济已有了一个良好的基础,政府不能再沿用过去的老办法,而要运用法制和市场原则来改善政府干预,并通过发展后的成果对过去的"欠账"予以弥补。对此有些学者并不认同。前不久国内一位很有名气的经济学家在一个论坛上大声疾呼:不要政府干预,要彻底埋葬凯恩斯主义。看了这则消息,我实在想不明白,这位满腹经纶的学者竟如此不顾眼前的现实。事实胜于雄辩,大家都看得到:这次全球性的危机,如果没有政府干预,今天的局面将会如何呢?

可见,"教鹦鹉学会供给与需求"并非易事。用凯恩斯需求管理的药方医治当前的危机创伤,各国都取得了一定疗效,但不能对此期望过高。一旦政府干预过度就会走向反面,事倍功半。几百年来的市场经济实践证明,供给不能长期创造需求,市场本身并不能解决周期性危机问题,所以政府干预才会被普遍接受,凯恩斯的需求管理理论才有用武之地。但自凯恩斯主义诞生以来的实践证明,政府干预的药方只能医治即期危机或延缓危机,不能根治周期性危机的爆发。在凯恩斯学说诞生之前,马克思对资本主义周期性经济危机的根源已有深刻的剖析和批判,并写出了鸿篇巨著《资本论》,其逻辑论证的力量至今无人超越,就连意识形态不同的资产阶级学者也对他不得不肃然起敬。马克思指出:"在危机期间,发生一种过去一切时代看来都好像是荒唐现象的社会瘟疫,即生产过剩的瘟疫。"这种生产过剩是相对的、畸形的。有这样一个故事生动地描述了当年资本主义世界生产过剩危机的特征。有一个煤矿工人的儿子问妈妈,现在天气这样冷,你为什么不生火?妈妈回答说,因为没有煤,你爸爸现在失业,我们没钱买煤。儿子接着问妈妈,爸爸为什么会失业?妈妈回答说,因为煤生产得太多了。马克思认为,这种生产过剩的根源是"生产资料私有制与社会化大生产之间的矛盾",靠资本主义市场经济制度自身是无法解决的。为此,他在《共产党宣言》中呼吁"全世界无产者联合起来",通过暴力革命,建立无产阶级政权,用社会主义、共产主义制度代替资本主义制度。后来列宁继承和发展了马克思主义,通过"十月革命"建立了世界上第一个无产阶级政权——苏联社会主义制度。通过计划经济来根治"生产过剩危机",虽然也曾创造过辉煌,但后来的实践证明不可持续。特别是列宁之后的那些继任者们,由于他们不能与时俱进,长期陷入高度集权而又僵化的计划经济泥潭而不能自拔,使苏联社会主义存在了69年后终于解体。苏联的实践证明，计划经济不能解决短缺危机。中国吸取了苏联的教训，实行改革开放，抛弃苏联计划经济的模式，建立起社会主义市场经济体制，走出了供给短缺的阴影，创造了奇迹，取得了成功。这是马克思主义中国化的生动体现。今天中国已作为市场经济国家加入到全球化之中，广泛参与国际分工与合作，任何全球性危机，我们都不能独善其身。马克思关于通过建立大同世界根除周期性经济危机的美好理想，需要我们长期奋斗和探索。通过公有制和计划经济来解决资本主义市场经济生产过剩和经济危机问题，马克思主义在理论和逻辑上的论证是非常科学严密的。马克思认为共产主义只能建设在生产力高度发达、社会产品极大丰富、人民精神境界极大提高的基础之上。同时马克思还指出："无论哪一个社会形态，在它们所能容纳的全部生产力发挥出来以前，是决不会灭亡的；而新的更高的生产关系，在它存在的物质条件在旧社会的胎胞里成熟以前，是决不会出现的。"因此我们对每个历史发展阶段都不能强行超越，否则就会受到历史规律的严厉惩罚。我们1949年以来搞的那些洋冒进所吃的苦头就是最好的证明。

　　自从有市场经济以来，危机和反危机的伟大搏弈就从来没有停止过，并从中产生了许多经济学大家和众多学派。他们都从供给与需求的不同角度，为解决市场经济发展中遇到的问题，作出了自己的贡献。当前，在全球奋力抗击百年一遇的金融风暴中，凯恩斯主义、货币主义、供给学派等，一齐上阵，从不同领域、不同角度、不同时段，发挥了他们的作用。金融危机就像一个重病患者，需要多个专家会诊，用不同的药方治疗，才有利患者尽快康复。我不赞成现在有些学者赞成一派、否定一派的偏激做法。黑格尔说得好："凡是存在的就是合理的。"任何经济学派的存在总会有其合理的地方。后凯恩斯主义大师萨缪尔森认为经济学不是精确的科学。他说："理性将永远无法理解心灵所把握的理由，然而，介于科学和艺术之间的经济学却能把依据于证据的理性和来自于心灵的目的很好地结合起来。"事实证明，到目前为止，所有经济学家开出的药方,或者是救心丸,或者是止痛消炎剂,或者是保健品,都不是包治百病、根治危机的灵丹妙药。正如马克思所讲,在资本主义社会形态能容纳的全部生产力没有释放完之前,它是决不会灭亡的,即使再大的危机也会浴火重生,只是康复重生时间的早晚而已。

(四)

历史经验表明,每次重大危机的产生,必然带来经济结构的重大调整,并往往会催生出新的技术、新的产业和新的发展方式等,使人类在新的起点上获得新的进步。这次世界金融经济危机,也必然催生新技术、新产业和新的发展方式的出现,重点可能是以新能源为依托的低碳经济和循环经济。如果人类跨不过这个艰难的门槛,那么,大自然对人类的惩罚将是无情的,无论是发展中国家还是发达国家都不能幸免。

我认为,这次全球金融危机对中国这样一个最大的发展中国家来说,总体上看是利大于弊。虽然我们失去了一部分国际市场,但我们得到的将是技术进步、产业升级、结构调整和发展方式转变的重要历史机遇。在危机应对中,我们靠中国特色社会主义制度的优势,为全球经济复苏作出了突出贡献,国际地位和影响力空前提高,这也是我们所始料不及的。

当前,我国GDP中的大部分是靠过度廉价的劳动力和牺牲生产安全和资源环境的代价换来的。雇用廉价劳动力,以较低的劳动生产率、高额能源投入和低水平的研发投入,必然使我国传统产业的比较优势和核心竞争力逐渐下降,自有品牌大量流失。虽然美国、日本、韩国的制造业人均工资分别是我国的47.8倍、29.9倍和12.9倍,但是这些国家的单位产品的工资成本只是我国的1.3倍、1.2倍和0.8倍。由此可见,我国来自劳动力充裕且廉价的国际竞争优势正在逐渐丧失。

长期以来,我国GDP的高增长主要靠出口和投资这两驾马车拉动,消费这驾马车却十分乏力。这次美国"消费过剩"危机的爆发使中国陷入生产过剩的困境。此前,美国失衡的经济结构之所以能够维持二十多年,主要是以中国为代表的"生产过剩"对冲了美国的"消费过剩"。2005年以来美国的储蓄率降低到零以下,家庭负债率飞涨至可支配个人收入的133%。其实,任何经济失衡积累到一定程度都必然得到纠正,这是不可改变的经济规律。如果说20世纪30年代的全球大萧条是对当时生产过剩的重大纠正的话,这次由美国次贷危机引发的世界经济调整就是对美国"消费过剩"的重大纠正,美国也必须为自己勒紧腰带过一段"苦"日子了。我们也不必再像以往那样赚取少量的"血汗钱"为美国人打工,然后又将大把的外汇储备拿去购买美国的国债和金融产品,支撑美国的超消费。虽然这将是一次痛苦的调整,但不经过这个痛苦期,中国的产业就难以升级,中国的内需就难以拉动,中国的国际竞争力就难以提升。

我认为,在当前应对危机、实施反周期策略的形势下,近期政府宏观调控的重中之重是搞好"需求管理",以此促进经济发展方式的转变与经济结构的战略性调整。对于投资需求,属于公共产品的应以政府投入为主。对竞争性领域的商业项目,应鼓励和引导民间资本投入为主,要尽量防止"国进民退"。但若受"资本边际效率递减"的影响,出现"民退不进"的情况,也可采取"国进后退"的策略,即待市场复苏后择机退出,让民资进入。总之,既然搞市场经济,就要遵循市场经济的游戏规则,坚定市场主导的理念。对于消费需求,刺激和扩大内需是重中之重。这一点已经形成共识,问题的关键是如何激活内需。现实中有三个影响扩大内需的指标需要引起高度重视:一是城乡差距在扩大,已由1998年的2.2∶1扩大到2008年的3.2∶1。对于中国的城乡差距,有这样一种形象而生动的描绘:中国的城市像欧洲,中国的农村像非洲。看北京、上海、广州、深圳,中国是现代化发达国家。看中西部地区的城市,中国像中等发达国家,看偏远地区的农村,中国是一个很落后的发展中国家。二是贫富差距扩大。基尼系数高达0.5,就是说在全部居民收入中，用于不平均分配的那部分收入占总收入的比例已达50%，已超过0.4的警戒线，发达国家的基尼系数一般为0.24~0.36，可见我国贫富差距的严峻。三是恩格尔系数。这个系数指的是居民食品支出占消费总支出的比例，就是说，一个家庭收入越少，总支出中用来购买食物的费用所占的比例越大。这一指标虽由20世纪90年代初的0.5以上降至2008年的0.4以上，但同发达国家比仍存在着很大的差距（美国为0.16）。我国农村的恩格尔系数在0.45以上，就是说45%以上的收入用在了吃上，基本没有能力消费彩电、冰箱、汽车等耐用消费品，更不要说其他享受性的消费了。以上三个指标不改善，扩大内需就是一句口号。当前，我国激活内需的最大市场在农村，购买力最弱的市场也在农村。因此，下一步应把政府支出的重点放在农村，通过进行大型基础设施建设，提供更多的公共产品，增加农民收入，通过大力转移农村剩余劳动力向二三产业进军，推进土地适度规模的集约化经营。

这次我参加党校组织的赴江苏考察，对扩大内需有了新的认识。特别是通过"苏州模式"和"无锡模式"的对比，便可更清楚地看出经济发展方式的转变和经济结构战略性调整的必要性和紧迫性。"苏州模式"的特点是以外资、外向型为主，其外贸依存度高达200%。在这次全球金融危机中，受到的影响和打击也最大。与它比邻的"无锡模式"是以创新型经济、面向内需为特点，在这次全球金融经济危机中受到的冲击较小。近期国家已将最前卫的信息技术——"物联网传感器"项目布局在无锡，以此推动产业升级和创新型经济发展。苏州也正在借鉴无锡的创新型经济的经验，内外需兼顾，加快结构调整和转型的步伐。我认为，在需求管理上，中国的东部发达地区应内外需兼顾，以创新型经济为主，积极参与高端产业和产品的国际竞争，突出做好"微笑曲线"上端的高附加值部分——研发与销售；中西部地区应以内需为主，注重发展劳动密集型产业，承接东部地区的产业转移，扩大就业岗位，突出做好"微笑曲线"的下端——制造与组装。这是由中国的特殊国情决定

的，只有如此布局，中国的"微笑曲线"才会灿烂悦目。

我认为，在经济危机时期，政府把宏观调控的重点放在需求管理上，这是一种明智的选择。但经济一旦复苏，政府的宏观调控重点就应该从需求管理为主转到以供给管理为主上来。我这里所说的供给管理，不是西方供给学派的单纯理论，也不是重新肯定萨伊法则，而是借鉴西方发达国家的供给管理经验，结合中国的国情，思考如何通过改善供给来推进结构调整、产业升级和发展方式的转变。我曾考察过许多国家成功的发展模式，但至今还没有任何一种模式可以在中国复制。实践已经证明，只有走有中国特色的社会主义道路，才能发展壮大中国。中国最大的国情是人口多、底子薄、资源短缺、发展不平衡。美国的国土面积和我国差不多，却只有3亿人口，是我国的一个零头，其生存和发展环境的优越性我们无法与之相比，更难以仿效。我们的东部近邻日本是一个资源贫乏、人口稠密的发达国家。就资源和人口来说，同我国似乎有相像之处，但人口总量和国土面积连我们的零头都不到，况且他们比我们早开放了一个世纪，又得到美国的长期扶持，是典型的外需依存经济，而经济至今已低迷了十多年，这种发展模式也不能仿效。还有西南面的近邻印度，同我们的国情相似的地方最多。四年前我去印度考察，感觉最大的障碍是基础设施差、路难行，感觉最大的不爽是举目可见的贫民窟。印度政府难以解决这两大难题的主要原因，是他们在落后不发达的国度里超前实行了西方发达国家的议会民主制度，致使决策效率低，无法集中力量办大事，再加上宗教和民族问题，印度的现代化之路比我国更加艰难。

借鉴发达国家和发展中国家的经验，针对中国的国情，我国政府在供给管理上，首先要把对劳动力供给的管理作为重中之重。因为就业是最大的民生，是社会稳定的基石。我国是一个城乡分割的二元经济结构的国家，如果把农村的闲置剩余劳动力算上，可能是世界上失业人口最多的国家。从特定意义说，也正是二元结构才把大量的剩余劳动力稳定在农村，在整个经济不景气时大量农民工离城回乡，此时的二元结构又成为社会稳定的调节阀。若是城乡一元结构，有这么多失业人口存在的话，不知要闹出多大的乱子。因此，中国要消除城乡二元结构，建成发达的市场经济国家，就必须控制劳动力的再生产，减少劳动力的供给。劳动力生产过剩的危机比产品生产过剩的危机更可怕。一旦掉入"马尔萨斯陷阱"，那将是人类的大劫难。综观世界经验，随着科技的不断进步，所有产业和行业对劳动力的需求都将减少。像我国这样劳动力资源丰富的国家，其中大量的剩余劳动力，通过自身的工业化和城市化是吸纳不了的。因此不管理好劳动力的供给，中国就难以解决城乡二元结构，就不会有真正意义上的工业化和城市化。我认为，解决这个难题的唯一出路，就是继续坚持实行计划生育的基本国策不动摇，减少人口数量，提高人口质量。提高质量的主要途径是着力调整和优化教育供给结构，以适应市场需求。在此基础上加大投入才有意义，高投入才会有高产出。中国改革开放30年来，得益于计划生育和优生优育政策，少生了四亿人。这不仅促进了中国的繁荣与发展，也是为人类作出的一个伟大贡献。如果今天多出这四亿人口，我们的生活将会怎样？我们的国家将会怎样？近一个时期，有关放松计划生育政策的声音多起来，其理由无非是人口老龄化、人口红利结束、独生子女负担重等问题。但如果中国的人口降不下来，就是把现有耕地都拿出来建工厂和城市也恐怕不够用。由此可见，如果不控制人口数量，人和自然就无法和谐，生态环境就无法改善，不断增加的劳动力就会无业可就，社会就难以稳定，世界也难以太平。我曾长期从事过信贷扶贫工作，一个重要的体会就是，不把那些偏远落后地区的人口彻底迁移出来，通过外部扶贫只能是"输血"，不可能形成"造血"机能，并将永远处于恶性循环之中。我曾考察过一个地处偏远的扶贫点——"傻子村"，其最大特点是"自产自销"，近亲繁殖，人口素质严重退化。政府的任务就是尽快将他们迁移出来，让这些地区不再有人烟，尽快恢复其自然生态，重造秀美河山。现在有些人忧虑大批农民工进城，一些农村老人看家，土地撂荒，其实这并

非坏事，而是消灭城乡差距的难得机遇。如果这些劳动力定居城市不再返乡，就为土地集中规模经营创造了条件。反之，如果这些外出的劳动力把子女留在乡村继续繁衍，甚至超生，这岂不是中国未来的最大灾难？我每次去欧美考察都驰骋着一个美好的梦，希望有朝一日能够自己驾车奔驰在祖国的高速公路上，就像来到美国和欧洲，一眼望去到处都是青山绿水，而不是连片的农田和村庄。总之，不控制劳动力的再生产，城乡二元结构就难以消除，充分就业就难以解决，社会就难以长期稳定。人口众多易使我们成为大国，却难以成为强国。我们有好多经济指标都排在世界最前列，但只要一人均就都排在了世界最后面。

同时，要充分发挥税收和商业保险的杠杆功能，改善供给，促进和谐社会建设。面对扩大的城乡差距、贫富差距，以及社会保障等问题，许多有识之士，开出了许多药方。我认为，重视运用税收和商业保险的功能可撬动许多沉重难解之题，收到牵一发而动全身之功效。要向高收入者征高税，向低收入者减免税，适当降低企业税率，刺激供给，促进增长，抑制通胀。在改革完善税收制度的同时，严格控制社会福利超前增长。因为我们在短期内还没有能力来改善全社会的福利，即使将来有能力了也要适当控制，防止陷入北欧等高福利低效率社会的怪圈，使人变懒，不思进取，进而导致社会缺乏生机活力。我认为，中国还是一个人口众多的发展中大国，解决社会保障问题，单靠社会保险只能是杯水车薪。现在有些提法值得商榷，如社会保险城乡全覆盖问题，给农民工城市待遇问题等，其道理是对的，用意是好的，但实际上很难做到。因为我们还未进入到那个发展阶段，一旦把胃口和期望值吊高，到期却不能兑现，反而会增加社会不安定因素。最好的办法是，将社会保险和商业保险更紧密地结合起来，以扩大社会保障的覆盖面。在有些领域要以社会保险为主，商业保险为补，而在另一些领域则要逐步由以社会保险为主转向以商业保险为主。这一点西方发达国家的经验可资借鉴。如在美国，由商业健康保险提供保障的人群占全国的60%以上，其医疗费支出超过全国医疗费用总支出的50%。在法国，80%以上的家庭拥有由商业保险公司提供的健康保险计划。许多国家还在社会基本保险的运作中，特别是基本养老保障基金的管理中引入市场机制。其主要途径就是选择专业保险公司管理基本养老保险基金，政府通过投资限制、绩效评估等办法对其进行监管。为加强社会管理，政府还可以采取贴补保费的方式，开展诸如社会治安保险、各种责任保险、为农民工量身定制保险产品等。政府花小钱，商业保险办大事，可收四两拨千斤之功效。

实践证明，对供求最敏感的不是经济学家，更不是政府官员，而是那些经常去菜市场买餐桌上食品的老大爷、老大娘们，那些在市场上奋力竞争的业主和企业家们。经济学家只是对他们的实践进行概括总结，抽象为经济理论，政府官员只能是这种实践的规则制定者和间接调控者。

很多经济理论，各种政府调控，大都是基于对供求规律的认识，都是特定环境下的产物。经济规律是概率性规律，它不同于自然科学中的一些精准定律。即使在云计算、大数据高度发达的条件下，也解决不了供求中的信息不对称问题。因为人心是永远无法测量的，人的欲望是永远无法满足的。所以，供求平衡只能是暂时的，不平衡是经常的、永恒的。

总之，保持供给与需求的动态平衡，是一个社会保持稳定与和谐的基础。只有精心协调好总供给和总需求的平衡，才能促进经济社会健康持续发展。

获选感言

（2008年12月23日）

近日，由《中国经济周刊》主办、"人民日报"海外版和人民网协办的"中国改革开放30年经济百人系列评选"隆重揭晓。评选以网上投票和《中国经济周刊》的读者投票为主。在这一评选中，我被评为"中国金融保险业十大领军人物"。几天前秘书告诉我，评选组委会通知，邀请获选人员于2008年12月20日到人民大会堂参加颁奖仪式，由人大常委会副委员长、著名经济学家成思危，全国政协常委、著名经济学家厉以宁，以及人民日报社社长向获选者颁奖，并请获奖者发表获奖感言、接受记者采访。

接到这个通知，我考虑再三，最后还是觉得不参加为好，理由有三：一是此次获选是评我在农业银行时期的工作，现在我以保监会副主席的身份去发表感言、接受采访不太适宜；二是30年间农业银行经历了九任行长，他们工作努力，各有千秋，而唯独我一人获此奖项，让我诚惶诚恐，实不敢当；三是我最怕到公开场合接受采访，或发表演讲，不但使自己不舒服，也怕让别人不舒服。为此，我以外出开会赶不回来为由，征得组委会同意，特委托中国农业银行办公室副主任周燔同志代为领奖。

周燔同志代我参加完颁奖会议后，到保监会为我送来了两件奖品：一件是"中国金融保险业十大领军人物"荣誉证书，另一件是水晶雕塑的奖杯。那段获选说明词让我深深感动。说明词是这样概括的："2002

年以后，他一直主持中国农业银行全面工作。在四大国有商业银行中，农业银行相对落后。对农业银行改革的难度他有清醒的认识：农业银行历史包袱沉重，且改革必须同农村金融体制改革统筹考虑，因而综合改革的难度最大。在他的领导下，农业银行丝毫没有放慢改革的步伐。按照国家确定的'一行一策'的国有商业银行股份制改革原则，他带领农业银行迎难而上，用最快的速度拿出重组方案，以内部改革为重点，通过内部改革推动体制变革，提高农业银行面向市场的盈利能力和整体竞争力，消化各项沉重的历史包袱，为建立现代商业银行和农业银行成功上市打下了坚实基础。"这段精练的说明词，非常客观地再现了我在主持农业银行工作近五年的时间里，带领农业银行人艰难改革的历程。

其中最令人难忘的是"整体改制"还是"分拆改制"的激烈争论，回忆起来，说它惊心动魄也不为过。在一段时期里，主张分拆农业银行、实行多级法人体制的观点占上风，使得农业银行上下一片焦虑。为此我多次向温家宝总理和国务院有关领导同志上书阐述和当面汇报农业银行"整体改制"的重要性和必要性，特别是在几次改革方案讨论会上，我用大量的事实力陈"整体改制"的可行性，力驳"分拆改制"的不可操作性，指出分拆的弊端和严重后果。之前，负责农业银行改革方案的具体部门的有关领导，几次做我的工作，意在统一对"分拆改制"的认识。考虑到农业银行的庞大队伍和经营网络，以及上下一致的"整体改制"呼声，我每次交换意见或表态都非常慎重，同时也耐心地做改革领导小组成员的工作，最终还是得到了多数同志的理解。

就在国务院最后决定农业银行改制方案的前夕，我专门到中国人民解放军总医院，向正在那里住院的国务院常务副总理黄菊同志作了一次非常简短的汇报，进一步说明整体改制方案的可行性。向分管副总理汇报之后，又专门向国务院研究室主任魏礼群同志汇报一次，得到了他的充分理解和支持。在魏礼群主任的主持下，农业银行和国务院研究室的专家们共同斟酌，最后把农业银行的整体改制方案概括为四句话，即

"面向'三农',整体改制,商业运作,择机上市"。这四句话得到了温家宝总理的肯定,写进了2005年全国金融工作会议的文件中。当温家宝总理在全国金融工作会议上宣布农业银行整体改制的16字原则并对农业银行多年来对国民经济所作的贡献给予充分肯定时,与会的农业银行同志深受感动和鼓舞。农业银行上下都为之一振,翘首以待的企盼终于实现了。

全国金融工作会议结束后,农业银行"整体改制"已成定局,不需要再争论,我们终于可以集中精力、放开手脚来做股改前的准备工作了。特别是外界对我本人在股改问题上的一些误解,或某些媒体的不实报道,也都不攻自破。其中有一家报纸,指责我对股改不积极,是农业银行内部的保守派,刊发了一些影响农业银行市场形象、不利于内部团结的消息。农业银行办公室同这家报纸进行了认真的交涉,迫使其公开登报道歉。从此外界媒体对农业银行的报道也更加正面积极,较好地提升了农业银行的社会形象。在我离开农业银行时,国际会计师进驻审计、清产核资、人力资源重组方案等,都已经取得了阶段性成果。

2007年6月20日是我正式离开农业银行的日子。中组部副部长王东明同志在农业银行机关副总经理级以上干部及部分在京机构负责同志会议上代表中央宣布我的职务任免并讲话。他在讲话中最让我感动的几句话是:"杨明生同志熟悉金融业务,领导工作经验比较丰富,工作中能抓住重点,敢抓敢管,提出了'整体改制,择机上市'的改革思路,目前农业银行的整体改制方案得到了国务院的认可,股改工作正在积极向前推进。他勇于开拓,组织实施基础管理、贷后管理、科技创新、人才培养四大工程,积极探索服务'三农'的新模式,大力推进经营转型,取得初步成效。"中央对我这样的评价,是对我一种很大的鼓励和安慰。会上我也做了很好的表态。说心里话,调离农业银行,客观上对我是一种解脱,是一种爱护,是一种特殊的关照。虽然在股改未完的情况下离开,我有遗憾、有未了情,但好在我能审视清楚,正确对待,无怨无悔无愧。其实，任何人都不能摆脱当时历史所给予他的局限，都不可能把事情做得完美无缺。如果总是怨悔只能是折磨自己，而不能给自己带来任何益处。我也犯过许多错误，但我愿意改正自己，修炼自己，不断提升自己的境界。

到保险监管部门工作后，比从事商业银行工作的压力减轻了，心情也放松下来了。到新的岗位不久，见到农业银行的一些老同志，他们都说我比在农业银行时精神了、变年轻了。其实，岁月是无情的，对谁都是公平的。夸老同志年轻，无非是夸他心态好。改革开放三十年来，我们变老了，国家变得强大了，这是我们最大的欣慰。总结三十年的金融从业经验，可用三句话概括：一是任何时候都必须坚持稳健经营的方针；二是任何时候都必须把风险管理的窗口前移；三是任何时候都必须把管理者的职业操守选择放在首位。三十年来，我们在这三个问题上的教训是深刻的。追求速度、追求规模的激进式经营，无一得到善终；风险管理松弛滞后，无一不付出沉痛代价；选择管理者重能力轻操守者，无一不酿成道德风险，且职位越高造成的风险损失越大。本次获奖使我最心安的就是在这三个问题上能够始终坚守，历经多次风浪，均能稳住阵角，牢牢守住了风险底线；面对诸多诱惑，均能坚持职业操守，在大是大非问题上始终保持了清醒头脑。

这次我虽未能参加人民大会堂的颁奖活动，但从周燔同志向我介绍颁奖仪式的动人情景中，已让我分享了这种感动和快乐。我要真诚地感谢和我一起共事的人，以及所有理解和支持我的人。如今我高兴地看到，国家已完成了向农业银行的注资，成立股份公司、择机上市也将为期不远，指日可待。作为一名长期在农业银行工作过的老兵，我由衷地祝愿农业银行加快改制步伐，平稳发展，择机上市早日成功。

在纪念改革开放30周年的日子里，自己作为这场伟大变革的参与者、亲历者、见证者，回首往昔波澜壮阔的历程、举世瞩目的伟大成就，不禁感慨万千，惊叹不已。30年来，自己也从一名普通干部成长为一名共和国的部长级干部，其间也曾获过许多奖励和荣誉，但唯有这一次的当选获奖让我最感动、最珍惜、最受鼓舞。历史没有忘记我们这些拓荒者，共和国让我们无上光荣。如今的金融界已今非昔比，我们高兴地看到，经过30年的改革开放，中国金融界涌现出众多精英，特别是近年来，一批年轻的金融家脱颖而出，新老同台，优势互补，一起向着金融强国的目标携手奋进！

网上冲浪　云端比翼

——互联网推动金融业变革随感

（2018年8月）

金融电子化与互联网金融的横空出世，让我这个老金融有幸参与其中，领略网上风光，感受大数据、云计算、区块链的汹涌浪潮，接受前所未有的现代金融科技和科技金融的洗礼。日新月异、目不暇接的金融创新，令人感慨万千，遐思无限。遥想古代农耕社会，一提到云端的故事，那一定是美丽的童话，动人的传说，神奇的际遇。唐代大诗人贾岛一次去山中寻找一位隐者不遇而写下这样一首千古名诗："松下问童子，言师采药去。只在此山中，云深不知处。"如果是在今天，根本就不用到松下问童子，只要通过大数据、云计算，便可即刻找到这位隐士。这就是现代信息技术通过网上共享给予我们的便捷与恩惠。今天的金融业竞争，正在从"物理"转向"虚拟"，从"楼上"转向"网上"，从"地面"转向云端。

全球新一轮科技革命带动产业变革，推动互联网与各领域产生新的融合与发展。历史潮流从来不可阻挡。互联网悄然改变着传统行业的生存和发展模式，由此不断产生新的业态。技术的快速变革，客户行为模式和消费需求的深层次变化，国家"互联网+"战略的推出，推动整个金融业进入互联网服务的新时代。这是一个伟大的时代。凡基于互联网技术的每一次产品、渠道、服务方式乃至商业模式的创新，都释放出显

著的推动力与鲜明的活力,为金融业跨越式发展作出巨大贡献。1997年第一张网上投保单,是我国保险业对互联网的第一次探索。到如今,依托移动互联、大数据、云计算等技术快速演进,新的销售方式、服务模式以及管理创新层出不穷。无论是金融机构自建电子商务公司和网络平台,还是与互联网企业加速跨界融合,互联网金融数以亿计的业务规模在大幅增长的同时,已经显示出新机构、新业态、新商业模式的快速出现和发展趋势。

值得高度重视的是,互联网金融不是简单的"传统金融+互联网",不是把既有的金融产品放到线上销售那么简单,而是基于"互联网+"的新金融,是基于互联网打造的升级版现代金融业,是产品、销售、服务乃至商业模式全方位的质的变迁;是以互联网自身的思维和规则,改变产品、销售、服务、竞争模式,倒逼和推动传统金融商业模式不断取得革新与突破;是以创新的产品运营服务模式,重构股东、企业、客户全价值链运作的框架,进而打造出金融新业态。这才是"互联网+"。"+互联网"是术,"互联网+"是道。金融业只有通过"互联网+",变革商业模式,打造金融新业态,才能真正"由术入道"。当前,现代金融服务业、"互联网+"已纳入国家发展战略。2015年7月18日,中国人民银行等十部委发布《关于促进互联网金融健康发展的指导意见》,相当于为刚刚兴起的互联网金融行业设立了"基本法"。在利好政策频出的刺激下,相关互联网金融的新生事物层出不穷、"乱花迷眼"。业界对互联网金融的关注,达到前所未有的高度。但我们也应该清醒地认识到,我国互联网金融仍处于初级阶段,既要看到金融业与互联网跨界融合,将迎来重大发展契机,也要看到当前传统企业仍面临着"互联网思维欠缺、跨界融合型人才严重匮乏、现有业务流程和金融服务模式与互联网金融运营不相匹配,以及网上欺诈案件频发"等诸多问题和挑战。

我们必须以更加开放的心态,顺应新技术、新金融和"互联网+"

方兴未艾的发展趋势,抢抓"政策利好"给行业带来的新的发展机遇,遵循互联网金融发展的客观规律,不断提升利用和融入互联网的能力,积极推进互联网金融的发展。第一,要树立系统性互联网思维,在价值链各个环节重新定位公司和客户关系,围绕客户需求,做好产品研发、服务场景设计,以新的工具、手段和渠道增强客户黏性。第二,要依托移动互联、云计算、大数据等新技术,大胆创新产品和服务,不断扩大跨界合作,积极探索商业模式创新,打造金融新业态和多主体共赢的互联网生态圈。第三,强化互联网金融跨界复合型人才的培养和储备,加大价值链上下游业态的跨界整合力度,打造全新的跨界商业模式,依托现代信息技术重构和优化业务流程,构建互联网客户远程服务体系,提高业务处理效率和提升服务体验效果。第四,利用大数据技术,强化结构化、非结构化数据的采集和综合应用能力,为金融业开展精准营销、协同销售和综合客户服务提供全面有效支撑。第五,强化互联网业务的风险管控,避免发生技术性、系统性金融风险。将风控体系镶嵌入互联网业务的流程及操作过程中,用全流程、数字化、智能化监控系统管理来提升互联网业务的风控水平。进一步明确监管机构的职责,以防出现互联网业务监管真空。第六,要注重结合互联网金融市场发展实际,及时研究制定相关制度和法规,促进互联网金融健康有序发展。

  我认为,当前互联网金融要重点解决的问题是,要下大力量完善和建立金融科技创新机制,围绕客户体验这个中心,加强监管,从源头上控制风险。从业务和技术结合上,环环紧扣,无缝链接,就像接力赛一样,任务明确,目标明确,密切配合。一是要交接好从客户到业务的第一棒,牢固树立客户至上、安全第一的经营理念。二是要交接好从业务到技术的第二棒,把客户需求转化为具体解决方案。三是交接好从技术交回业务和客户的第三棒,把技术解决方案变为可行性的操作手段。过去以物理网点为主的金融机构都应按此思路,把物理网点建设成电子化、智能化网点,将系统内网同互联网安全对接,加快向智慧金融、普惠金融迈进。

总之，金融互联网潜力巨大，风光无限，过去未去，未来已来。移动互联网、大数据、云计算方兴未艾，区块链、物联网、人工智能又扑面而来。"+互联网""互联网+"还在路上，我们又将踏上"+人工智能""人工智能+"的新征程。互联网、物联网创造了大数据，大数据、云计算的结合又创造了人工智能。我们正在面临一个全新的数字化时代，顺之者昌，逆之者亡。我们别无选择，只能不断学习，提升自我，顺势而为，乘势而上，以积极的心态，把握互联网规律，用互联网思维，打造金融新业态。

最后，我把为中国人寿新一代业务系统开发人员填的一首词摘录在此，作为本文的结束语：

   破阵子·网上冲浪
  网上破涛冲浪，沙场踞虎龙腾。
  指点尽穷千里目，掌动集结百万兵。
  捭阖更纵横。

  离有离无入道，非无非有神通。
  数子生存凭智胜，云里搏击夺冠赢。
  凯旋唱大风。

我眼中的保险营销员

(2017年12月)

我在来中国人寿保险股份有限公司任董事长之前，对保险营销员既熟悉又陌生。熟悉的是曾见过她们推销保险的热情，陌生的是她们的职业属性和展业过程。来中国人寿工作几年下来，我终于对保险营销员有了一个全新的认识。

这是一个以女性为主的特殊群体。她们没有"五险一金"等社会保障；她们是体制外的自由职业者。她们中有大中专毕业生、下岗职工、农民工、其他行业的转入者，她们的收入来自展业佣金。她们是一支最活跃、市场化程度最高、流动性最强的营销队伍。

如果说银行业创造资产业务收入的主力军是广大信贷员的话，那么保险业创保费收入和新业务价值的主力军就是广大保险营销员。我曾长期在商业银行工作，原以为保险营销员门槛低、操作简单、要求不高，但真正接触并了解这个行业以后，便完全改变了原先的看法。从某种意义上说，保险营销员比银行信贷员更具有挑战性，更具有风险意识。保险产品的设计开发是高度的精算过程，一般要比银行信贷产品复杂，对营销员的参与和理解要求更高。可以说保险营销员进门易，成长难，成为营销精英更难。当前，寿险业渠道竞争的重点是个险渠道，个险渠道建设的重点是营销员的数量和素质。中国人寿已拥有一支200多万营销员的队伍，居行业之首；中国人寿能够成为全球最大的寿险公司，200多万营销员功不可没，贡献巨大。

保险营销员的晨会是保险业最引人注目、最令人感动的场景。我曾几次参加基层公司的营销员晨会和交流会，会议的气氛犹如战前动员，出征待发，人人斗志昂扬，个个意气风发。她们有自己的"基本法"，有严密的组织、严格的考核，凭业绩取酬，凭能力领队，主管自主经营，团队密切配合。她们在晨会和交流会上慷慨激昂地演讲，掷地有声地表态，彼此交流心得、相互支持的团队精神，令人赞佩。

　　一次我到温州参加银海团队的晨会并与她们交流，让我近距离领略了巾帼销售精英们的风采。这是一支老中青相结合、知识与经验相结合的优秀团队。银海团队的领头人李江红女士，虽已年近五十，但看上去仍充满了青春活力，沉稳干练，敏睿聪颖。她于20世纪90年代初毕业于复旦大学物理系，开始在一所大学当老师，不久便毅然抛弃了铁饭碗，开辟了高知女性加入保险营销员队伍的先河。她从平凡岗位干起，一路风雨，一路艰辛，靠她的才智和勤奋，终于成为全国闻名的销售精英。她所带领的团队连续15年获得新单中长期期缴保费第一名。她也因此获得每年几百万元的佣金回报，成为营销致富的典型。在她的事迹和精神引领下，银海团队也成为一支业绩卓著的营销队伍。同她们交流结束后，我专门填了一首词来称赞和鼓励这个团队：

浪淘沙 · 银海团队赞

银海看扬帆，破浪争先。
非凡唯我半边天。
风雨拼搏夺桂冠，傲立峰巅。

数载历辛艰，风采依然。
转型锐意写新篇。
移动互联迎挑战，智胜云端。

还有一次到深圳参加销售精英刘朝霞团队的晨会和交流会,听她们充满激情的演讲,同她们进行了轻松愉快的交流互动,受益匪浅。这个团队以年轻人为主,以产生超级销售精英而闻名保险业,领队刘朝霞就是其中最突出的代表。刘朝霞40岁出头,真诚阳光,充满活力,专注执著,是一位"敢为天下先"的女性。在她20岁出头、风华正茂之时,毅然辞去了一家国有商场的高薪岗位,加入到中国人寿营销员队伍,一干就是20多年,铸就了她的人生辉煌。她连续20年创造了中国人寿系统乃至全行业个人业绩第一的殊荣,始终稳坐第一把交椅,无人匹敌,成为业界公认的"保险皇后"。她的骄人业绩,给她带来了丰厚的佣金收入,好的年份超千万元。她又是一位有经商头脑的人。她将这些钱不是用来存款生息而是用来投资办企业。她投资创办的"第一健康"已成为全国连锁的健康体检中心,不仅服务社会,而且增加了她的保险客源,扩大了她的业务领域。当我要离开的时候,她请我为朝霞团队题词。我欣然执笔,在题字簿上写下了这样一首小诗来表达对朝霞团队的点赞和期望:

　　激情破万难,智勇过千关。
　　笑脸春光暖,朝霞映满天。

同营销员在一起,最让我难忘的是首次参加中国人寿个险高峰会。近800人的高峰会场,秩序井然,群情激昂。能够参加每年一次个险高峰盛会的营销员,都是经过层层选拔上来的优胜者,可以说个个身手不凡,人人身价百万。她们是200万营销员中的优秀代表,通过高峰会分享各自的鲜活经验,通过她们的榜样力量来影响和带动全系统个险队伍攻坚克难,奋力拓展。特别当晚宴开始时,营销精英们自编自演的文艺节目闪亮登场,精彩纷呈,令人目不暇接。全场举杯互祝,欢歌笑语,掌声阵阵。演出一结束,最引人注目的场景是每个营销精英都争先恐后同董事长合影留念。同800人逐一合影,这是对我体力精力的一次考验。一场下来虽感疲惫，但这是最值得最有价值的付出。营销精英回去后，将把她们同董事长的合影照片挂进职场，以此来鼓励营销伙伴，宣传动员客户，扩大市场营销，争取最佳业绩。

通过个险高峰会同营销精英们交流互动，我从她们身上看到了成功的背后是艰辛的付出、勇敢的拼搏、不懈的努力和长期的坚持。我把她们的成功经验归纳为"五个有"：一是有梦想。有梦想的人生才有动力，有梦想的人生才有意义，有梦想的人生才有精彩。人在追梦的时候苦也甜，人在圆梦的时候最开颜。二是有激情。激情是打开营销之门的金钥匙，激情是冲开智慧之门的助推器，激情是感染客户的黏合剂。人在最有激情的时候一定是创造力最强的时候。激情绽放，无限风光。三是有爱心。有爱心才能温暖客户，有爱心才能吸引客户，有爱心才能留住客户，有爱心才能发展客户。爱心是一个人品行和修养的集中体现，爱心是一个人创业的无形资本，爱心是一个人成功的精神基石。为什么营销员大多为女性？而且获得成功的超级精英无一不是女性？我想除了这个行业的特点之外，还有她们身上固有的最伟大的母爱基因。因为有爱，所以最能忍耐；因为有爱，所以最愿付出。正是这种辛勤的付出和坚持，才得到了良好的回报。四是要有诚信。有诚信才会有回头客，有诚信才会有良好的市场形象，有诚信才会有可持续展业。诚信是无价资本，既能提高营收能力，也能提高抗风险能力。五是有技能。保险业发展到今天，已进入到一个全新的时代。信息化、数字化、智能化、移动化、平台化，正在全面改变保险业传统的营销方式和经营模式。因此保险营销员只有不断更新观念、更新技能，才能不断适应新时代，开发新客户。

俗话说"三百六十行，行行出状元"。通过与保险营销员的接触交流，进一步提升了我的认识，更加坚信保险营销员是一支精英辈出的队伍。她们是保险业的形象大使，她们是保险与客户连接的纽带，她们是保险业最基层、最平凡、最辛苦的群体，她们是创造新业务价值的生力军，她们是行业最可爱的人。

司马迁笔下的商人风采

——读《史记·货殖列传》随笔

（2011年11月）

在中国漫长的古代史中，给商人作传记的史家，司马迁当属第一人。这在重农抑商的古代社会，特别是作者在汉武帝"罢黜百家、独尊儒术"、抑制豪强的高度集权环境下，能够写出如此震撼千古、独树一帜的名篇——《货殖列传》，是何等的勇气、何等的睿智，何等的远见！这篇两千多年前的大作，今天读来，仍备感历久弥新，令人慨叹。

两千多年的沧桑巨变，只有人性没有变、人的生产生活规律没有变。《货殖列传》中那些商人的形象，个个鲜活，呼之欲出。他们所创造的巨大财富已经远去，但他们所创造的从商经验仍为今人借鉴，他们所遵循的市场规律永恒不变。这里笔者要请出《货殖列传》中几位重量级的商人同大家见面，看看古人是如何行商的，或许对我们今人有新的启发。

首先请出最具传奇色彩的大商人范蠡先生。对范蠡先生，司马迁在《货殖列传》中这样为其立传："范蠡既雪会稽之耻，乃喟然而叹曰：'计然之策七，越用其五而得意。既已施于国，吾欲用之家。'乃乘扁舟浮于江湖，变名易姓，适齐为鸱夷子皮，之陶为朱公。朱公以为陶天下之中，诸侯四通，货物所交易也。乃治产积居。与时逐而不责于人。故善治生者，能择人而任时。十九年之中三致千金，再分散与贫交疏昆弟。此所谓富好行其德者也。后年衰老而听子孙，子孙修业而息之，遂至巨万。故言富者皆称陶朱公。"这段二百多字的文言文，相当于今天为优秀企业家做的颁奖词。它把范蠡从一个出色的政治家到一个出色的企业家的一生做了十分精炼、精彩的概括。把它翻译过来就是："范蠡辅佐越王勾践灭掉吴国，洗刷了会稽受困的耻辱后，深有感慨地叹息说：'我的老师计然先生，当年给我提出的七条建议，我辅佐越王只用了五条就灭掉吴国成为霸主，越王把这些建议用在了治国上，我今后要把它用在发家致富上。'于是他便离开了越国，乘着小船改名换姓到江湖上漫游做生意去了。他到了齐国改名为鸱夷子皮，到了宋国的陶邑就说自己姓朱，自称朱公。他认为陶邑地处于天下之中心（陶邑现为山东的定陶县，是当时的商业中心），四通发达，是个从事贸易的好地方，于是他便在这里采买存储货物，看准时机买进卖出。他认为，一个善于做买卖的人，不要眼睛只盯着人，而关键是要把握住商机。就这样，他在十九年中先后三次把家产积累到千金之多，而每次当他一富起来又总是马上把这些财产分给他的那些穷困的亲戚和朋友。这大概就是人们常说的那种富人容易做善事吧！后来范蠡老了，就放手让他的孩子们去干。他的孩子们继承了他的事业从事贸易活动，发展到家产上了亿，所以人们一提到富豪就总是要提陶朱公。对范蠡下海经商，还有这样一个美丽的传说：当时他带着天下第一美人西施，从苏州的太湖出发，开始泛舟江湖，遨游商海。无官一身轻的他，英姿勃发，风流倜傥，有新的事业追求，有金钱美人相伴，驰骋商场，纵横捭阖，此乃何等从容惬意之商场人生！这样的典型自古到今可谓凤毛麟角。范蠡弃官从商的巨大成功，至少有两个重要原因：一是有高人计然先生的指点。据说计然是春秋时期著名的谋略家和经济学专家。在越灭吴后，他便前来对他的学生范蠡说："越王勾践心胸狭小，可与共患难，不可与共荣乐。"老师的这个劝告，对功高盖主的范蠡弃官经商起了决定性作用。二是他具有经商的天赋和吴越争战的经验。他把指挥作战、善抓战机、克敌制胜的谋略用于经商，获得极大的成功。正如今人所说，商场如战场，机不可失，时不再来。范蠡的成功，也是挑战千百年来的"官本位""士农工商""重农抑商"观念的胜利，因此他在历史上被国人尊为"商圣"应是当之无愧的了。

请出的第二位人物是大名鼎鼎的儒商代表子贡先生。凡是读过《论语》的人都会知道子贡的大名。《论语·学而》曾记载孔子与子贡的师徒对答，子贡运用《诗经·卫风》中的"如切如磋，如琢如磨"的诗句来回答孔子的提问。孔子对子贡的回答十分满意，称其"始可与言《诗》已矣"。可见，子贡已达到心领神会的地步。他既通达事理，又有非凡的"口才"，所以他才会被鲁、卫等国聘为相辅。但他的经商成就比从政更大、更成功。《论语·先进》载孔子之言曰："回也其庶乎，屡空。赐不受命，而货殖焉，臆则屡中。"这段话的意思是说，颜回在道德上差不多完善了，但却穷得叮当响，连吃饭都成问题，而子贡不安本分，去囤积投机，猜测行情，每每猜对。老夫子这段话，似乎有点中性，却又实在耐人寻味。对此，司马迁在《货殖列传》中这样为子贡立传："子赣既学于仲尼，退而仕于卫，废著鬻财于曹、鲁之间，七十之徒，赐最为饶益。原宪不厌糟糠，匿于穷巷。子贡结驷连骑，束帛之币以聘享诸侯，所至，国君无不分庭与之抗礼。夫使孔子名扬于天下者，子贡先后之也。此所谓得势而益彰者乎？"把这段文言文翻译过来就是说：子贡跟着孔子学成以后，回来在卫国做官。他囤积货物，在曹国、鲁国之间做买卖，孔子七十多个学生中，数子贡最富有。原宪穷得连糟糠都吃不饱，住在一条偏僻的小胡同里，而子贡则是高车大马，前呼后拥地出入各国诸侯的门庭。他每到一处，那些诸侯都把他奉为上宾。孔子为什么能够扬名天下呢？这完全是子贡为他活动的结果。这大概就是人们所说的那种"势力越大名声越响"吧！司马迁的寥寥数语，使子贡这个既是"学而优则仕"又是"学而优则商"的两好生形象跃然纸上。从司马迁对子贡的评价看，如果没有当时子贡的努力，孔子就很难扬名天下,儒家学说就难以兴盛起来。子贡是一个既讲"利"也讲"义"的君子。孔子死后,子贡不但生意越做越好,还当了鲁国的大夫。当他听到有人侮辱孔子时,便挺身而出,为孔子争辩,提升了孔子的形象。在孔子病危时,他未及时赶回,总觉得对不起老师。为此,在孔子死后,他不惜花重金为老师购置墓地,别人守墓三年离去,他守了六年。这些生动的事例,足可见其忠义之心。用今人思想来评价子贡就是,他不仅有忠义之心,而且更重要的是有一种爱老师、更爱真理的精神。他在发扬儒家文化优秀品质的同时,也不拘泥于儒家思想某些条条框框的限制,用行动批驳了"君子喻于义、小人喻于利"的儒家义利观,树立了一个儒雅高贵、义利兼顾、别具一格的大知识分子、大商人的形象,为后人所仰慕,为从商者所膜拜。

请出的第三位人物是草根出身的大畜牧业主乌氏倮先生。他是一位胆大心细、擅长边境贸易的大家。司马迁在《货殖列传》中这样为他立传:"乌氏倮畜牧,及众,斥卖,求奇缯物,间献遗戎王。戎王什倍其偿,与之畜,畜至用谷量马牛。秦始皇帝令倮比封君,以时与列臣朝请。"把这段文言文翻译过来就是说:乌氏倮以畜牧业为主,当牲畜繁殖多了,他就把它们出卖,而采购一批丝绸,偷偷地运出境外去送给少数民族首领戎王。戎王给他十倍的价格,以牲畜支付,所得的牛马乃至以山谷相量。秦始皇让乌氏倮享受诸侯的待遇,让他定时地同其他大臣们一道进京拜见皇帝。可以想象,作为一个草根出身的企业家,享受朝庭大臣的政治待遇,受到皇帝的礼遇,那是何等的威风,何等的荣幸!有皇权的支持,他的生意越做越大,同时对繁荣边贸、稳定边疆也起到了重要作用。这也是秦始皇对其重视支持的重要原因。

请出的第四位人物是大矿业主巴寡妇清女士。在两千多年前的男尊女卑社会里,能够产生一位富可敌国的杰出女企业家,这在当时的世界上不仅是罕见的,而且是绝无仅有的。看司马迁为她的立传便可知晓。司马迁对她进行了这样高度的概括:"巴寡妇清,其先得丹穴,而擅其利数世，家亦不訾。清，寡妇也，能守其业，用财自卫，不见侵犯。秦皇帝以为贞妇而客之，为筑女怀清台。夫倮鄙人牧长，清穷乡寡妇，礼抗万乘，名显天下，岂非以富邪？"把这段文言文翻译过来就是说：巴郡（现为重庆）有个寡妇清，她的先人发现了一个丹穴，从那时起她们家一连几辈子享受这份利益，财产多得无法计算。作为一个寡妇，她能守着自己的家业，用钱财来保卫自己，不受外力侵犯。秦始皇认为她是一位贞洁女子而对她以客礼相待，为她修建了一座怀清台。乌氏倮是偏僻边境地区的牧民首领，寡妇清是一个穷乡的寡妇，居然都能让天子对他们以客礼相待，名闻天下，这难道不就是因为他们有钱吗？据有关史书记载，巴寡妇清作为战国时代富可敌国的工商业主，每出行时，她的随从家丁、卫队、私人保镖达两千多人，可谓八面威风，不逊天子，媲美女王！时至秦朝，秦始皇为她来京觐见，专门拓宽官道、整修驿站，令天下所有富人可望而不可即。

  请出的第五位人物是汉代大工商业主蜀郡卓氏先生。卓氏是一位富有远见卓识的大企业家。司马迁这样为他立传："蜀卓氏之先，赵人也，用铁冶富。秦破赵，迁卓氏。卓氏见虏略，独夫妻推辇，行诣迁处。诸迁虏少有余财，争与吏，求近处，处葭萌。唯卓氏曰：'此地狭薄。吾闻汶山之下，沃野，下有蹲鸱，至死不饥。民工于市，易贾。'乃求远迁。致之临邛，大喜，即铁山鼓铸，运筹策，倾滇蜀之民，富至僮千人。田池射猎之乐，拟于人君。"把这段文言文翻译过来就是说：蜀郡卓氏的祖先，本是赵国人，由炼铁发了财。秦灭赵后，下令让卓氏家族搬迁。卓氏被夹在一群被裹挟的人群里，夫妻两个推着车子向指定的地方进发。当时凡是身边有点钱的人，总是争着贿赂押解人员，请求把他们安置在较近的葭萌关一带。唯有卓氏说："这个地方狭小又贫瘠。我听说南方的汶山之下有沃野，长着许多芋类，可以充饥不致饿死。而且听说那里的居民做买卖，我们可以到那里进行贸易活动。"于是他们请求远走。押解人员把他们放在了临邛（现为四川成都市所辖）。卓氏很高兴，他们就在那里的铁山下进行冶铁。由于他们善于动脑筋巧运筹，很快就成了滇蜀一带的首富，家有奴婢千人。他们修起池塘、堆起假山，驰骋田猎，其风光排场简直和帝王一样。司马迁对卓氏立传别有意义。一个因战争破败了的富有大家族，能够异地迅速东山再起，靠的不是有多少资本，而是敏锐智慧的商业头脑。卓氏家族更有浪漫传奇色彩的故事，就是他们的后辈子孙中出了一位绝代才女佳人卓文君。她同司马相如的爱情故事，家喻户晓，千古传颂。一曲《凤求凰》，一首《白头吟》，珠联璧合，流水知音，远胜卓氏家族的财富。卓氏家族也将同这个美丽的爱情故事一起百世流芳！

请出的第六位人物是汉代大商人刀间先生。他也是一位颇受争议的商业奇才。司马迁这样为他立传："齐俗贱奴虏，而刀间独爱贵之。桀黠奴，人之所患也，唯刀间收取，使之逐渔盐商贾之利，或连车骑，交守相，然愈益任之。终得其力，起富数万千。故曰：'宁爵毋刀'，言其能使豪奴自饶而尽其力。"把这段文言文翻译过来就是说：齐国的风俗历来是不把奴仆当人看，而刀间独独重视抬举他们。对于狡猾的奴仆，一般主人都是很头疼的，唯有刀间专爱收取这样的人，让他们去做买卖贩卖渔盐。他们有的甚至乘着高车大马，去结交太守国相，越是如此刀间越是信任他们。结果他靠着这些人的力量发家致富，财产多达几千万。所以当地有人说："宁可不做官也要去为刀家当奴仆。"其窍门就是让奴仆们得利而心甘情愿。后人对刀间用"狡猾的奴仆"经商谋利颇有微词，但司马迁偏偏要为其立传，说明司马迁的商业思想是开放的、包容的。趋利是人性使然，把"狡猾的"人用好了，或改造好了，更能够创造商业价值，无论对公还是对私均有益。

以上六位是《货殖列传》中众多商人的代表。他们虽然都是两千多年前的古人，但他们的商业思想、经营谋略和今天的商人比有什么根本的不同吗？一言以蔽之：大同小异。这是因为经济规律没有改变，人的趋利性没有变。司马迁的了不起之处就在于他充分肯定了这一点。看司马迁在《货殖列传》中的名句箴言，便可更深入地理解。

"仓廪实而知礼节，衣食足而知荣辱。"礼生于有而废于无。故君子富，好行其德；小人富，以适其力。渊深而鱼生之，山深而兽往之，人富而仁义附焉。"故曰："天下熙熙，皆为利来；天下壤壤，皆为利往。"这段话阐明了一个深刻的哲理：趋利之心永远是一个人追求的动力；物质文明永远决定精神文明；经济基础永远决定上层建筑。

"本富为上，末富次之，奸富最下。无岩处奇士之行，而长贫贱，好语仁义，亦足羞也。"这段话告诉我们，以农业致富为上等，以商业致富次之，奸富最卑鄙。自身没有大隐士的操行，长期处于贫困之中，还张口闭口的侈谈"仁义"，这种人也够可耻的了。用今天的时髦话说就是：勤劳致富光荣，懒惰贫穷可耻。

"故物贱之征贵，贵之征贱，各劝其业，乐其事，若水之趋下，日夜无休时，不招而自来，不求而民出之。其非道之所符，而自然之验邪？"司马迁通过这段话指出，一种东西的价格太贱了就要逐渐变贵，太贵了就要逐渐变贱。人们都努力从事自己的职业，都喜欢自己想干的事情，就如同水昼夜不停地往低处流，不用谁来号召，人们就自己来；不用谁来要求，人们就自己干。这不正是符合了市场规律，体现了自然法则吗？这段精辟的阐述，高度概括了司马迁的自由市场经济思想。作为两千多年前的历史学家，他的这种鲜明的经济思想同今天西方经济学讲的价值规律、市场主导有什么不同吗？无非表述不同，且比他们早了千年以上。千百年来中国落后在什么地方？至今还要向西方学习，这难道不值得国人深刻反思吗？

"百里不贩樵，千里不贩籴。居之一岁，种之以穀；十岁，树之以木；百岁，来之以德。德者，人物之谓也。今有无秩禄之奉，爵邑之入，而乐之比者，命曰'素封'。"这段话的意思是说：没有到百里之外去卖柴的，没有到千里之外去卖粮的。如果在某地住上一年，那就种粮食；如果准备住上十年，那就要种树木；如果想住上一辈子，那就要重道德、讲人缘，以道德声望来感化吸引人了。什么叫道德呢？道德实际上就是要有物质财富作基础，你手下有人有钱。有些人虽然没有爵位俸禄，但他们实际的享受可以和有爵俸禄的人相比，这种情况就是通常所说的"素封"。"素封"这个概念是司马迁的一个独特创造，是他给富人和企业家们的一个绝妙的雅号。本文列举的六位古代企业家，他们都是"素封"者。司马迁特地为"素封"者立传，一展他们的风采，这在他所处的汉武帝时代是非常难能可贵的。特别是他在《货殖列传》中最后总结的这段话更是意味深长，令人深思。他说："由是观之，富无经业，则货无常主，能者辐辏，不肖者瓦解。千金之家比一都之君，巨万者乃与王者同乐。岂所谓'素封'者也？非邪？"这段话告诫我们，什么行业都可能发财，而货币也并不总是属于谁家，有本事的就能赚大钱，没出息的就会赔出去。一个千金之家的排场可以和一个都城的封君相比，一个财产上亿的家族，享乐程度可以和国王一样了。这不就是人们通常所讲的"素封"吗？

司马迁为什么要写《货殖列传》，不就是呼唤财富的增加吗？货殖，简而言之，就是通过商品的生产和交换来增加财富；列传，简而言之，就是给那些创造财富的优胜者们立传，树立他们为创造财富的榜样。千百年来，国人最富有的是"贫穷"，最缺乏的是"财富"。司马迁的经济思想，几千年来从来没有从制度层面实行过。无论是秦始皇还是汉武帝，对商人都是先扬后抑，最终通过抑制豪强来抑制贫富两极分化，维护稳定，巩固政权。《货殖列传》中的那些商人大多都是这个归宿。几千年来，我们为什么走不出这个怪圈？今天当我们进入开放的世界之后终于明白了，就是要建立现代市场经济制度，不再重复以往的怪圈，建设强大的企业家队伍，展示现代企业家的特有风采！

当年帝国的惆怅与无奈

——读《史记·平准书》随笔

（2011年12月）

《平准书》是司马迁《史记》八书之一，全书五千余字，秉笔直书，针砭时弊，可谓字斟句酌、言简意赅。我初读《平准书》时总觉得不如读《史记》中"本纪列传"那么来劲、那么从容，虽自感古文基础不错，但仍有点丈二和尚摸不到头脑的感觉，借助书中注释了解其历史背景后才豁然开朗。当我读过三遍之后，便有穿越时空之感，仿佛回到了两千多年前的西汉帝国，同古人对话交流，于是便有了撰写此文的冲动。

初读《平准书》很难感觉到平准的味道，当读到全文快结束时才看到了平准的基本内容，只不过几笔概括而已。读完全文我才发现，原来司马迁在用大量的笔墨书写平准产生的历史背景及过程，并以平准的名义首开了专章记叙经济史的先河。纵观全文，这又是一篇最早记录中国货币发展史的专作。对于一个金融经济工作者来说，我每读一次《平准书》都有以史为鉴的感慨和凝思。

俗话说："打天下难，坐天下更难。"汉全盘继承了秦的中央集权体制，起初面临的是一个满目疮痍的破败局面，皇帝出行配不齐一辆四匹同色马拉的车子，丞相和大将只能乘坐牛车，老百姓家无粒米，而唯利是图的商人囤积居奇，以致物价飞涨，民不聊生。这种严峻的形势经过汉高祖刘邦到汉武帝刘彻等多位皇帝的治理，终于使西汉帝国从战争废墟上逐渐恢复并强大起来。对此，司马迁在《平准书》中进行了深刻的总结，并将其归纳为三点。

第一，实行多次币制变革，促成打赢货币战争。汉初的货币沿用的是秦钱，因太重不便流通，于是命老百姓另铸荚钱，规定一金为黄金一斤重。到孝文帝时，荚钱越来越多，也越来越贬值，于是下令另铸四铢钱，钱文是"半两"，命百姓可以自行铸钱。吴是个诸侯国，它依铜山铸钱，富可与天子相比拟，以致后来终于酿成叛逆。邓通不过是个大夫，因自铸钱，财产超过了诸侯王。因吴、邓氏钱遍天下，已严重威胁到帝国安全，于是朝廷废除了私人铸钱的法令，平息了著名的"吴楚之乱"。到汉武帝时期，自孝文帝另造四铢钱已有四十多年，同时从建元年间以来，用度明显不足，官府往往在产铜多的山旁冶铜铸钱，百姓也乘机偷铸，数目很大。钱越来越多而且轻，货物越来越少而且贵。富商大贾有的蓄积财物，囤积居奇，奴役贫民；有的前呼后拥，车乘百余辆，连封君都对他们俯首低眉，仰仗他们供给物资；有的家财积累到万金，而不帮助国家纾难，黎民百姓陷于重困之中。于是天子与公卿商议，另造钱币以足用，并打击那些浮华荒淫的兼并之徒。新的货币有王侯宗室来朝觐天子时用的皮币，有银锡制成的白金，有三铢钱等。取消私人铸钱、保留了郡国铸钱的权利，暂时提高了币值的稳定性。但时间一久便滋生出诸多弊端，郡国开始出现许多盗铸的金钱，大多不够分量。因而公卿请命京城铸造钟官赤侧钱，一个当五个使用，向官府缴纳赋税，在官方使用的场合不是赤侧钱不许使用。从此白金的价值降低了，百姓不再珍视它。一年后，白金终于被废止不用。又过了两年，赤侧钱又贱，老百姓千方百计把它花出去，这对市场很不利，赤侧钱又废弃了。于是朝廷决定所有郡国今后都不许再铸钱，将铸币权上收帝国中央，专门命上林苑三官铸造。当时流通的钱已太多，于是朝廷下令，凡不是三官铸造的钱币不许使用，诸郡国以前铸造的钱币全部销毁，把销钱得到的铜上缴三官,从此百姓私铸钱的少了,铸钱的成本大于收益,只有巧手工匠和大奸商才有能力铸造。由帝国统一造币以后,汉代的货币制度定型并基本稳定下来了。总之,为了变革币制,保卫币值稳定,朝廷不惜重用酷吏,实行严刑峻法,杀了一大批假币制造者。同时对币改持有不同意见者进行残酷打击。最为极端的事件是,九卿之一的大农令颜异,因不赞成推行皮币,也没有向朝廷进言,只是与同僚交谈时面部表情上有所显露,被人告发后,朝廷即以"腹诽"这样荒唐的罪名将其斩首。从此公卿大夫大多以谄媚逢迎、阿谀奉承取悦于天子了。

第二,实行黄老之道,促成经济繁荣。所谓实行黄老之道,就是运用黄帝、老子学说,实行无为而治,顺应自然法则,进而达到无为而无不为,这就是历史上著名的"文景之治"。面对战后经济崩溃的残局,汉文帝和汉景帝两位君主效法黄老之道,采取轻徭薄赋、与民休息的政策,实行放任的自由经济,取得了巨大的成功。司马迁在《平准书》中对此作了这样一段精彩的描述:"至今上即位数岁,汉兴七十余年之间,国家无事,非遇水旱之灾,民则人给家足,都鄙廪庾皆满,而府库余货财。京师之钱累巨万,贯朽而不可校。太仓之粟陈陈相因,充溢露积于外,至腐败不可食。众庶街巷有马,阡陌之间成群,而乘字牝者傧而不得聚会。守闾阎者食粱肉,为吏者长子孙,居官者以为姓号。故人人自爱而重犯法,先行义而后绌耻辱焉。当此之时,网疏而民富,役财骄溢,或至兼并豪党之徒,以武断于乡曲。宗室有士公卿大夫以下,争于奢侈,室庐舆服僭于上,无限度。物盛而衰,固其变也。"这段文言如全译成今天的白话就缺少味道了。总之,这段话概括起来就是:"文景之治"后,武帝登基,那时汉朝已建国七十多年,国无大事,一片繁荣兴盛景象,可以说"路不拾遗,夜不闭户"。经济繁荣得益于自由市场的力量,但专制政体又不能保证其可持续发展。繁荣鼎盛不长便出现争相享乐奢侈之风,帝国又面临新一轮挑战。

第三,实行官营主导经济,促成了大一统的帝国。汉武帝在他父亲景帝和祖父文帝打下的丰厚物质基础上，开始了雄心勃勃的开疆拓土计划。除了与匈奴常年交战外，还破闽越、南越、卫氏朝鲜、大宛，又凿空西域，开丝绸之路，并开辟西南夷。如此宏大的开疆拓土计划需要雄厚的财力支持，更需要采取非常的经济政策。司马迁在《平准书》中生动记叙了这些非常举措。一是实施均输法。设立均输官，由均输官到各郡国收购物资，易地出售，辗转交换，最后把中央所需的物资运回长安。这是一种古代版的"统购统销"，财富并未增加，只是在官府与民间的重新分配，但却增加了国家的财富和提高了战时的供给能力。二是实施平准法。在大司农下设平准官，这是通过官营商业收售物资以平抑商品价格的一种经济措施。当市场上某种商品价格上涨时，平准就以低价抛售，当某商品价格下降时，则有平准收购，使物价保持稳定。这是一种古代版的"物价管制"，成效明显。三是实施盐铁官营。在大司农下设盐铁官，总管全国盐铁经营事业。于地方各郡县设盐铁官经营盐铁产销。四是实施卖爵令、卖复徒令、算缗令、告缗令。随着战争经费连年大幅度增加，帝国的财政几乎枯竭，于是便出台了这些杀鸡取卵式的政令。司马迁在《平准书》中对这些政令实施的结果进行了如实的记叙和点评，将其概括为"入物者补官，出货者除罪，选举陵迟，廉耻相冒，武力进用，法严令具。兴利之臣自此始也"。把这段文言译成白话就是，缴纳财物的做官，出具货赂的除罪，选官制度被破坏，廉耻不分，有武力者被重用，法律严酷而命令繁琐，善于为国刮财谋利的官员从此产生了。特别是告缗令的实施，后果十分严重。对此司马迁写道："杨可告缗遍天下，中家以上大抵皆遇告。杜周治之，狱少反者。乃分遣御史廷尉正监分曹往，即治郡国缗钱，得民财物以亿计，奴婢以千万数，田大县数百顷，小县百余顷，宅亦如之。于是商贾中家以上大率破，民偷甘食好衣，不事畜藏之产业，而县官有盐铁缗钱之故，用益饶矣。"读了这段文言，既令人心酸，也为大汉帝国兴衰捏一把汗。所谓卖爵就是卖官衔；所谓卖复徒就是罪犯可以用钱赎罪；所谓算缗就是向商人或有钱人征收财产税；所谓告缗就是对告发他人隐匿财产不报的予以重奖，即将隐匿财产的一半奖励给告发者。并重用杨可、杜周这样的酷吏来执行。这些政令带来的后果就是吏制乱了、法律乱了，商人中等以上人家大多破产了，从此天下百姓只满足于美食，得吃就吃，得喝就喝，谁也不再经营买卖、蓄藏等事业了，而官府却因官办盐铁和告缗钱这两件事，财政宽裕多了。汉武帝通过极端的财经举措，实现了开疆拓土的宏愿，扩大了帝国版图，形成了以汉民族为主体的大一统的专制帝国。他所留下的众多遗产两千年来未曾改变。他还有一个《平准书》上没有提到的遗产，那就是著名的"罢黜百家，独尊儒术"。从此实现了对思想文化和意识形态的有效控制。有人说他雄才大略，有人说他穷兵黩武、好大喜功，有人说他功大于过，有人说他过大于功。我想这个争论还会一直进行下去。

《平准书》就像一篇传奇的故事，情节多而生动，人物多而鲜活。我这里要特别说说其中的两个重要人物，一位叫桑弘羊，一位叫卜式。桑弘羊是洛阳一位商人的儿子，善于计算，是一位速算神童，十三岁被选进宫中，成为汉武帝的随身跟班和财经顾问，后来任大司农，即财政经济部长。他辅佐汉武帝渡过了一个又一个财政经济难关，成为武帝言听计从的贴身重臣。武帝去世后他又成为辅佐幼主的顾命大臣。《平准书》中提到那些重大财经政策都是出自于他的策划，并由他组织实施。司马迁对他有褒有贬，且贬大于褒，这与司马迁的自由经济思想有关。汉武帝开创了政府主导干预国家经济的先河，桑弘羊则创造了若干政府调控干预经济的方法，两千年来为历代封建统治者所效法奉行。

《平准书》中另一位重要人物是卜式，他同桑弘羊的经济思想正好相反，用今天的话说属于自由市场派。对此，司马迁不惜重墨来记叙他的感人事迹。卜式本是洛阳乡下的普通牧羊人，但却有经营大牧场的才能、心系天下的家国情怀，更有令武帝赞佩的高尚品德。为了支持武帝讨伐匈奴，他愿意把一半家产捐献给国家作为征战费用，而且不求任何回报。武帝征南越,卜式主动申请带儿子一起赴前线作战,得到武帝嘉奖,并将他作为楷模昭告天下人学习。开始卜式不愿做官,武帝就安排他在上林苑放牧。一年后,羊群肥壮且繁殖了很多。一天武帝路过上林苑看到肥壮的羊群,夸奖了卜式一番。卜式说:"不但是羊,治理百姓与这同一道理:让它们按时起居,不断把凶恶的除掉,不要让它败了群。"武帝听了很是惊奇,封他为缑氏令,试一试他的本领,果然百姓反映很好,于是升任他为成皋令。他办理漕运的政绩又被评为最好。武帝认为卜式朴实忠厚,封他做了齐王太傅。可见,卜式无论是牧羊还是治事的成功,都得益于顺应自然的自由法则。卜式对桑弘羊主张的盐铁专卖有意见,直接上书武帝表示反对,并列举了官府所制做的铁器质量差、价钱贵等弊端。这个意见虽然惹得武帝不高兴,但他始终没有动摇自己的理念。有一年遇干旱,武帝派遣官员去求雨。卜式说道:"官府应该以租税为衣食。如今桑弘羊使官吏坐于列肆中买卖货物,求取利润。将桑弘羊下锅煮了,天才会下雨。"卜式爱憎分明的品格跃然纸上。

还有一个非常重要的历史事件《平准书》上没有记载,那就是武帝逝世后由桑弘羊主持的著名的"盐铁会议",为后人留下了著名的《盐铁论》,也为后人留下了著名的桑弘羊之问。到了武帝晚年,出现了"天下困弊,盗贼群起"的景象。为了不蹈亡秦之覆辙,武帝以极大的勇气颁下了"罪己诏",做了诚恳的检讨和深刻的自我批评,两年后郁郁而终。桑弘羊主持的盐铁会议也是为了平息天下人的愤怒。会议就盐铁官营问题展开了激烈地辩论。反对官营化政策的儒生主要集中在三个问题上:一是指责盐铁、均输、平准与民争利,造成官商勾结;二是官府主导的市场经营,不适民需,质量低劣;三是不可避免地出现了权贵经济,形成了一个特殊的利益集团,他们的权势可与朝廷分庭抗礼。群儒的三个问题,桑弘羊难以从逻辑上把他们驳倒,但他严肃地提出"三个问",却让群儒们无言以对。这就是开始提到的桑弘羊之问,即,如果不实行官营政策,战争的开支从哪里出?国家财政收入从哪里来?地方割据的现象如何化解?而这正是治国者必须面对和解决的重大课题,实属千古难题。可见事不经过不知难,人不当家不知柴米贵。这既是桑弘羊之问,也是桑弘羊之痛,更是帝国的惆怅和无奈。

汉武帝和桑弘羊已离开我们两千多年了。他们之后中国又经历了漫长的封建社会,那么多帝王将相没有谁能从根本上解决当年"盐铁会议"上群儒提出的三个问题,也没有谁能正确回答和解决桑弘羊之问,就是后来的唐宗宋祖也无力解决这个难题。"盐铁会议"是中央集权体制在中国出现之后,人们对经济治理模式的一次全面反思。刚刚过去的武帝"盛世",让他们既感到帝国的荣耀,同时也饱受集权之苦。两千多年的封建集权专制,只出现过少数几个"盛世",也都是好景不长。帝国的大部分时间和大部分精力都用在了维稳和解决温饱问题上。当长期不能解决饥饿、百姓生存受到威胁时,稳定的社会和集体顺从就会被暴力打破,农民起义就成为改朝换代的工具。两千多年来的专制集权帝国始终走不出这个周期律。

读罢《平准书》,掩卷沉思,一种莫名的惆怅和无奈袭上心头,历史为什么总是重演?所上演的故事为什么总是惊人相似?为什么中国最伟大的思想家都产生在秦汉之前?为什么分权与均富成为无休止的无解主题?为什么占世界人口百分之二十的中国人对科技的贡献率远远低于只占世界人口百分之一的犹太人?这几个问题一直在困扰着我,虽然这方面的文章也读过不少,但其答案都不能令人满意。国外一些研究中国问题的专家学者认为,"大一统是中国的文化,统一高于一切"。英国历史学家汤因比认为,人类历史上出现过21个文明社会,其中,中国社会是文明保留得最为完整的样本,而这一成就正得自于"统一的文化"。我认为,中国人最不能忍受的是国家分裂,这是一种崇高的家国情结。但如果长期处在一个只有统一而没有温饱和自由的社会里,这种统一难道是人民需要的吗?当然,我们追求的是一个统一强大的国家,

一个民主、自由、和谐的社会。

当进入21世纪，中国成为世界第二大经济体后，在一片盛赞声中，也有不少唱衰之音，而且唱衰之音大多都是以历史的周期律为依据的。我认为，今天中国出现的盛世和历史上曾经出现过的盛世不可同日而语，因为时代进步了，科学技术日新月异，先进的文明已成为人类的共同财富。在经济全球化的浪潮中，中国已深度融入世界发达经济体系之中，只要我们认真总结吸取历史周期律的教训，坚持改革开放不动摇，借鉴人类创造的所有文明成果，永不懈怠，永不折腾，循序渐进，就一定能够建设成一个富强、民主、自由的现代化强国，实现中华民族的伟大复兴！

夕阳人群　朝阳产业

——参观远洋地产椿萱茂老年公寓随感

（2018年1月28日）

　　远洋地产椿萱茂北京青塔老年公寓位于丰台区小屯路的双林苑内。一个霞光暖照的日子，我在远洋集团董事局主席李明先生的陪同下走访参观了这家以失智失能养老为主的老年公寓。这是远洋地产在产业转型升级中创造的一种新的商业模式，也是对投资健康养老产业的有益探索。

　　走进温馨的老年公寓，我们边参观边交谈。首先映入眼帘的是"椿萱茂老年公寓"这个醒目的标牌。我问李明先生为什么用椿萱茂来命名。经他一番讲解，方觉寓意非凡，远比我内心所理解的寓意是一棵长寿的茂盛的椿树更为丰富。这是有典故的，庄子《逍遥游》中有言："上古有大椿者，以八千岁为春，以八千岁为秋。"因此长寿之"椿"代表父爱。《诗经·卫风·伯兮》有言："焉得谖草（即萱草），言树之背。"唐孟郊《游子诗》中言："萱草生堂阶，游子行天涯。慈母倚堂门，不见萱草花。"因此美丽之'萱'代表母爱。而"茂"则取自英文单词Mall，是一种国际上风行的商业业态和新的生活方式体验。"椿""萱""茂"，其组合恰好意合中国成语"椿萱并茂"，代表了对父母健康、快乐、长寿的美好祝愿。更有意思的是椿萱茂Logo中的6棵椿树组成的六边暗合萱草的六边形，象征父爱的博大和母爱的温暖。

每棵树中的12片叶子,象征一年中的12个月,椿树树枝如同张开的手掌守护着12个月中的每一天。椿萱茂的英文名称中的LAMORE,则来自意大利语中的"爱"。李明先生绘声绘色的讲解,开阔了我的眼界,又仿佛听了一堂生动的文化课。他们用这种中西合璧的寓意去开办老年公寓,用爱心来培育一种新的商业模式,对于一个地产商来说是十分难能可贵的。

参观过程中,我发现每层楼的桌案上都端正地放着一本书。我好奇地拿起来一看,竟是一本翻译过来的健康护理专著——《认可》。对此,李明先生向我做了简要介绍。书的作者是美国著名的健康护理专家娜奥米·费尔(Maomi Feil)女士,她有着丰富的护理经验和精辟的理论阐述。李明先生对她青睐有加,专门请她到远洋椿萱茂来讲解她的《认可》经验和理论,并买断了她的著作版权。所谓"认可"是一种新型疗法,就是承认失智老人的情感,重塑他们的尊严,顺应他们的意志和习惯,先认可你然后再给你做治疗,用爱心和耐心融入病人世界,通过接纳、观察、沟通来改善和有效照顾定向失智老人。根据马斯洛心理学金字塔,把失智老人的需求排列顺序通过多个案例重新进行了总结提升。这个疗法在美国非常成功,是人文关怀和技术治疗有机结合的典范。李明先生认为,不注重人文关怀和不懂人文关怀是我们医治和护理失智老人的最大短板,所以才要买断《认可》这本书在中国的版权,让每个椿萱茂老年公寓中的员工人手一册,进行专门培训。我曾看过许多健康养老中心,像远洋椿萱茂老年公寓这样全方位注重对失智失能人员的关怀还是首次目睹,令人赞叹。我想,如果每个健康养老中心都能引入这种先进的理念并认真实行之,中国养老健康产业面对夕阳人群的雄厚资源,必将发展成为蓬勃向上的朝阳产业。

在参观过程中,最让我感动的是那些失智老人在护理人员的指导下开展活动的场面。我原以为失智老人都是那些受教育程度低的老人,现场看到的和我原持有的看法却正好相反。住在这里面的主要有三种人:

专家、教授、科技工作者。其中有一位85岁的老科学家，是中国科学院电波研究所的原所长。我跟他聊天，他对自己失智之前做过的事还有些记忆，如告诉我他当年是怎么参加第一颗原子弹的研制，又怎么参加原子弹的爆破等。护理人员在他的活动区域放置一个原子弹爆破时的模型，旁边还放置一个老式冒烟的火车头模型，通过这些参照物来唤醒他的记忆。交谈中，他对年轻时所经历过的一些重要事件还能大概记得。但当同他交谈高铁和互联网时，他却一无所知。还有一位女性失智者也格外引人注目。她原是一位老文艺工作者，看精神状态并不像一个病人。她指挥几十位失智老人高唱《南泥湾》等革命老歌，在昔日背景图案的烘托下，她们个个精神焕发，意气昂扬，仿佛又回到了激情燃烧的岁月。我被老人们的精神所感动，也为椿萱茂老年公寓给失智老人安排的这些有针对性的娱乐活动点赞。

参观完楼层中的活动场地、餐饮、医疗等服务设施后，我同李明先生的下属团队进行了轻松愉快的交流讨论。中国人寿是远洋地产的大股东，我作为中国人寿集团的董事长，最关心的问题就是如何同远洋地产合作进军健康养老产业。远洋地产椿萱茂老年公寓的鲜活经验，对中国人寿投资健康养老产业有重要的借鉴意义。通过交流讨论，我对投资健康养老产业有了新的感受和体会。

第一，要注重引入先进的理念。从全球视角看，健康养老产业已成为公认的朝阳产业，不再是传统的养老方式，养老观念已发生根本性改变。住进养老公寓不再是等待走向坟墓的栖息地，而是走进新生活的乐园。椿萱茂老年公寓引进"认可"疗法，让失智老人重新获得了快乐和新生就是最好的证明。初次进入健康养老产业，没有自身实践形成的成功理念，因此引进国内外先进投资理念、管理运营理念、护理服务理念就显得至关重要。有了先进的理念引领，有利于开好头、起好步，不走弯路，或少走弯路。

第二，要注重投资区位的选择。投资区位的选择，既关系到入住率，也关系到投资回报。位于名山大川附近的区位，虽然风景优美，空气新鲜，但远离亲属所在地、远离城区、远离医疗等公共服务区，并不适合建养老基地。远洋地产椿萱茂老年公寓的选址，为我们提供了值得仿效的案例。椿萱茂老年公寓坐落在城区，入住以同城老年人为主，他们原有的居住地情结还能较好地保存下来，享受各种公共服务和原来相比也没有受到太大的影响。总之，投资健康养老产业，要适合中国国情，体现中国文化。如中国文化中缺少宗教情结，但有浓厚的祖先情结、家庭情结、地域情结，因此选址要与这几点紧密联系。这样既有利于吸引客户，也有利于提高投资的效益和效率。

　　第三，要注重产品线的定位。目前，国内外养老产品线主要包括四种：一是照料中心。这是一种社区嵌入式小型照料机构，主要服务对象为生活不能自理、日常生活需要一定照料的半失能老人，可提供膳食供应、个人照料、保健康复精神慰藉、娱乐和交通接送等日间服务。二是老年公寓。这是一种独立建筑、中等规模的公寓式老年照料机构，主要服务对象为独立老人、协助老人、失智老人、护理老人等，可提供独立生活、生活照料、失智照护、专业护理、康复促进、临终关怀等服务。远洋椿萱茂就属于这种产品线。三是一种长者社区。这是一种大规模、社区型养老机构，老人无需出社区即可享受居住、生活、文娱、餐饮、就医等服务。建筑业态一般包括居住楼、护理楼、社区商业中心、社区文娱中心、医院等，服务对象以活力老人、独立老人为主，同时也涵盖协助老人、失智老人和护理老人，可提供全方位的社区式服务。泰康人寿开办的泰康燕园社区就属于这种产品线。四是护理院。这是一种具有医疗属性的养老护理机构，主要为长期卧床患者、生活不能自理的老人以及其他需要长期护理服务的患者提供医疗护理、康复促进、临终关怀等服务。国内经营护理院可申请获取卫生部门颁发的许可证，同时可通过接入医保及长护险提高客户的支付能力。以上四种产品线可由不同的投资机构依据不同的投资能力来择善而定。

第四，要注重盈利模式的设计。目前，我国养老市场尚处于发展初期，各种盈利模式均在探索和尝试过程中，而欧美国家经过三四十年的发展，养老产业模式已较为成熟。美国的养老模式最为定型，即投资商、开发商、运营商、二级市场投资者、老人在整个养老产业链中各自分工明确：开发商负责资产开发，通过出售资产回流资金；投资商购买资产，通过Reits（房地产投资信托）等方式盘活现金流收回投资；二级市场投资者持有Reits份额并享受分红；Reits将资产出租给运营商，运营商向老人提供服务，收取相应的费用。这部分费用成了Reits收益。Reits将这部分收益的大部分分配给消费者。这一模式中各个角色各司其职，产业链非常完整，有利于降低资金压力和亏损风险，资金周转体系顺畅，对于产业复制起到了重要助推作用。相对美国的成熟养老模式和盈利模式，国内尚处于探索阶段，目前主要有四种模式：一是月费制；二是会员费+月费制；三是保险+月费制；四是销售型。以上四种盈利模式做得比较好的是第一、第二种模式。我认为保险公司应重点选择第三种模式，可同自身业务结合，实现优势互补。同时应创造条件学习美国、日本的成熟市场经验，创新盈利模式。

第五，要注重对护理人员爱心的培养。培养足够多的具有爱心的护理人员是办好健康养老产业的关键，这也是椿萱茂老年公寓的实践总结。日本健康养老产业最值得我们学习的是它们的精细化管理和爱心护理，这也是我们的最大短板。可见健康养老产业建设最难的不是硬件而是它的软件。国内的护理人员大多来自贫困地区和弱势群体，素质不高，特别是对他们的爱心培养重视不够、办法不多。随着地区差别的缩小和整体经济水平的提升，护理人员的招收将更加困难，因此对护理人员技能，尤其是爱心的培养作出一系列制度安排的同时，国家也要对护理人员的职业给予更多的有吸引力的倾斜政策，以保障养健康养老产业健康的可持续发展。

目前，中国已提前进入老龄社会，60岁以上的老龄人口已超过2.2

亿人，老龄化率达到17.17%，其中80岁以上老人达到3067万人，到2050年时60岁以上的老人将达到3亿人，成为超老年型国家。其中高龄老人是老年人中最为脆弱的群体，是解决好养老问题的重点和难点。如此巨大的夕阳人群，必将催生一个巨大的健康养老产业。商业养老市场巨大，谁能破解难题、抢占先机，谁就能占领制高点，引领行业发展。健康养老产业与传统工商企业最大的不同就是受经济周期的影响小，生、老、病、死是不可改变的自然规律，往复循环，生生不息。发展健康养老产业，可使夕阳更红、朝阳更绚！

后 记

在《凝思漫笔》即将付梓之时,我的心情难以平静,因为这是首次出版自己的作品。在领导岗位工作时,我从未有过出书的想法。从领导岗位上退下来后,过去读过我文章的一些老同志、老同学、老朋友,建议我把过去写的东西整理出书,让自己的作品与读者分享。经过再三考虑,我还是接受了大家的建议,开始收集整理过去所写的东西。

我在二十世纪八九十年代曾写过若干篇经济金融论文在省部级期刊上发表,其中有多篇获得不同级别的奖项,同时还在报纸上发表过若干篇幅短小的作品。本次出书对这一时期写的东西一律没有收录,主要考虑是时间太久,已没有多少与读者分享的价值。这次在《凝思漫笔》一书中收录的都是2000年以后写的文章,有的是散文随笔,有的是感想札记,有的是论述思考。总之,有点"大杂烩"的味道。正因如此,故把书名定为《凝思漫笔》。所谓凝思,即会神思考,力求严谨;所谓漫笔,即不拘于写作形式,力求自由从容。本书中的文章,受当时背景的局限,有些问题看得还不够准,阐述得也不够清楚,这次基本没做修改,以保持当时的情境。有些文章引用事件的时间、地点、提法等,不一定准确,甚至还存在某些漏洞,恳请读者批评指正,不吝赐教。

最后我要特别感谢中国人民银行原行长戴相龙老领导为本

书作序,同时感谢为本书审核并提出修改建议的中国农业银行宣传部原部长王玲玲女士,也要感谢我的夫人任洪琦女士给我写作予以的倾力支持。在书稿整理编排过程中,还得到了中国人寿集团相关同事和朋友的协助,在这里一并聊表谢忱。

杨明生
2019年3月